INFLORESCENCE

Éditions La Baconnière
4 rue Maunoir
1207 Genève
Suisse

editions-baconniere.ch

Relecture : Isabelle Sbrissa
Mise en page et couverture : Marco Saccaperni

Images de couverture et d'intérieur : élaboration graphique sur la base des cyanotypes d'Anna Atkins (1799-1871).

La Baconnière bénéficie du soutien de la République et canton de Genève (2019-2022), et d'une prime d'encouragement de l'Office fédéral de la culture (2019-2020).

La publication de cet ouvrage a bénéficié du soutien de la Fondation Leenaards et de la Fondation Michalski.

INFLORESCENCE

Raluca Antonescu

Éditions la Baconnière

Pour Alex et Ilinca
et pour le lac Léman, toujours.

UN

LE GOUFFRE

Jura, 1911

Elle coupa à travers bois et pressa le pas. Le plateau s'ouvrit brusquement et la lumière crue l'obligea à plisser les yeux. En baissant la tête, elle traversa un champ parsemé de touffes d'herbes jaunies. Agitées par le vent, elles lui firent penser à des crinières. Elle ralentit, essoufflée. Ce n'était plus très loin.

Même à bonne distance, elle crut sentir les relents putrides qui remontaient du trou. Cet endroit était malsain. *Le Gouffre du Diable*, le nommait les gens, ce n'était pas pour rien.

Elle posa son panier et avança prudemment en tâtonnant avec le pied pour déjouer les éventuels pièges des abords. Sur tout le pourtour du gouffre poussait une herbe drue, d'un vert luminescent, éclatante au vu du reste de la prairie. Un mirage de vie, pensa-t-elle. Un leurre pour la tromper sur la vraie nature du lieu. Elle avait entendu tant d'histoires sur ce profond tunnel qui s'ouvrait sur un monde inatteignable, forcément monstrueux et abominable. Elle imaginait le fond grouillant de serpents aveugles et d'énormes vers gras. La nausée la saisit. Elle se souvint du jour où son père y avait emmené les trois vaches. Trottinant sur place, les chevaux hennissaient, effrayés, refusant d'avancer malgré les coups. Elle avait été comme hypnotisée devant les têtes ballantes des vaches, langue pendante et yeux révulsés. De l'écume épaisse, jaunâtre, continuait à mousser autour de leur bouche. Plus de la moitié de leur troupeau avait péri à une vitesse fulgurante. Les trois bêtes qui reposaient dans le chariot étaient mortes durant la nuit. Il avait fallu les isoler au plus vite et les emporter au trou afin qu'elles ne contaminent pas les autres. Après y avoir jeté les animaux, son père avait hurlé contre le gouffre. Il avait les yeux rougis, exténués et fous. Elle avait eu peur qu'il ne soit lui aussi infecté.

Arrivée au bord du précipice, elle dégagea son ventre rebondi. Dès qu'elle avait senti les premiers symptômes, elle avait frémi. Aucun doute possible, elle était passée par là bien des fois. Elle ne pouvait se résigner à cette nouvelle grossesse. Une autre bouche à nourrir était inimaginable. Elle ne comprenait pas comment cela avait pu pousser avec les grandes quantités de sauge qu'elle avait bues depuis le début. Même le mélange de plantes infectes, foncées et amères, qu'elle était allée chercher chez la Mariette n'avait pas réussi à l'expulser.

En se penchant autant que possible au-dessus du gouffre, elle fixa l'obscurité qui rognait les parois moussues, gorge sombre et vorace qui engloutissait les indésirables.

« Pourquoi ça persiste à pousser ? » demanda-t-elle d'une voix inquiète. Une chose était certaine. Cet endroit possédait la capacité d'avaler tout ce qui devait disparaître. « Diable, prends ce qui se trouve là, prends cette vie ! » dit-elle plus fortement. Un souffle lui balaya le visage et fit voleter les mèches échappées de son fichu. Les effluves n'étaient pas désagréables, cette fois-ci. Était-il possible qu'elle ait senti un souffle chaud ? Elle avança encore un peu, tendant le cou au maximum. Une pierre se détacha sous son pied et, dans une fulgurance, elle se vit dégringoler à sa suite au fond du trou. Elle crut entendre un bruit d'eau avalant une masse. Affolée, elle se projeta en arrière et tomba lourdement sur le dos.

Étendue sur l'herbe détrempée, elle tremblait de tout son corps. Elle allait être châtiée pour avoir osé demander une faveur au gouffre. La menace d'une punition lui écrasa la poitrine et elle comprit qu'elle ne lui survivrait pas. Elle se précipita à genoux et se signa, encore et encore. Plaquant son visage à terre, elle sentit contre ses lèvres la glaise froide. « Je vous en supplie mon Seigneur, je vous en supplie… » Sa prière portait en elle toute la ferveur dont Pierrette était capable. Sa plainte était amère, épaissie de culpabilité et de dévouement, elle avait la teinte noirâtre des plantes qui auraient dû faire revenir ses règles. Mais une intuition est vite balayée, elle s'oublie comme le souvenir d'un souffle fétide. À ce moment-là, la vie en elle palpita, un regain de sang lui monta au visage, un soulagement détendit ses membres et lui procura une légère ivresse. Le Seigneur l'avait entendue, il était de son côté. Elle sentit contre sa joue la caresse divine de brins d'herbe vert amande. Elle en arracha une poignée et les fourra dans sa bouche, les mastiqua à peine, les avala d'un bloc.

Elle se releva, le nez et le front boueux. Forte d'une conviction désespérée, elle se pencha en avant et envoya un gros crachat verdâtre dans la gueule du Diable.

VIVIAN

Genève, 2007

Ce jour-là, je me suis accrochée à une habitude. Avant la dernière visite à ma mère, je m'arrête chez le buraliste et me dirige directement vers le rayon moto.

Il n'apparaît sur aucune couverture. Je prends un magazine et le feuillette rapidement. Je guette les bouclettes, le sourire, l'anneau dans l'oreille. Rien. Je passe en revue un deuxième magazine, puis un troisième. Où se cache-t-il ? Mes doigts se raidissent, je passe les pages avec de plus en plus de brutalité.

— Je peux vous aider ? me demande un jeune employé d'une voix stridente.

Il ne doit pas apprécier la façon dont je maltraite la marchandise. Il me scrute, très vite ses yeux descendent sur ma robe noire moulante, mes escarpins assortis. Son regard balaie mon corps sans gêne, un sourire s'esquisse au coin de sa bouche telle une traînée de salive. Je lève la main devant son visage comme pour me protéger de son regard. Mais le gant noir se fond dans le reste, ce n'est qu'un simple accessoire coordonné. À l'expression légèrement étonnée du vendeur, je prends conscience que l'effet habituel, répulsif, n'y est pas.

— Je cherche Valentino Rossi, dis-je alors, un peu tendue.

— Pardon ?

Je répète que je cherche des photos du pilote et, malgré moi, je me sens obligée de me justifier : « C'est pour ma mère. » Et là, l'air de rien, je rajoute encore, comme une pelote qui m'échappe et se déroule : « Elle est morte. Mais même morte, je sais que cela lui fera plaisir. »

Le vendeur écarquille les yeux, une rougeur bombe ses joues comme un adolescent. Un client se dirige vers la caisse et il se détourne de moi si précipitamment qu'il chancelle et manque de perdre l'équilibre.

Je feuillette encore un dernier magazine. Je ne le trouve nulle part. Vale s'absente pour protester, lui aussi est en deuil. Cette pensée naïve me fait vaguement sourire. Je regarde ma montre tout en sachant qu'il est temps. Et s'il y a un rendez-vous où je ne peux pas me permettre d'arriver en retard, c'est bien celui-là.

La journée n'a rien de spécial. Il ne fait pas franchement froid, le soleil, un peu laiteux et brouillé, traîne ses maigres rayons sans parvenir à chasser l'humidité. La pluie n'est pas prévue mais s'il se mettait à pleuvoir, ce serait seulement quelques gouttes qui ne causeraient aucun désagrément notable. Il ne va certainement pas venter excessivement, aucune chance non plus qu'il neige. Non, nul romantisme outré des éléments pour les funérailles de ma mère. Je m'attendais à ce que ce soit ainsi, sans trouble, arrangeant et confortable, comme elle. Ce n'est pas de la fadeur, c'est une forme de douceur, discrète et avenante. Une douceur qui tient le drame à distance.

D'un instant à l'autre, ils vont fermer le cercueil. C'est éprouvant de voir son visage blanc, impassible, aux joues trop rosées. Aucun air navré ne s'inscrit plus sur ses traits pour me plaindre. Je m'imagine faire les quatre pas qui me séparent d'elle. Je prendrais un des lys blancs du bouquet qui garnit le cercueil et le glisserais derrière son oreille. J'ornerais ses cheveux d'innombrables fleurs blanches puis je prendrais une rose, blanche également, et la glisserais au coin de sa bouche, entre ses dents.

Je ne m'avance pas, n'amorce aucun geste. C'est moi qui ai commandé ce bouquet entièrement blanc, choisissant les variétés uniquement pour cette uniformité de couleur. Les fleurs se fondent l'une dans l'autre en un amas indistinct. Un tas de neige, beau et froid.

Je baisse les yeux, les talons de mes escarpins s'enfoncent dans la terre. De petits éclats brunâtres tachent mes collants et remontent jusque sur l'ourlet de ma robe. Après plus de dix jours de pluie, le sol est détrempé. La boue ronge sans vergogne le daim des chaussures et le bas des pantalons soigneusement repassés. Lorsque les pieds se soulèvent, s'ensuit un petit bruit de succion un peu gênant.

Mon beau-père est à côté de moi, les manches de nos manteaux se frôlent. Aucun de nous deux ne verse la moindre larme. Nos joues sont sèches, nos dos sont droits. La retenue de mon visage et de ma posture montre à quel point je suis bien éduquée, bien contenue. Je fais ce qu'elle aurait attendu de moi. Rester impassible, repousser la violence des sentiments qui pourrait conduire à manger une fleur ou à plonger dans la boue. Car, le jour de l'enterrement de sa mère, n'est-ce pas ce qu'on devrait faire ? Se jeter la tête la première dans la boue, s'y rouler en hurlant de désespoir ?

Je ne bouge toujours pas. Je ne ferai rien d'inconvenant. Je n'arrive même pas à pleurer. Dans cette famille, on ne se perd pas dans la souffrance démonstrative. Ils ferment enfin le cercueil.

Ada est là, un peu en retrait. Elle a trouvé un carré de gazon moins détrempé que le reste. Tout le monde porte des chaussures élégantes ruinées par la boue sauf Ada qui a des baskets étonnamment propres. Elle porte un complet d'homme, un peu large et, autour du cou, elle a enroulé une cravate comme si c'était un foulard. Même attifée comme ça, elle a du style, une classe folle.

Ses quatre chiens ont chacun un ruban de soie noire autour du cou avec une rose glissée dedans. Couchés aux pieds de leur maîtresse, ils se tiennent étrangement tranquilles, solennels. Sauf Coly qui, en battant de la queue, tire sur la laisse.

Je fais signe à Ada qu'elle peut le lâcher. Il fonce vers moi et je me baisse pour lui caresser la tête. Il arbore de nouvelles couleurs, bleu turquoise pour les pattes et orange foncé sur le corps. Pour la tête, la couleur est moins identifiable, un improbable rose-verdâtre. Je surprends des regards horrifiés sur le chien, si affreusement teint, si inapproprié. Je remarque alors l'inscription noire sur son dos : R.I.P.

Mes yeux se mouillent pour la première fois depuis le début de la cérémonie. Je relève la tête vers Ada. Sans sourire, elle me fait un clin d'œil. J'enlève la rose rouge vif du collier de Coly, une couleur de passion avide, une couleur de danseuse de cabaret. Elle ose tout, Ada.

Jusqu'à la fin de la cérémonie, je garde la fleur à la main, incapable de lui assigner un autre rôle que celui de s'agripper au tissu fin de mon gant.

La boue me poursuit jusqu'à chez moi. J'ouvre la porte et entre dans le salon. Matt est là, il baisse les yeux sur mes pieds.

— Tu n'enlèves pas tes chaussures ?

Ce n'est pas une question, c'est un reproche.

— Tu étais où ? je lui demande avec agressivité.

— Tu salis tout, dit-il comme s'il n'avait pas entendu ma question, entièrement préoccupé par l'état de propreté de mon appartement.

— Je t'attendais à l'enterrement.

— Je suis désolé, me dit-il, je déteste les enterrements. Ça me brasse trop, me rappe le bide. Il fait une grimace nauséeuse. Pour toi, ça a été ?

— J'avais besoin que tu sois là, tu comprends ? J'avais besoin...

— Je ne suis pas sûr de pouvoir constamment t'offrir tout ce que tu désires, me coupe-t-il.

— J'attends trop de toi ? dis-je interloquée.

— Oui, Vivian. Ton besoin est trop grand.

— Trop ? cette fois, j'explose de rage. C'est trop d'attendre que tu viennes me soutenir à l'enterrement de ma mère !

Il soupire bruyamment.

— Ada était là, elle...

En prononçant son prénom, je vois le changement de Mattieu. Et peut-être l'ai-je aussi fait pour sentir son irritation profonde. Cette compétition que je provoque pour le blesser ou au moins l'ébranler. Mais je comprends que je n'arrive plus vraiment à l'atteindre.

— Bon, excuse-moi, hein. Il balaie l'air de la main, vaguement navré. T'es pas la seule à avoir des problèmes... T'as toujours besoin de tout ramener à toi. Tu as pensé à ce que ça me fait à moi d'aller à un enterrement ?

Je reste sans voix.

— Bon. Tu ne réponds pas, parce que tu n'y as même pas pensé. Tu n'as même pas pensé que cela pourrait me poser un quelconque problème.

— Mais de quoi tu parles ?

Il prend son air hautain, distant, il est blessé et ne se gêne pas pour le montrer.

— Laisse tomber. Tu ne pourrais pas comprendre, t'es tellement autocentrée.

Voilà. Je vais finir par le supplier de me parler. Puis je m'excuserai. Je m'excuserai pour avoir osé lui faire un reproche. Mais, pour une fois, je me sens à l'extérieur. Je participe en spectatrice à une scène de ma vie. J'assiste, saisie d'un ahurissement déjà un peu las, à un processus maintes fois répété. Je vois Mattieu s'échapper sans cesse. Je le vois me culpabiliser pour ne pas se remettre en question, je le vois pomper toute la lumière pour être constamment au centre.

Et, à ce moment-là, il l'a peut-être sentie aussi, cette soudaine conscience. Alors il m'attaque.

— C'est comme ta main... toute cette histoire...

— Ferme-la !

Il s'arrête à temps.

— Bon. Je sors, dit-il sans plus me regarder.

Il part en claquant la porte. Mattieu. Si régulièrement décevant. Plus j'ai besoin de lui et plus il prend ses jambes à son cou. Parler de ma main était le meilleur moyen de précipiter la rupture.

Voilà bientôt deux ans que nous sortons ensemble. Je précise bien : sortir ensemble. Sortir, se conformer au dehors, exposer notre relation dans des endroits publics ou chez des amis. Nous ne vivons pas ensemble, chacun son appartement. Même s'il y aurait largement la place pour nous deux chez Mattieu. Il a récupéré le bail de ses parents et son loyer est éhontément bas. Mon deux-pièces me coûte le double du sien. Ce serait injuste de dire que ce n'est que sa faute. Autour de nous, peu de couples vivent ensemble. Avoir chacun son espace est important. Pourtant, ces temps, il squatte chez moi régulièrement. Il loue son appartement pour des week-ends et même parfois des semaines entières. Il se fait un fric de fou mais il ne m'a jamais proposé de m'en verser une partie, vu que c'est moi qui le loge. Je lui ai fait la remarque l'autre jour et on s'est disputés. Il m'a traitée de cupide et de matérialiste car j'ai osé mettre en doute sa bonne foi.

Je le soupçonne de n'être pas venu à l'enterrement pour se venger, mais j'exagère certainement. Exprès, je n'enlève pas mes chaussures et vais m'affaler dans le canapé. Je fais toutefois attention de ne pas mettre mes pieds sur le tapis beige en laine poilue. Je prends sur la table basse le magazine de décoration qu'il feuilletait, je le jette par terre et mets mes pieds dessus. Au moins je ne salirai pas mon tapis.

Une fatigue totale me submerge, je ne bougerai plus de cette position. Voilà, ma mère est morte et enterrée, me dis-je juste avant de fermer les yeux.

ALOÏSE
Jura, 1922

Elle cassa la coquille avec les dents. La chair du gland, avec sa texture dense et beige, était fort appétissante. Elle croqua un morceau et le mâcha lentement. Son palais s'emplit d'une amertume piquante et elle recracha plusieurs fois. La bouche ouverte en grand, elle grimaça. L'âpreté des tanins lui rigidifiait la langue. Elle ouvrit en deux un fruit d'églantier et, après avoir enlevé les graines et surtout les poils, le suçota pour chasser le mauvais goût. L'acidité sucrée de la baie lui parut encore plus fabuleuse.

Après avoir scrupuleusement gratté l'intérieur de chaque fruit avec l'ongle, elle en fourra cinq dans la bouche. Elle les aimait ainsi, fermes, pas totalement mûrs. Seulement, ils s'avalaient vite, d'une belle boule dodue ne restaient que la peau et une fine couche de chair orange. Il fallait en ramasser beaucoup pour manger.

Elle soupesa son sac, il y avait bien assez de glands. Éveline les fera cuire pour qu'ils deviennent bons. Elle allait entailler un autre fruit d'églantier, mais le fit retomber dans le sac. Sa sœur sera contente d'en trouver au milieu des glands.

Elle se releva et s'ébroua pour chasser le froid. Elle renifla, ça sentait la neige, sèche et acérée. Elle souffla une fumée blanche et se mit en marche. Elle retrouva facilement l'épais buisson épineux avec les baies bleues accrochées au tronc. A cause des grosses épines, les oiseaux n'arrivaient pas à les atteindre. Elle avait déjà essayé de les faire tomber avec un bâton, mais les fruits restaient accrochés aux piquants.

Elle n'hésita pas longtemps, elle avait encore faim. Elle glissa ses mains à travers les aiguilles dressées. Elle en cueillit tant qu'elle put en tenir. La peau de ses mains et de ses bras était striée de griffures, mais elle s'en fichait. Elle rapprocha son visage de ses paumes pleines, frotta doucement son nez sur les baies tendres, recouvertes d'une fine pellicule duveteuse. Puis elle ouvrit la bouche et mordit dans le tas.

Elle tapota son ventre et sa poitrine, satisfaite. Il fallait passer à la rivière pour se nettoyer le visage si elle ne voulait pas qu'Éveline la gronde. Mais d'abord, elle devait relever ses pièges.

De loin, elle vit que quelque chose clochait. Elle se rapprocha prudemment. Accroché aux dents de métal, ne restait qu'un morceau de patte. Deux onglons, de la chair et un peu de fourrure. Il y avait beaucoup de sang autour du piège et des traînées rouges fuyaient entre les arbres. Sa respiration s'accéléra. Au vu de la taille des onglons, la bête était certainement énorme. Elle frissonna et sautilla sur place pour chasser la peur.

Les pièges appartenaient au père. Il ne les utilisait plus, depuis longtemps. Il devait savoir qu'elle les avait pris mais il ne l'avait pas frappée car elle lui apportait des peaux. Des lièvres et des renards qu'il vendait sans qu'elle n'en voie jamais le moindre centime. Cette fois-ci, la bête était différente. Plus grande, plus importante. Elle l'imagina déjà attachée sur son dos. Elle allait ramener à la ferme une peau qui recouvrirait les épaules du père.

Elle se saisit d'un bâton et s'appuya dessus pour vérifier sa solidité. Une bête blessée était féroce, et une bête capable de s'arracher un morceau de patte n'hésiterait pas à l'attaquer.

Elle se courba et se tint aux aguets. Elle n'avait pas pu aller très loin. Elle suivit les traces humides, luisantes, des éclats rougeâtres comme des framboises écrasées. À certains endroits, les arbustes étaient si touffus qu'ils ressemblaient à un mur infranchissable mais elle savait s'y faufiler en se glissant dans des espaces minuscules, comme le faisait la bête.

Elle retint sa respiration pour écouter. Si elle pouvait sentir comme sentait la bête, alors elle verrait sa peur marquer chaque caillou, bout de bois et mousse sur son passage. Ces effluves qui se déposaient sur la terre rigidifiée qu'elle brisait sans plus savoir comment marcher en silence.

Elle entendit un cri, une nuée d'oiseaux se dissipèrent en piaillant. Un deuxième cri s'ensuivit et elle se mit à courir.

Il y avait des griffures et du sang sur un tronc. La bête avait essayé de grimper mais n'y était pas parvenue. Au pied de l'arbre, elle trouva des excréments, des traînées provoquées par le stress. Elle les fouilla avec le bout de son bâton. Os, poils, plumes et quelques graines. Elle inspira en bombant exagérément la poitrine. C'était sûrement une martre. Elle souffla, ce n'était pas un blaireau. Elle ne mettait jamais ses pièges à proximité d'un de leurs terriers.

Elle recommença à marcher, encore plus courbée. Elle savait se montrer patiente. Prudente, aussi. Feindre le calme même lorsque l'agitation intérieure était à son comble. Elle pensa à nouveau au père, au moment où elle lui donnerait la peau. Et s'il tournait les yeux vers elle, pour une fois ?

Elle la trouva non loin de là, à la lisière du bois. Lovée contre un tronc couché, elle était immobile. Elle semblait moins grande qu'elle ne l'avait imaginée. Elle ne voyait pas son corps se soulever. Elle lâcha son bâton et sortit son lance-pierre, prépara un caillou. Les animaux savaient simuler pour se protéger. Elle pensa à la grosse cicatrice sur sa cheville. Une morsure de renard qui avait fait le mort avant de planter ses dents et de décamper. Lorsqu'elle était rentrée en traînant la jambe, boitant bien plus que d'habitude, elle avait essayé de cacher la blessure. Mais rien ne pouvait être dissimulé à Éveline qui, avec brusquerie et maints reproches, lui avait asséné : « Si tu te laisses mordre tu es encore plus stupide que ce que je pensais ! »

Depuis, elle se disait à chaque fois qu'elle allait récupérer ses pièges : moi aussi je suis féroce, moi aussi je peux mordre, griffer, me défendre avec mes poings et mes pieds. Ça chassait un peu la peur même si, lorsqu'elle s'approchait d'un animal, des lancées dans sa cheville accentuaient sa boiterie.

Elle fit deux pas en avant et la martre se redressa d'un coup. Son poil était chatoyant, d'un brun noir avec des reflets roux. La langue sortie entre ses dents, elle haletait. En essayant de ne pas regarder sa patte, Aloïse leva la fronde et visa la tête. Elle avait l'habitude, elle avait déjà assommé puis tué des lièvres et des renards et plus d'une taupe. Une martre ne lui faisait pas peur. Pourtant, elle tremblait. Elle tremblait tellement qu'elle ne pourrait jamais viser comme il faut à cette distance. Elle se força à avancer. La martre se leva sur ses pattes arrière et se mit à feuler. Son poitrail de poils blancs était souillé de sang. Le moignon, brandi en avant, était monstrueux. Aloïse rabaissa sa fronde. Sa vision se brouillait, elle plissa les yeux pour essayer de retrouver la netteté. Elle ne devait pas quitter sa tête des yeux. Mais son regard s'esquivait vers la patte déchiquetée. Ses mains s'agitaient toujours et elle les serra comme elle put pour relever la fronde. Elle tira un caillou qui atterrit à un mètre de sa cible. D'une rapidité qui la prit au dépourvu, la martre sauta par-dessus le tronc et détala en claudiquant.

Aloïse la suivit, elle entendait ses jappements, pareils à des lamentations de femme. La martre quitta l'abri des arbres et avança dans la prairie dégagée. Elle ralentissait, se traînant. Aloïse tira un caillou qui effleura sa queue. La martre tressauta et se retourna, le pourtour de sa gueule moussait d'une salive blanche et épaisse. Elle se remit à feuler et essaya de se relever mais retomba en avant. Elle était à bout. Elle leva la tête et fixa Aloïse. Ses petits yeux, d'ordinaires perçants et brillants, se voilaient déjà. Avec des halètements plus lents, elle baissa le museau. Aloïse sentait sa poitrine se soulever et s'abaisser douloureusement, ses dents claquaient. Elle se rapprocha encore, la fronde prête.

La martre était étrangement calme. Rempli d'effroi, ce calme n'était que résignation des derniers instants. Elle avait vu la pierre, les mains, et une part d'elle-même avait déjà compris que tout serait bientôt fini. Elle m'attend, se dit Aloïse. Dans une ultime démonstration de force, elle dressa soudain les oreilles, releva ses babines et montra ses petites dents acérées capables de trancher des os. Aloïse relâcha l'élastique d'un geste sec et ferma les yeux. La pierre frappa au cou et propulsa l'animal brutalement en arrière.

Couchée sur le flanc, la martre ne bougeait plus. Aloïse avait de la peine à reprendre son souffle. Elle regarda autour, mais il n'y avait pas de morceaux de bois ni de grosses pierres à portée de main.

Elle avait besoin d'une arme pour se défendre si elle faisait semblant d'être morte. Elle courut jusqu'aux premiers arbres pour trouver un bâton. Arrivée à la lisière, elle se retourna d'instinct. Et se figea. Bec et serres en avant, une forme obscure, implacable, plongea sans hésitation sur sa proie. Aloïse n'eut même pas le temps de crier. Le rapace emporta la martre dans les airs, dans un bruissement d'ailes et de crocs.

VIVIAN

Genève, 2007

J'ai cinq jours de congé suite au décès de ma mère, suivis du weekend. Ce matin, je me suis douchée, habillée et maquillée comme tous les matins. Mes gestes étaient automatiques, détachés. Puis, je me suis assise sur le canapé. Quelques heures ont passé, et je suis toujours dans la même position, à regarder vaguement par la fenêtre. Dehors, il pleut. Je vais peut-être me transformer, pâlir et me diluer, devenir une créature apathique.

J'aurais tant de choses à faire, mais par quel bout commencer ? Je ne sais simplement pas comment réenclencher la normalité.

Je n'ai pas eu de nouvelles de Mattieu depuis notre dispute. Et dehors, l'opacité grise et dense me happe. Il n'y a pas pire que le mois de novembre pour mourir. Le beau de l'automne est derrière, ne reste devant que la lente chute vers le froid et la nuit. J'ai toujours détesté le mois de novembre. C'est le début de la fin : la lente fonte du paysage, le glissement humide, l'épine du froid. Je me sens tellement seule d'un coup que cela me coupe la respiration.

Je téléphone à Ada. Elle ne répond pas, elle doit être en train de travailler, ou de sortir ses chiens, ou je ne sais trop quoi. Je pense alors à mon beau-père et me demande s'il est aussi perdu que moi. En composant son numéro, je me dis que je n'ai pas vraiment l'habitude de l'appeler. Il répond après de longues sonneries, juste avant que je ne raccroche.

— Je te dérange ?

— Non… j'allais partir au jardin.

— Ah.

Je ne savais pas qu'il avait un jardin.

— Mais… il pleut.

— Non, plus maintenant. Mais je ne sais pas combien de temps va durer l'accalmie, dit-il avec empressement.

Je tourne mollement la tête vers la fenêtre et, en effet, la pluie a cessé. Il y a même un semblant d'éclaircie, je détourne les yeux.

— Ah.

Je l'entends soupirer, il s'impatiente certainement. Pourquoi il ne reste pas à déprimer comme moi, avachi et abattu ? Sa facilité à se mettre en action m'écrase encore plus dans mon canapé.

— Comment vas-tu ? me demande-t-il finalement et, sans surprise, je réponds :

— Ça va.

Le vide de ma réponse me donne le vertige. Mon beau-père soupire encore, ou alors c'est sa respiration qui est un peu entravée, légèrement sifflante.

— Je veux aller planter l'hellébore... explique-t-il d'une voix plus aiguë. Et après une hésitation, il ajoute : c'est pour Ama.

— Ok.

J'aimerais parler davantage mais chaque mot me coûte. Il va peut-être me proposer de l'accompagner et je refuserai car je ne m'en sens pas la force. Mais il ne le propose pas. Il attend, poli et patient, que je mette fin à cette discussion pénible et qu'il puisse retourner vaquer à ses occupations. Alors je le libère.

— Je dois te laisser François, on se reparle bientôt.

— Oui, bien sûr, bien sûr.

Son soulagement est si flagrant que je me retiens pour ne pas jeter le téléphone. Un instant j'ai envie d'appeler Mattieu pour l'insulter mais je me retiens à temps. Le contrôle a du bon après tout. Je m'allonge sur le canapé, je devrais manger quelque chose mais je préfère essayer de dormir. Je me tourne et me retourne dans tous les sens, incapable de trouver une position apaisante.

Avec tout ce qu'il a plu depuis hier, le cimetière doit être un véritable bourbier. Tout contrôle alors me quitte et je plonge dans la boue, la tête la première. Ma mère m'apparaît, elle me demande comment je me sens, me demande si je n'ai pas mal à la gorge, si je n'ai pas de maux de tête ou de ventre, si je suis vraiment sûre de ne pas avoir de la fièvre. Et même si elle fait tout pour ne pas la regarder, je vois ses yeux tomber sans cesse sur ma main. Je la relève devant mes yeux, le tissu noir du gant a beau être très fin, il ne laisse rien transparaître. Qui va s'occuper de ma main maintenant qu'elle n'est plus là ?

*

Je ne peux plus rester chez moi. J'étouffe à l'idée de passer la soirée seule. Sans même essayer de la rappeler, je décide d'aller chez Ada.

À peine sortie de mon immeuble, je flanche. Il fait déjà presque nuit alors qu'il n'est que dix-sept heures. Un vent humide me pique le visage et il pleut encore, un peu, suffisamment pour gonfler ma déprime. Je ne me sens pas la force d'affronter toute cette grisaille, l'odeur froide de l'indifférence, les inconnus qui passent devant moi sans savoir que je viens de perdre ma mère. Mon ventre se contracte, la douleur est prête à me submerger. Je lutte un moment contre l'envie de retourner chez moi et de me glisser loin sous mes draps blancs, propres, dressés à étouffer la peine. Mais je mets mon capuchon, j'entoure mon crâne et mes oreilles de tissu molleton et me force à marcher vers l'appartement d'Ada.

La ville ne peut plus être la même. Je guette les trous dans la chaussée, les effondrements de pans de murs. Il n'y a même pas une inondation. Comment est-il possible que tout tienne encore debout alors que ma mère n'est plus là ? Et même si la dégradation n'est pas tangible, s'il ne manque aucun immeuble, si aucun lampadaire n'a été arraché, son absence est omniprésente, diffuse et collée à mes yeux.

Je repense à mon beau-père, je me souviens qu'il m'a dit vouloir planter quelque chose pour elle. Cela me semble tout à coup absurde, mais exige trop d'énergie pour que j'y réfléchisse plus longuement. Je me concentre sur les pas qui me font avancer, ils réenclenchent le mouvement et le manque me paraît tapissé de coton.

Je m'arrête chez l'Asiatique en face de chez Ada, puis je passe à l'échoppe à côté pour acheter de la pâtée pour chien et pour chat.

Les sourires insistants des vendeurs n'ont pas besoin de me rappeler que je suis venue plus d'une fois effectuer des achats similaires. Les nouilles sautées ont la même odeur que d'habitude, le labrador beige sur la boîte sourit avec toujours autant de langue pendante. Tout ceci n'est qu'une routine pour dérouler le temps.

Ada n'est pas là, je me laisse glisser le long du mur et m'assieds sur les talons devant sa porte. Je ne veux pas totalement m'asseoir, le sol est plein de terre et d'autres choses que je n'ai pas envie d'imaginer.

Je me suis assoupie et c'est la langue râpeuse de Coly qui me réveille. Ada ouvre la porte et dès que j'entre dans son appartement l'odeur me pousse à mettre la main devant mon nez.

— Oui, je sais, ça fouette là-dedans, me dit-elle en se dirigeant vers la fenêtre pour aérer.

Les chiens sont surexcités, ils attendent leur friandise après la promenade. Coly me saute dessus, des empreintes brunes et humides apparaissent sur le devant de mon jean. Les autres me tournent autour en fourrant leurs museaux impatients dans les sacs de commissions. Un des chiens commence à grogner contre un autre, nous sommes trop nombreux pour le petit espace.

« Calmez-vous ! » répète Ada sans que cela produise beaucoup de résultats. Elle me tend un linge passablement sale pour que je l'aide à essuyer leurs pattes, même s'ils ont déjà laissé des traces partout.

Lorsque je m'assieds enfin dans son fauteuil, le gros matou sorti de je ne sais où vient s'installer sur mes cuisses, suivi de Coly qui dépose un biscuit à mes pieds pour le manger. Ada me tend une bière. Les trois grands chiens s'installent avec un os à ronger. Et là, il y a un moment de suspension. Le territoire est partagé, chacun a trouvé une place, chacun est satisfait. Le studio plonge dans le calme. Il sera d'une durée limitée, les quatre chiens et le chat, enfermés dans un si petit espace finissent toujours par péter les plombs.

Ici, c'est l'opposé de mon appartement. Chez moi le calme semble s'être définitivement installé. Chez moi, nul chaos, l'ordre est permanent, comme chez ma mère. En sirotant ma bière, je repense à son attachement au rangement. Chaque chose avait sa place, précise et définitive. Un objet devait retrouver sa place initiale instantanément après son utilisation. Ma mère m'a transmis ce besoin d'ordre et d'organisation que j'associe à une exigence esthétique. Je ne pense pas me tromper en affirmant que mon appartement est meublé et décoré avec goût. Je passe beaucoup de temps et consacre beaucoup d'argent à choisir les objets qui composent mon intérieur. Peu d'objets, mais choisis scrupuleusement. Design, majoritairement blancs. J'ai économisé une année pour me payer un plafonnier des années 1960. Mon intérieur est blanc alors que je m'habille essentiellement en noir. « Tu devrais prendre un dalmatien », m'avait conseillé ma mère. J'ai été surprise qu'elle fasse de l'humour. Comment décrire la personne qu'elle était ?

J'inspire profondément les effluves de chien mouillé et me demande comment Ada peut vivre ainsi. La propreté est plus que douteuse, les meubles sont disparates et bon marché, certainement récupérés, c'est en permanence le bazar avec tous les animaux. Le fauteuil en velours épais dans lequel je m'enfonce lourdement vient probablement d'un débarras. Comment est-ce possible de se sentir aussi bien dans un endroit pareil ?

Ada s'installe dans son lit qui fait aussi office de canapé, de table et de penderie.

— Santé ! me dit-elle en levant sa bière.

Je lui réponds par un sourire, je sais qu'elle ne me demandera pas comment je vais ou si j'ai besoin de quelque chose. Collé contre mon ventre, le chat ronronne tant que j'ai l'impression que sa respiration provient de mon propre corps.

CATHERINE
Patagonie, 2007

Il trouve Madame Catherine dans la serre. Étendue au milieu de pots écrasés, une bouteille vide serrée contre la poitrine, elle dort à même le sol.

Qu'a-t-elle fait ? Il ne pense pas à la possibilité d'un accident ou à une agression, probable pourtant. Pour lui, Madame Catherine est si inabordable qu'il est impossible de lui nuire.

Son visage est en partie dissimulé par ses cheveux. C'est la première fois qu'il les voit détachés, ils sont bien plus longs qu'il ne le pensait, de grosses boucles se mélangent au terreau et autres brindilles du sol malpropre. Sa bouche est entrouverte, elle est déjà prête à crier, prête à le traiter d'incapable. Pour le moment, il n'entend que le ronflement sifflant d'une respiration régulière. Les jambes repliées, elle dort sur le côté, inoffensive et défaite, les lèvres frôlant parfois le goulot de la bouteille. Qu'y a-t-il de plus intime qu'une personne qui dort ainsi ? La chaleur lui monte aux joues. L'atmosphère sous le tunnel commence déjà à être étouffante malgré l'heure matinale. Il comprend d'instinct qu'il va avoir des ennuis. La moiteur le saisit comme s'il s'était enveloppé d'une épaisse couverture de feuilles pourries.

Les autres ne doivent pas la voir dans cet état, se dit-il. Il s'accroupit à côté d'elle, hésitant à la toucher. Cette femme l'impressionne, pour ne pas dire qu'elle lui fait carrément peur. Mais là, il n'a pas le choix, il doit le faire, justement pour elle.

Du bout des doigts, il lui touche l'épaule et recule aussitôt.

— Madame ?

Aucune réaction. Il insiste encore et finit par empoigner son épaule pour l'agiter.

— Eh oh !? Madame Catherine ?

Elle grogne et se replie encore plus sur elle-même, serrant tellement la bouteille qu'il a peur qu'elle ne la brise.

Il regarde autour de lui et ses yeux tombent sur un seau, mais il les détourne aussitôt. Même pas en rêve, elle le tuerait sans hésiter.

Il rage, s'il n'avait pas voulu faire l'employé modèle, il ne serait pas dans cette situation. C'est pour elle qu'il est là, à cette heure. Pour l'impressionner, elle qui allait maintenant lui pourrir la vie. Il pourrait encore repartir et faire comme s'il ne l'avait pas vue. Faire semblant de rien, il sait bien le faire. Alors ? Pourquoi reste-t-il là, incapable de la quitter des yeux ? Il entend un bruit venant des cabanons, les autres ne vont pas tarder à se réveiller. Il doit au plus vite la mettre à l'abri.

Il la tourne doucement sur le dos. Elle porte sa salopette kaki habituelle. Son cou dégagé dévoile une fine chaînette en argent dont le pendentif est dissimulé dans le décolleté, puis la cicatrice qui suit tout le pourtour de la gorge. Il détourne la tête, effrayé, comme s'il pouvait encore se protéger de ce qu'il n'aurait pas dû voir. Il glisse ses bras sous ses aisselles et croise ses mains sur sa poitrine. Ses cheveux empestent le bois brûlé et lui chatouillent le nez. Il compte jusqu'à trois et la soulève suffisamment pour pouvoir la tirer. Elle est moins lourde qu'il ne l'aurait pensé et il la traîne jusqu'à la remise. Il l'assoit dos contre un bout de mur vide. Il lui faut un moment pour la caler et qu'elle arrête de glisser d'un côté ou de l'autre. Ce n'est qu'à ce moment-là qu'il remarque qu'il lui manque une chaussure. Sur le coup, son pied nu lui paraît obscène. Il évite de regarder ce membre blanchâtre, presque bleuté, telle une anomalie.

Comme elle ne se réveille toujours pas, il va malgré tout remplir le seau avec un fond d'eau. Il examine rapidement la serre à la recherche de la chaussure mais ne la trouve pas.

Il prend un peu d'eau dans la main et lui tapote le visage. Son visage est bouffi, ses paupières gonflées et violacées. Elle lui paraît vieillie, comme si elle avait absorbé des années supplémentaires durant la nuit.

Elle se redresse et le repousse d'une main avec une telle force qu'il tombe en arrière. Elle plaque l'autre main contre sa gorge et ramène le menton vers sa poitrine. Les yeux exorbités, elle le regarde sans le reconnaître.

— Madame… C'est moi… Julian…

Elle vacille, comme totalement vidée d'énergie. Il croit qu'elle va s'évanouir à nouveau, mais elle s'accroupit et se stabilise un peu. Elle n'a pas encore retiré la main de sa gorge, ses cheveux emmêlés forment sur sa tête comme une couronne de maléfices. Il ne serait pas surpris de voir quelques mèches se transformer en serpents sifflants. De façon automatique, il se signe et regrette aussitôt son geste. Il déteste ces démonstrations d'impuissance.

— Ne vous inquiétez pas Madame… dit-il d'une voix mal assurée.

Il voit les gouttes de sueur perler sur son front, la paupière de son œil droit frétille grossièrement. Elle n'a rien à voir avec la patronne qu'il a connue jusqu'à maintenant. Mais il ne doit pas se fier aux apparences, elle n'a rien perdu de sa férocité. Ses yeux tombent à nouveau sur la tache claire, froide et comme luminescente, de son pied. Ce membre nu, recroquevillé, pourrait être atrophié mais il n'ose pas le regarder plus longuement. Il sent l'emprise d'une gêne poisseuse, étouffante. Il aimerait simplement s'enfuir mais il reste collé sur place. Attendant un geste de sa part qui lui ordonnerait de déguerpir.

Elle respire plus fort, la bouche ouverte, le dos à nouveau plaqué au mur de la remise. Il est tellement étonné de la voir pleurer qu'il se dira, plus tard, qu'il a peut-être rêvé. Elle ne fait plus attention à lui, ses yeux, perdus dans le vague, laissent s'écouler les larmes. Elle ne cherche ni à les essuyer, ni à les cacher.

Il commence à reculer, très lentement, continuant à lui faire face, restant sur ses gardes.

— Je n'ai rien vu. Rien vu du tout. Et en plus d'être aveugle, je suis muet comme une pierre. Ziiiip, dit-il doucement, en se passant les doigts sur les lèvres comme s'il les scellait.

Il se précipite au-dehors et, immédiatement, il est pris dans l'émanation doucereuse des innombrables fleurs blanches qui s'échouent sur le toit. On ne perçoit pas leur odeur sous la serre, elle s'abat à l'entrée et à la sortie. Il se dit que c'est une odeur déjà altérée, déclinante. Une odeur coupable et triste.

VIVIAN

Genève, 2007

L'ampleur de la tâche me submerge. À peine entrée dans l'appartement, telle une vague monstrueuse, elle tente de me noyer. Déjà épuisée, j'ai envie de m'affaler sur une chaise. François est derrière moi, un instant je crois qu'il va poser sa main sur mon épaule et me dire : ça ira, tu verras, on y arrivera. Mais lui aussi, le souffle court, reste figé devant la réalité qui nous percute.

Sans enlever nos manteaux, nous faisons le tour du salon, de la cuisine et de la chambre. Tout est parfaitement rangé, d'une propreté irréprochable. Je ne peux m'empêcher de me dire que nous sommes en train de salir avec nos chaussures. Si elle avait été là, on se serait déchaussés à l'entrée et chacun de nous aurait enfilé les chaussons attribués. A-t-elle gardé ceux de François ou ont-ils fini rageusement à la poubelle ? J'ai de la peine à imaginer ma mère se mettre dans une telle colère, je ne me souviens pas de l'avoir jamais entendue crier ou se laisser dépasser par ses émotions. Elle était la douceur même. Les pantoufles de mon beau-père doivent toujours être rangées à leur place dans l'armoire. Gardait-elle aussi l'espoir qu'il revienne un jour ?

— Tu veux un café ? je lui demande pour repousser un peu le moment de commencer.

— Non. Merci.

François est mal à l'aise. Sa nervosité transpire dans ses gestes agités, ses mains qui entrent et ressortent des poches.

Malgré son visage ruisselant, il garde son manteau et son béret. Il fait chaud, trop chaud. Le chauffage n'a pas encore été coupé et ma mère le réglait au maximum. Il me semble même qu'il n'a jamais fait aussi chaud ici. Moi aussi, j'ai toujours mon manteau, moi aussi je transpire en rechignant à l'enlever.

Maintenant que ma mère n'est plus là, l'appartement se montre tel qu'il est : une enveloppe inerte et dénuée de toute utilité. Malgré la profusion d'objets, cela sent l'économie, la parcimonie, la petite vie. L'ordre et la propreté, excessifs, n'en paraissent que plus tristes. En repensant aux taches de boue le jour de son enterrement, je me dis que cela a dû être une épreuve terrible pour elle. Si elle avait pu, aurait-elle fait nettoyer l'endroit de fond en comble ? Aurait-elle eu l'audace, ou la folie, de s'attaquer à la boue ? Peut-être. Ma mère était véritablement maniaque.

Je vais dans la cuisine préparer un café, au moins pour moi. J'ai besoin d'introduire un semblant de normalité pour éviter la suffocation. J'enlève finalement mon manteau et le jette sur le canapé, ainsi que mon foulard. Je brise encore les règles de cet endroit. Les manteaux se rangeaient sur un cintre dans la penderie, jamais ils n'échouaient de cette façon.

Mon beau-père me rejoint dans la cuisine. Un peu gauche, il me bouscule et s'assied avec précaution comme s'il avait peur que la chaise ne se brise. Il malmène ses cuticules jusqu'au sang puis il enlève son béret pour occuper ses mains.

— Tu aimerais garder quelque chose ? je lui demande d'une voix étranglée.

— Je ne pense pas, non.

Il regarde autour de lui la petite cuisine étriquée. L'appartement a-t-il beaucoup changé depuis qu'il est parti ?

— Et toi ? Tu vas prendre beaucoup de choses ? me demande-t-il.

Je secoue la tête.

— Je n'ai pas de place, dis-je en m'excusant.

Le silence qui s'ensuit est douloureux. Nous ne voulons rien garder d'elle, j'ai l'impression d'une claque. Je bois mon café à petites gorgées et il regarde par la fenêtre. Chacun est perdu dans ses images, essayant de la faire réapparaître, de souffler sur les souvenirs pour faire voleter un peu de lumière.

— Allez ! On y va ! dis-je avec un entrain forcé.

Mais presque instantanément, toute énergie me quitte et je ne vois que l'énormité de ce qui m'attend. Par où commencer ?

— Tu n'es pas obligée de t'imposer cela, Vivian. Je peux m'en occuper seul, tu sais, me dit François qui s'est placé à côté de moi.

Je suis si soulagée qu'il soit là pour débarrasser l'appartement. Comme lors de l'enterrement, nos manches cherchent à se frôler, à se soutenir sans trop savoir encore comment faire. Maintenant que maman n'est plus là, il ne reste que nous deux. Coincés dans son appartement, nous n'avons pas l'habitude d'être les deux, seuls, je m'en rends bien compte. Nous sommes un peu maladroits, superficiels l'un avec l'autre. Sans la présence de ma mère, mon beau-père est un territoire inconnu. Se dit-il la même chose de moi ?

Je pose mes yeux sur Valentino Rossi. Encadré de doré, son visage s'affiche sur les murs. Saint Valentino, roi des merdeux. Que vas-tu devenir maintenant qu'elle n'est plus là pour t'adorer ?

François suit mon regard sur les photos.

— C'est indéniable qu'il est bien plus beau que moi, dit-il en forçant un sourire.

Sa passion pour le champion était apparue subitement, de manière totalement décomplexée. Il est possible que ce soit après leur séparation que ma mère ait perdu une couche de bon sens. C'est si gênant, me dis-je en soupirant. Ma mère amoureuse d'un motard qui pourrait être son petit-fils. Bien sûr que j'ai trouvé cette passion ridicule, pour ne pas dire honteuse. Et elle devait le sentir car à chaque fois que j'allais chez elle, elle me répétait : « Tu dois trouver cela bien risible. » Mais elle n'ajoutait rien d'autre, car ce qui aurait suivi, aurait été : « Mais c'est comme ça. C'est ma vie. » Cette affirmation de soi, elle ne l'a jamais formulée verbalement. Son petit rire retentissait avant, boucle de moquerie autosuffisante. Je repense à ce rire qui ponctuait la fin de ses phrases, une sorte de ricanement pour clore chaque parole, minimiser jusqu'à l'annulation. Comme il me manque son petit rire faussement léger.

Pour chasser la tristesse et enclencher le processus, je me dirige vers un cadre avec Valentino. Il se décroche avec une facilité qui me fait presque pleurer.

Malgré mes réticences, elle avait réussi à m'embarquer dans son délire. Sans savoir comment ça avait pu commencer, je lui ramenais des magazines où il figurait en couverture. J'avais fini par moi aussi le chercher, feuilleter des pages et des pages pour le trouver.

« Tu ne trouves pas qu'il dégage quelque chose de vraiment spécial ? » me demandait-elle sans attendre de réponse de ma part. Elle avait développé un monologue qui ressemblait à s'y méprendre à une discussion sans que jamais je n'ouvre la bouche.

« Tu sais combien d'os il s'est brisé ? Combien il a subi de traumatismes ? Tu sais combien il a souffert, lui ? Pourtant, il remonte sur sa moto et gagne la course. Il se relève toujours et enchaîne les exploits. Toujours. »

C'était sa façon à elle de me faire la leçon. Une leçon imparable sur l'importance de la maîtrise, de l'exigence, de la volonté capable de transcender un corps parfois si encombrant. Une leçon de bravoure et de pudeur. Car lui, Valentino, ne se plaignait jamais. Il incarnait la perfection que pouvait atteindre la détermination. Il n'en aurait fait aucun cas lui d'une simple main, se serait relevé encore et toujours. Même en petits morceaux, il aurait rampé vers la victoire, un sourire illuminé aux lèvres. Comme il m'énerve ce petit con prétentieux.

— Maman n'a jamais fait de moto, en plus.

J'aurais eu tellement de peine à l'imaginer à califourchon sur une bécane. François hausse les épaules et dit :

— Qui sait ? Amalia a eu plusieurs vies.

Je guette quelques instants la plaisanterie, mais il est parfaitement sérieux.

— Plusieurs vies ?

— Oui, bien sûr.

Il ne semble pas disposé à en dire plus. Après tout, comment peut-on croire qu'une personne est lisse et sans aspérités ? Une mère dévouée, aimante. Oui, une mère parfaite. Qui, comme Valentino, se serait, elle aussi, inlassablement relevée. Mais je n'arrive même pas à l'imaginer tomber, peut-être trébucher, et encore. Mes pensées sont si puériles. Je la vois comme si j'avais huit ans. Avec une naïveté qui soudain m'effraie.

ALOÏSE
Jura, 1922

Prudemment, elle guigna par le carreau de la fenêtre, puis baissa immédiatement la tête. Ils étaient en train de manger. Le père était assis à sa place habituelle au bout de la table et enfournait la cuiller dans sa bouche. Elle saliva en imaginant sur sa langue la soupe chaude, le morceau de pain fondant sur son palais. Elle n'avait rien attrapé, ce n'était même pas la peine d'imaginer entrer dans la maison. Et les trois peaux de taupe n'intéresseraient pas le père.

Elle se dit qu'elle n'avait pas réellement faim, elle avait mangé des baies et des herbes dès qu'elle en avait trouvé. Elle s'accroupit dos au mur de la maison et sortit de sa poche une racine blanchâtre qu'elle commença à mastiquer. Le goût de carotte était agréable, mais la racine était filandreuse et des filaments se coinçaient sans arrêt entre ses dents. Elle finit par la jeter, agacée. Elle tendit l'oreille pour guetter les bruits qui provenaient de l'intérieur, des claquements, des cliquetis, et les grincements de la chaise en bois sur laquelle était assis le père. Aloïse ramena ses bras et ses jambes autour de sa poitrine.

Il faisait nuit depuis un moment lorsque Éveline sortit de la maison. Elle allait rincer les bols et les couverts dans le bassin de la cour.

— Eh pssssit... appela Aloïse doucement dans sa direction.

Évi ne se retourna pas mais Aloïse vit qu'elle posait un bol un peu à l'écart des autres. Elle se glissa alors dans l'obscurité en faisant le moins de bruit possible.

Le bol contenait un fond de soupe avec du pain ramolli, gorgé de liquide. Elle sautillait sur place en ouvrant la bouche en grand sans toutefois produire le moindre son. Éveline n'arrivait pas toujours à lui garder quelque chose. Elle avala la soupe tiède en quelques lampées. Elle conserva les restes de pain sur la langue aussi longtemps que possible, les laissant se dissoudre lentement. Éveline retourna dans la maison sans lui adresser la parole, faisant comme s'il n'y avait jamais eu de soupe dans le bol léché avec soin.

Aloïse se dirigea vers la grange. Elle avait un endroit dans lequel elle pouvait se glisser et dormir en boule sans que le père ne puisse ni la voir ni la trouver au matin. En soulevant une planche et en rampant le ventre collé au sol, elle pouvait aussi entrer et sortir par l'arrière si l'entrée principale était fermée.

Dans la grange, il n'y avait plus que deux vaches et il n'y avait plus de cochon depuis longtemps. Le père avait aussi onze poules et un coq. Elle piquait parfois un œuf, à l'aube. Mais pas souvent, elle ne voulait pas qu'Évi la traite de voleuse.

Éveline savait tout faire, elle était l'aînée. C'était la mère qui avait dû lui apprendre. Elle s'appelait Pierrette. C'était tout ce qu'elle en savait, elle ne l'avait jamais connue.

Il y avait une croix en bois enfoncée dans la terre pas loin de la ferme. Elle était simple mais solide, dressée droite comme un arbrisseau. Une seule fois elle avait vu le père devant, à genoux. Son dos était courbé, ses épaules et ses bras tombaient vers l'avant comme des branches cassées. Aloïse ne l'avait jamais vu dans une telle position. De voir le père sangloter ainsi lui avait tout à coup ramolli le cerveau, alors elle s'était approchée de lui, baissant sa garde. En la voyant, il était devenu tout rouge. « C'est toi qui l'as tuée ! C'est ta faute ! » avait-il crié et le bord de sa bouche moussait. Elle n'avait pas détalé de suite, comme si ses jambes aussi s'étaient ramollies. Il l'avait alors empoignée en continuant à hurler. Elle avait essayé de se protéger de ses poings en se recroquevillant, mais il l'avait soulevée par les cheveux comme on tenait un lapin par les oreilles. Elle avait entendu Évi crier, puis elle s'était certainement évanouie car elle ne se souvenait plus de ce qui s'était passé ensuite.

Elle se frotta le crâne au souvenir de la douleur si vive. Maintenant ses cheveux étaient courts, elle demandait à sa sœur de les couper dès qu'ils poussaient.

Elle n'arrivait pas à comprendre comment elle avait pu tuer sa mère alors qu'elle ne s'en souvenait même pas. Comment un bébé pouvait-il tuer sa mère ? Vraiment, elle ne comprenait pas. Elle avait une fois demandé à Éveline, mais après être restée silencieuse un long moment, elle s'était mise à lui crier dessus de lui ficher la paix. Elle n'avait pas demandé à ses autres frères et sœurs, ils ne s'adressaient la parole qu'en cas de nécessité. Ils devaient avoir peur que le père s'en prenne à eux aussi s'ils restaient trop proches d'elle. Ils faisaient comme si elle n'existait pas, et elle faisait pareil.

Les vaches tournèrent leurs grosses têtes dans sa direction. Sans arrêter de mastiquer, elles la suivirent des yeux jusqu'à ce qu'elle s'installe dans son coin. Elle mit les mains sur son ventre chaud où reposaient la soupe et le pain. Elle ferma les yeux et entra à l'intérieur d'elle-même. Elle chercha Pierrette, fouillant les recoins de sa mémoire, essayant de regarder partout. Aloïse était certaine que personne ne connaissait son endroit à elle dans la grange, il devait y avoir aussi des cachettes dans sa tête qu'elle n'avait pas encore découvertes. Mais ce soir, comme à chaque fois, elle ne la trouva pas. Elle n'arrivait à se souvenir de rien. Aucune image de Pierrette. Elle soupira, déçue.

Comment était-elle, elle voulait tant savoir. Elle ne pouvait pas ressembler au père, non, elle n'était pas comme le père. Éveline allait la rejeter si elle lui demandait encore. Elle devait l'imaginer seule. Et elle commençait à se faire une petite idée.

Quelques jours plus tôt, elle avait repéré un terrier. Il y avait un gros tas de boue, d'herbes sèches et de fougères devant et plein d'empreintes. Elle s'était cachée derrière un arbre à une dizaine de mètres de la gueule. Elle avait fait bien attention d'avoir le vent dans le bon sens pour repousser son odeur, puis elle avait attendu. Il ne faisait pas encore totalement nuit lorsqu'une grosse tête avec deux rayures noires était apparue. Puis le blaireau avait totalement sorti son corps gris et noir du terrier. Il avait humé l'air longuement. Elle était restée le plus immobile possible et avait vu d'autres blaireaux jaillir du trou, plus petits. Quatre en tout. Une fois dehors, ils commencèrent à sauter les uns sur les autres, à se rouler dans la terre. Ils jouaient en poussant de petits cris aigus. Le gros blaireau renifla encore à gauche et à droite, puis partit droit en direction de son arbre.

Les petits lui emboîtèrent le pas. Elle essaya de ne plus respirer, son cœur battait si fort. Ils trottinaient d'une drôle de façon avec leurs pattes courtes et leur gros derrière. D'un coup, le blaireau releva la tête et regarda Aloïse. Les petits étaient encore en train de renifler le sol, inconscients de sa présence. Elle frissonna. Un craquement de bois les figea en position d'alerte. Tous la fixaient, narines dilatées, oreilles dressées. Cinq blaireaux aux yeux ronds et brillants. Et elle aussi les fixait. Elle n'avait pas peur et, à cet instant, eux non plus. Puis ils firent demi-tour et disparurent à nouveau dans leur terrier.

Pierrette ne pouvait qu'être ainsi, une femelle épaisse et ronde qui fourrage le sol à la recherche de nourriture. Elle le voyait si bien, ce museau allongé, fureteur, qui cherchait les vers et les scarabées dans la terre retournée. Qui, au moindre danger, ramenait toute la famille à l'abri dans le terrier. Sa fourrure, chaude et rugueuse, avait une odeur de paille et de boue. Elle aimait sûrement les fruits d'églantier, elle aussi. Elle s'endormit sur ces sensations qu'elle possédait, et qui donnaient enfin corps à sa mère.

CATHERINE
Patagonie, 2007

Elle remplit un sac à dos en refrénant son envie de vomir. Ses cheveux qui tombent dans ses yeux et dans sa bouche l'insupportent et elle essaie de les attacher en chignon mais le geste de lever les bras la fait chanceler et l'oblige à s'asseoir. Ridicule. Elle regarde son pied nu en plissant les yeux, que peut bien être la tache blanche, près du gros orteil ? Elle lève la jambe mais la forme reste indistincte, en partie translucide. Elle perçoit un relent de chèvrefeuille frelaté et, en agitant le pied, un bout de pétale se détache. Ne reste collée à sa peau qu'une vague idée de fleur dont elle se désintéresse aussitôt. Aucun végétal n'a jamais mangé un pied qu'elle sache. Elle soupire, comment a-t-elle pu perdre une chaussure ? Elle repousse aussitôt cette question, et sa réponse certainement pathétique, pour se concentrer sur les actions qu'elle doit effectuer. Et pour cela, elle a besoin d'aide si elle veut être efficace. Elle se dirige vers son tiroir fourre-tout. L'ouvrir est toujours déplaisant et périlleux, il faut ignorer les papiers qui s'y entassent, les impératifs oubliés, les objets dont elle devrait se séparer. Elle ne se souvient pas de la dernière fois qu'elle a pris un médicament, mais elle se souvient d'avoir eu un tube d'aspirine. Elle le trouve rapidement, remercie les esprits malfaisants du tiroir, et avale directement deux comprimés certainement périmés. Elle referme aussitôt le tiroir plein de désordre et d'attentes.

Elle griffonne un mot pour dire qu'elle sera absente trois jours. Elle se force à boire un café serré qu'elle se retient tout juste de rendre. Tellement ridicule. Avec la tête qui tourne, elle enfile sa paire de chaussures de marche. Pourquoi sont-elles si serrées et pesantes ?

Elle démarre son brusque pickup en soulevant un nuage de poussière et les téros poussent leurs cris aigus en vaillants chiens de garde. « Vos gueules », marmonne-t-elle juste pour la forme, elle n'a pas la moindre autorité sur ces volatiles.

Elle n'a rien anticipé. C'est simplement une nécessité qui se passe de réflexion. Son état vaseux l'y aide largement, c'est certain. En temps normal, elle n'entreprendrait pas cette escapade ainsi, sur un coup de tête. Son mal de crâne toujours présent lui fait maudire son excès d'alcool, sa bouche pâteuse a soif et en même temps envie de vomir.

Elle s'arrête dans une échoppe pour acheter une grande bouteille d'eau et, après une hésitation, une barre chocolatée. Une fois arrivée à sa voiture, elle retourne prendre encore un paquet de crackers salés et une deuxième barre chocolatée. Même si la simple vue de ces produits lui retourne l'estomac, elle sait qu'elle va en avoir besoin, plus tard, durant la montée. Après une heure de route, elle parque son pick-up dans un renfoncement au bord du chemin.

Elle entame le sentier qui longe la rivière, c'est plat et, déjà, ses pieds lui semblent de plomb. Elle comprend que ça va être dur, dur comme jamais. Il ne lui viendrait pourtant pas à l'idée de faire marche arrière. Il n'est pas possible de faire marche arrière, c'est justement à cette réalité qu'elle doit se confronter.

Au bout d'une heure de montée, la pensée de rentrer chez elle lui traverse néanmoins l'esprit tous les vingt mètres. Elle a déjà vomi deux fois, transpire abondamment, son souffle est entravé, sifflant. Dès qu'elle s'arrête, sa transpiration l'enserre comme une fine couche de glace.

La nausée dépose dans sa bouche des filaments visqueux, acides. Elle contracte la mâchoire, fronce le front, ne laisse pénétrer la lumière que par une fente. Elle s'oblige à continuer. Le printemps ne pardonne pas aux traînards, la nuit s'abat encore tôt.

Après un tronçon très raide, elle passe par une phase où elle a envie de pleurer, et c'est uniquement la lutte pour se retenir de sangloter qui la pousse à avancer encore. S'ensuit un replat, quelques instants elle lève les yeux sur la forêt qui l'entoure, le soleil blanc qui perce à travers les cimes réchauffe son visage rougi et bouffi. Elle sourit et se saisit d'un courage qui disparaît à la montée suivante, plus raide que celle d'avant. Comment est-ce possible ? Entre ses dents grincent toutes les insultes qu'elle connaît. Elle les crierait volontiers si elle avait du souffle à perdre. Même si elle marche, elle a l'impression de ramper. Elle n'a jamais failli à la montée, elle n'a jamais renoncé à avancer. Elle s'accroche à cette image qu'elle a réussi à instaurer d'elle-même : une battante, une personne déterminée qui avance coûte que coûte.

Elle pense au cocon qui l'attend. Il faut toujours préserver un refuge quelque part, au besoin. Un lieu qui entoure, protège et panse. Et son refuge se trouve perdu dans la montagne, chez Nahuel et Anita. Et même à quatre pattes, il y a tant de raisons d'arriver là-haut. Extirper son esprit de la brume, se blottir dans la bienveillance d'Anita et demander à Nahuel de lui fabriquer une maison pour sa mère. Sa mère. Elle chancelle et est obligée de s'arrêter. Elle se penche en avant et appuie ses mains sur ses cuisses. De petites épingles s'enfoncent dans son front. Elle croit qu'elle va vomir, se tient prête au cas où. L'écœurement s'estompe. Elle se relève et boit de l'eau, lentement, cela lui fait du bien. À peine la bouteille rebouchée, elle se penche sur le côté et régurgite tout le liquide. Elle maudit de tout son être son idée à la con.

Elle a pourtant eu le temps d'anticiper, plus de vingt ans. Mais elle se sent totalement dépourvue face à cette situation pourtant prévisible. Cela allait bien arriver à un moment donné, elle le savait, c'était simplement dans l'ordre des choses. Pourquoi a-t-elle été incapable de s'y préparer ? Cette escapade n'est qu'un répit pour le changement qui l'attend à son retour. Elle ne fait que repousser un peu la montagne.

Elle s'octroie une pause sur un tronc couché. Plus que s'asseoir, elle a l'impression que son corps s'étale telle une flaque. Elle se cramponne au bois nu. Dépourvu d'écorce depuis si longtemps, il doit avoir oublié toute rugosité tant il est poli. Elle a faim. Son estomac doit être essoré. Elle sort une des barres de chocolat et la mange avec précaution, une bouchée après l'autre. La sensation est merveilleuse, elle se dit que c'est une des plus exquises petites choses qu'elle ait mangées de sa vie. Et son estomac semble d'accord puisqu'il décide de la garder.

À partir de là, elle sait qu'elle a effectué à peu près un tiers du chemin, certainement le plus difficile. Elle repart et, pour la première fois depuis le début de la montée, elle quitte la vue déprimante de ses pieds souffreteux et regarde autour d'elle.

Des points colorés constellent le paysage. Après des semaines de pluie, quelques jours de chaleur printanière ont suffi pour une éclosion massive de champignons. Un éclatement de jaune, d'orange, de rouge, de gris, de blanc. Des chapeaux bulbeux percent les feuilles mortes du sol, colonisent les souches et pointent à travers leurs fissures, grimpent les flancs des troncs et s'installent même sur de hautes branches. Elle est cernée de champignons plats et étendus, de minuscules et frêles, de solides boules spongieuses. Elle s'approche d'une touffe de vesses-de-loup et, d'un coup de talon, libère un nuage de spores mordoré. C'est irrésistible de délivrer la fumée de ces petits sacs, de la voir se disperser.

Lorsqu'elle aperçoit les premiers Lengas, elle sait qu'elle a atteint les mille mètres d'altitude. Bientôt il n'y aura plus que cette espèce d'arbres, ils règnent en maîtres des hauteurs, accessibles uniquement en grimpant à leur rencontre. *Alors, fugace bipède, es-tu encore en train d'errer parmi nous ?* aimerait-elle les entendre lui demander.

Le refuge apparaît soudain, tel un prodige. Une simple construction en bois, planches brutes se chevauchant les unes les autres, solides comme des écailles de tortue. Minuscule territoire à défendre au milieu des vieux titans. Les Lengas sont tellement plus hauts que l'habitation humaine. Ils l'étaient déjà dans son souvenir mais, cette fois, cela la frappe encore plus.

Anita est à l'extérieur, elle ramasse du linge accroché à une corde tendue entre deux troncs. Elle tourne la tête vers Catherine et le pli entre ses sourcils se relâche, ses yeux s'arrondissent, brillants.

Catherine aussi se détend instantanément, une partie de sa fatigue la quitte dans les bras d'Anita.

— T'as juste le temps de prendre une douche avant qu'il n'y ait plus d'eau chaude, lui dit-elle après l'avoir étreinte dans son odeur de savon et de laine mouillée.

Il n'y a toujours que deux douches communes qui fonctionnent quelques heures le soir. Elles sont installées à une dizaine de mètres de la bâtisse principale, dans une cabane au plancher incertain et aux murs perméables au vent. Mais c'est toujours la même, vaillamment debout. Dans cet endroit, les choses ne changent pas, ou alors si lentement qu'elles donnent cette impression d'être immuables. L'eau brûlante coule sur sa peau rougie et la débarrasse de la sueur âcre, de la poussière collante comme de la suie. En cinq minutes, elle se réchauffe en profondeur. Elle s'habille de propre et, durant quelques instants, se sent neuve, dénuée de corps en même temps que de crasse.

L'intérieur du refuge est sombre, les murs comme tous les meubles sont en bois recouvert d'un vernis foncé qui absorbe la lumière, et le transforme en une sorte de grotte, spartiate et chaleureuse. Très confortable ce manque de lumière, c'est si reposant de se blottir à l'ombre.

Ce soir-là, ils parlent peu. Trois assiettes de lentilles fumantes suffisent à diffuser dans l'espace des effluves de thym et d'origan. Catherine mange avec appétit, réalise qu'elle était affamée. Elle remarque qu'Anita promène sa fourchette d'un bord à l'autre de son assiette sans réellement toucher à la nourriture. Lorsqu'elle sourit, elle ne produit qu'un mouvement automatique qui se relâche instantanément. Elle lui parlera demain, la seule chose qu'elle se sent encore capable de faire c'est d'aller se coucher.

À l'étage, les matelas sont entreposés les uns contre les autres. Elle en traîne un dans un coin et se glisse dans le sac de couchage que lui a donné Nahuel. Elle est la seule pensionnaire en ce début de saison. Elle tire la fermeture éclair jusqu'au bout, ne laisse dépasser que ses yeux. L'odeur de renfermé et les relents de moisi du sac ne la perturbent guère longtemps. Le cocon de tissu l'enserre et, même si d'ordinaire elle n'aime pas avoir les membres ainsi entravés, elle y dépose sans tarder sa carcasse disloquée d'épuisement.

VIVIAN
Genève, 2007

L'armoire à pharmacie déborde. Ma mère ne voulait pas admettre que les médicaments ont une date de péremption, presque la totalité du contenu est largement périmée. Comme cette crème hors d'usage depuis plus de quinze ans. *Cicatrisant et antiseptique* est-il écrit sur le tube. « Pourquoi elle utilisait une pommade pour les brûlures ? » dis-je à haute voix dans la salle de bains. Je me souviens précisément de cette crème, comment pourrais-je l'oublier ? Durant des années, elle me l'avait appliquée quotidiennement sur la main. Comment oublier son odeur ? Elle arrivait dès qu'elle dévissait le bouchon, âcre, un peu écœurante, je n'ai jamais aimé la camomille. Je ne regardais pas pendant qu'elle l'étalait, sursautais seulement au premier contact froid sur la peau. Elle massait longuement pour la faire pénétrer.

Mes doigts jouent avec le bouchon crénelé, j'ai envie de l'ouvrir. Une sensation désagréable m'étreint, une moiteur trouble. Au lieu de la jeter dans le sac-poubelle avec les autres, je la glisse dans ma poche.

Je vide son armoire, vide aussi le meuble sous le lavabo. Je jette tout, ne récupère rien, fais disparaître aussi les dentifrices neufs et les paquets de cotons démaquillants à peine entamés. Je passe rapidement un chiffon humide sur les surfaces lisses. Sans la présence de ma mère, ne demeure qu'émail propre, catelles à peine fendillées, robinetterie austère. Déjà, la salle de bains devient un endroit indifférent, anonyme.

Au moment de sortir, je tapote ma poche. Il est toujours là le tube en aluminium qui s'écaille dans les plis. Je retire rapidement la main.

— Tout le monde a une chose honteuse qu'il cache comme il peut, m'avait dit ma mère lors d'un soin.

— Même... toi ?

Elle n'avait pas répondu tout de suite. Son visage était resté impassible pendant qu'elle finissait de faire pénétrer la crème. Puis, en remettant le gant, elle avait dit :

— Oui, moi aussi, certainement.

Une fois le gant remis, on ne parlait plus de la main. Surtout qu'il n'y avait rien à en dire puisque je pensais que c'était une malformation congénitale, une malheureuse conséquence de naissance.

J'entre dans sa chambre munie d'un rouleau de sacs 110 litres. Je perçois l'odeur froide de tabac même si elle prétendait ne fumer que sur le balcon. Avec François nous avons partagé l'espace. Je m'occupe de la salle de bains et de sa chambre à coucher et lui du salon et de la cuisine. À moi les endroits les plus intimes puisque eux deux ne l'étaient plus.

J'agis avec une efficacité rageuse, expéditive, proche de l'exaspération. J'enfouis ses habits dans de grands sacs qui partiront à Emmaüs en même temps que les meubles. Pour les sous-vêtements, j'hésite un instant, puis je finis par tous les jeter, je n'ai pas envie d'imaginer des inconnues les porter. Je trie rapidement les bijoux, en garde quelques-uns dont un simple anneau en or, son alliance, certainement. Je ne l'ai jamais vue la porter, même du temps où ils étaient encore ensemble. J'emporte aussi une boîte à chaussures remplie de photos. Je suis soulagée de ne pas partir d'ici les mains vides, d'avoir un héritage tangible.

Et puis, comme je devais m'y attendre, ils sont apparus. Je n'ai pas vraiment été surprise de les trouver, propres et bien rangés dans un petit carton étiqueté : *gants enfant*.

« Oublie-la, fais comme si elle n'existait pas », me répétait-elle. Cachée sous un morceau de laine ou de coton, elle disparaît. Ah, la magie des gants.

« Les magiciens, pourquoi tu crois qu'ils portent des gants ? Parce qu'ils font disparaître les choses. Et toi tu es comme eux, tu as le pouvoir de faire disparaître ta main. »

Je me souviens qu'elle me répétait cette histoire de magicien à chaque fois que je pleurais après qu'un autre enfant s'était moqué de moi ou avait essayé d'arracher mon gant. Dès que j'étais triste et que ma main me faisait souffrir, elle sortait de son chapeau la carte du magicien capable de tout grâce à son don de disparition.

Enfant, j'avais des gants très colorés. C'était ma mère qui les tricotait. J'en avais toujours plusieurs à choix. Très vite, les gants devinrent un accessoire essentiel auquel elle accordait beaucoup d'importance. Aux gants unis ou rayés du début, vinrent s'ajouter des dessins d'animaux et de fleurs. Elle avait l'air de s'amuser à me tricoter des motifs de plus en plus complexes. En grandissant, les gants se sont immanquablement assombris. Paradoxalement, ma mère avait toujours voulu que je dissimule ma main, mais je me souviens de sa déception lorsque j'ai réclamé des couleurs sombres et discrètes. Je n'ai jamais compris pourquoi elle voulait que je cache ma main avec des gants aussi voyants.

Maintenant, je porte uniquement des gants noirs dans un mélange de soie et de coton. 80% soie et 20% coton. La soie seule est trop fine et fragile et le coton, trop rugueux. Le mélange des deux donne une tenue incomparable. Mais surtout, ses micro-trous laissent ma peau respirer. Je n'enlève pas mon gant pour la nuit, uniquement lorsque je prends une douche. Depuis plusieurs années, j'achète mes gants sur mesure chez un maroquinier italien hors de prix. Un vieux grincheux plein de principes. Au début, il refusait de ne m'en fabriquer qu'un seul. Il se comportait comme si je faisais injure à son métier. Je commandais alors les deux et jetais le droit. Après plusieurs commandes, il a finalement accepté de ne m'en faire qu'un à condition de me le vendre au même prix que les deux. C'était sa façon de me dire qu'il ne cautionnait pas ma demande saugrenue. Peut-être que si je portais en permanence deux gants au lieu d'un seul, je passerais plus inaperçue.

— Tout va bien ? me demande François en passant la tête par l'entrebâillement de la porte.

Assise sur le lit de ma mère, je suis sonnée.

— Je ne sais pas quoi décider... pour ça, lui dis-je en montrant le carton de gants posé sur mes genoux. Je ne sais pas si je dois le garder ou le jeter. Je n'arrive à me résoudre ni à l'un ni à l'autre.

— Je le garde, moi. Et si un jour tu as envie de le récupérer, tu sais où le trouver.

D'un sourire, je le remercie de m'aider à ne pas faire de choix.

Nous faisons une pause, c'est loin d'être terminé. Épuisés, nous buvons à petites gorgées un thé excessivement sucré au miel. C'est éreintant de faire disparaître la vie de quelqu'un. Effacer les traces matérielles qui n'ont plus d'utilité et se rassurer de garder l'essentiel, les souvenirs et quelques photos.

Dans quelques semaines, de nouveaux locataires amèneront leurs odeurs, leurs manies, prendront possession de l'appartement avec leurs goûts. Ne restera alors plus rien de ma mère dans cet espace où elle a vécu pendant des années, pas même de la poussière.

CATHERINE
Patagonie, 2007

Elle a passé une nuit éprouvante, agitée de rêves dont elle ne garde qu'une sensation diffuse, vaguement pénible au réveil. Il est encore tôt et elle reste couchée dans son cocon, grosse chenille paresseuse qui rechigne à sortir à l'air libre et glacial. Le besoin pressant d'uriner finit par l'obliger à se lever. À peine a-t-elle ouvert un bout de sa fermeture Éclair que le froid la saisit. Elle enfile en tremblant son gros pull et se met en mouvement sans plus attendre. Elle descend les escaliers du dortoir, le refuge est encore plongé dans la nuit. Les toilettes sont au-dehors, un cabanon à côté des douches. L'aube est à peine là, bleutée et gorgée d'une humidité toute hivernale. Il fait si froid qu'elle court jusqu'aux toilettes.

De retour au refuge, en soufflant sur ses mains, elle entreprend d'allumer le poêle principal. Heureusement que tout est déjà prêt, brindilles, petit bois, bûchettes, allumettes.

Elle se réchauffe un peu devant le feu avant de rejoindre Anita à la cuisine. Elles disposent sur la table du café au lait en poudre, du pain cuit la veille et de la confiture de mûres. L'espace de la cuisine est petit, chaque outil et ustensile a sa place définie. En ce début de journée, il n'y a que les cuillers qui tintent contre la céramique des tasses, le métal du couteau qui éraille l'émail des assiettes, l'eau qui cloque contre les parois de la bouilloire. Anita et Catherine n'ont pas encore ouvert la bouche. D'un accord tacite, elles savent qu'il est trop tôt pour parler, aucune parole ne devrait être échangée avant les sons du petit déjeuner.

Nahuel s'éclipse à peine avalé le dernier morceau de sa tartine. Le refuge est ouvert depuis peu après la trêve hivernale. Il y a beaucoup de travail pour le préparer à recevoir les nombreux randonneurs des mois à venir.

Catherine part à sa recherche. La clairière autour du refuge s'est éclaircie avec la coupe de nouveaux arbres. Il faut du bois pour se chauffer et cuire les aliments, du bois pour réparer les murs, du bois pour les meubles, fontaines, escaliers et ponts. Comme il n'y a pas de véhicule qui puisse monter jusqu'à eux, tout se transporte à dos. Les matériaux qui se trouvent sur place sont dès lors exploités au maximum et le bois est utilisé pour tout. Le travail est manuel, long. Il y a une forme particulière de beauté qui perle de cette lenteur qui implique tant de temps et de soin.

Elle le trouve en train de réparer l'avant-toit derrière la cuisine dont une partie a dû se disloquer à cause de la neige.

— Je peux t'aider ?

Il lui demande de lui apporter une planche, puis deux, et Catherine a l'impression que c'est surtout pour lui faire plaisir. Il se débrouille parfaitement bien sans elle, peut-être même mieux. Nahuel n'est pas bavard et elle non plus. Elle croise son regard et, pour une fois, il ne détourne pas les yeux. Il la fixe, attend. Il sait très bien qu'elle est là pour lui demander quelque chose.

— Nahuel, j'ai besoin d'une maison. Une maison pour... pour...

Soudain elle bloque, incapable de dire ce mot si simple. Elle inspire profondément, recommence.

— J'ai besoin d'une maison pour ma mère, dit-elle d'une traite qui la laisse à bout de souffle.

— Ok, répond-il sans montrer de signe de surprise.

— En échange, je peux...

— Écoute Catherine, la coupe-t-il. On se connaît depuis un bout de temps. C'est le premier service que tu me demandes, ça va.

Va t'occuper de toi, lui disent les yeux de Nahuel. Elle ne pensait pas que sa pauvre mine était si visible, surtout pour quelqu'un comme lui qui ne regarde pas les personnes en face. Elle sait pourtant qu'il ne perd pas une miette de ce qui se passe.

Sans avoir beaucoup à chercher, elle trouve facilement du travail. Elle veut offrir une contrepartie et ne pas rester désœuvrée. Un grand tas de bois fraîchement débité attend d'être rangé et elle s'y emploie toute la matinée avec une énergie exacerbée. À midi, ils partagent le reste des lentilles de la veille avec des tranches de pain tiède, légèrement collant au centre. À nouveau, seules les odeurs sont volubiles, seuls les couverts ouvragent avec bruit.

Dans l'après-midi, elle grimpe sur un ancien éboulis. Elle cherche des lieux accidentés où se côtoient des signes de destruction profonde et de renaissance coriace. D'anciens troncs couchés, dont il ne reste parfois qu'un morceau, servent de base pour des semis qui prennent racine dans leurs fissures, alimentés de moisissure. Ces nouveaux arbres réutiliseront une partie des informations des précédents, c'est un recyclage permanent. Et un temps totalement hors de sa réalité, elle sera morte et enterrée avant que cet arbrisseau n'atteigne ne serait-ce que sa puberté.

Bien sûr que la nature n'a pas besoin d'elle. Elle travaille comme une dingue à réparer uniquement ce qui a été abîmé par son espèce qui saccage sans répit. Compenser un peu en replantant encore et encore. Remettre la vie là où elle a été arrachée, combler les trous. Elle pense à Aloïse. Sa grand-mère indissociable de son jardin tant aimé. Elle s'était réfugiée chez elle durant des mois lorsqu'elle était adolescente. La suivant dans son jardin, l'observant tailler, arracher, sarcler. Parlant à ses plantes plus qu'à quiconque, se désintéressant un peu trop de l'adolescente qui cherchait désespérément à se raccrocher à un modèle. Aloïse non plus ne savait pas très bien se comporter avec les autres. « C'est le jardin qui cause à ma place, c'est lui qui raconte mon histoire », lui avait-elle dit un jour.

Catherine s'approche d'une grande souche moussue et, à la limite où le vieux bois se fond avec l'humus, elle enfonce ses doigts dans le bois mou, en décomposition. Elle porte des morceaux à sa lèvre supérieure, hume cette odeur de terre et de champignons puis les goûte du bout de la langue. Elle s'en frotte les mains, s'en imprègne la peau. Les interstices qu'elle a formés dans la souche créent une agitation chez des dizaines de cloportes dérangés par son intrusion. Elle en attrape un du bout des doigts. Placé dans sa paume, il se recroqueville pour former une parfaite boule grisâtre. Drôle de bestiole que celle-là, se dit-elle. Des crustacés terrestres, les seuls de leur espèce incapables de vivre dans l'eau, comme une erreur.

Elle marche pendant une heure pour arriver dans la plus ancienne futaie de tout ce versant. Elle marque une pause à cet endroit, à l'écoute. Le grincement des troncs qui se balancent la fait tanguer un peu, elle lève la tête et l'immensité des Lengas lui donne le tournis. Elle aime sentir que, dans d'infimes moments comme ceux-là, elle quitte son espèce. Se détachent d'elle les outils de compréhension inculqués, les classifications et les séparations, les certitudes, la suprématie. La forêt m'absorbe, se dit-elle. Et elle ne se sent pas seule car il y a les arbres, il y a les buissons de chaura qui l'émeuvent sans qu'elle sache pourquoi, il y a la mousse qui croît et se déploie plus vite que n'importe quelle autre espèce, il y a le lichen, les scarabées, il y a les innombrables créatures invisibles qui fourragent sous l'humus, rampent sous l'écorce, nidifient dans les nœuds des branches. Il y a tant d'autres espèces. Elle ne sent plus ses pieds, les imagine absorbés par le sol vivant. Et il y a l'inconnu. Comme cette étendue du dessous, inaccessible, et qu'elle ne peut que rêver, désirer comme n'importe quel monde inconnu. Que sait-elle de ce qui se passe à seulement quelques mètres sous ses pieds ? Comment parvenir à accepter de ne pas percer à jour tout ce qui l'entoure, de se détacher du besoin de maîtriser, dominer, de réduire tout à une échelle humaine ? Ce besoin de se croire au-dessus est vertigineux lorsque l'on est, comme elle à présent, aux pieds de géants qui ont dix fois son âge. Et cela est déstabilisant et effrayant, cette sensation d'inatteignable. Mais eux aussi luttent pour leur survie, chaque jour. Elle voit nombre de branches constellées de boules orange, blanches et rouges. Elle reconnaît ces indécrottables parasites. Et l'arbre qui se défend des boules feutrées en créant d'énormes excroissances, repoussant le parasite au plus loin de la sève. Ils sont comestibles ces champignons. Leur goût est légèrement sucré, plutôt filandreux et caoutchouteux. Elle pourrait survivre en se nourrissant de ces cyttaria, un peu comme un poisson nettoyeur accroché aux écailles d'un plus gros que lui. Mais l'humain préférera couper l'arbre et tenter de convertir artificiellement le bois en nourriture plutôt que de se contenter de manger ses parasites.

Elle longe un peu la rivière puis s'enfonce à nouveau dans la forêt et, tout à coup, elle se trouve dans un cimetière de cétacés. Il y a un nombre impressionnant d'arbres déracinés, couchés sur leurs flancs, blanchis depuis de nombreuses années. Ils ressemblent à s'y méprendre à des cachalots échoués au milieu de la forêt, leurs troncs aux branches nues telles des cages thoraciques. Ils gisent là, en toute quiétude, se transforment encore, se calcifient pour devenir rochers. Partout où elle regarde, elle ne voit plus qu'ossements. Becs d'oiseaux démesurés, vertèbres de mammouths, fémurs de puma, crânes de cheval. Elle retourne avec le pied ce qui pourrait être un os, et c'est un morceau de bois qui en a la forme parfaite, une troublante imitation.

De retour au refuge, elle trouve Anita assise à une table. Immobile, elle regarde par la fenêtre. Dans la pénombre de la salle, seule une partie de son visage est éclairée, coupé par un rayon de lumière. Elle n'a pas entendu Catherine arriver et sursaute lorsque celle-ci lui touche l'épaule.

« Qu'est-ce qui se passe ? » lui demande-t-elle en accentuant la pression de ses doigts sur l'épaule osseuse, les empêchant toutes deux de se dérober. Elle sent alors le buste d'Anita s'affaisser, se recroqueviller pour enfouir son visage dans ses mains.

*

C'est comme une maison de poupée. Simple, sans fenêtres, ouverte d'un seul côté. Le bois n'est pas régulier, aucune planche taillée manuellement n'a son pareil. Catherine passe ses doigts sur la construction miniature, le bois est doux, dénué d'échardes, Nahuel l'a poncé avec soin. Au faîte du toit, il y a un de ces nœuds dus aux cyttarias, telle une fleur qui couronne l'ouvrage. C'est le cadeau de Nahuel, il pense ainsi faire plaisir à l'âme de sa mère. Comme si toutes les femmes avaient la même conception de la beauté et plaçaient les fleurs au sommet de celle-ci.

— Il y a de la peinture si tu veux la peindre, dit-il en se détournant aussitôt.

Elle a juste le temps de lui crier un merci dans son dos fuyant avant qu'il disparaisse dans son atelier.

Elle inspecte encore la construction par endroits biscornue. Sa mère aimerait certainement qu'elle soit peinte, propre, lisse. Doit-elle pour autant répondre à ses désirs ? Et ensuite, où va-elle l'installer ? Sa mère aurait besoin d'un lieu officiel, un cimetière, un endroit avec plusieurs maisons, un village. Elle ne veut pas que sa mère se retrouve seule, elle ne savait pas l'être.

Nahuel l'aide à fixer la maison enveloppée dans un sac-poubelle. Il a fabriqué deux lanières avec de vieux morceaux de tissus pour qu'elle puisse la porter sur son dos. Elle sourit devant son ingéniosité. Son sac à dos, elle l'installe sur la poitrine. Elle ressemble à une tortue à double carapace.

Anita allume l'extrémité d'un bouquet de Cyprès séché et le secoue, faisant flotter la fumée autour d'elles. Catherine inspire les effluves de résine fruitée, rendue piquante avec le feu. Elle connaît ce rituel, le Cyprès allège la peine et soulage l'esprit lors de la mort d'un proche. Elle se laisse volontiers enrôler dans ces pratiques de partage de la douleur. L'histoire unique se fond dans la douleur universelle, une fumée à l'odeur âcre.

Lorsqu'elle commence à sérieusement tousser, Anita éteint le bouquet. Sans se formaliser, elle lui glisse un cône de l'arbre dans la poche et l'embrasse sur la joue. Elles se serrent les mains longuement, laissent l'embarras, les aveux et les hontes descendre et se glisser dans l'interstice moite de leurs doigts emmêlés.

Elle s'approche de Nahuel, harnachée de la sorte, il est impossible de l'étreindre. Elle le remercie encore pour la maison.

— Je suis fier de ma fille, tu sais, lui dit-il juste avant qu'elle se détourne.

— Oui. Je sais, répond-elle en lançant un regard à Anita qui baisse les yeux.

Elle les quitte avec un mélange d'anxiété et de soulagement. Telle une espèce nouvelle qui porte l'âme de sa mère sur son dos, elle entreprend la longue descente.

VIVIAN
Genève, 2007

Avec son absence, les fêtes de fin d'année sont épouvantablement vidées de leur substance. Pour la soirée de Noël, j'ai invité mon beau-père dans un restaurant cher et nous avons passé la soirée à chercher des sujets de discussion. J'ai proposé de commander une bouteille de vin, il m'a dit qu'il préférait ne pas boire d'alcool. Et moi, bêtement, je n'ai pas osé boire toute seule même si j'ai eu envie d'un verre toute la soirée. En regardant la carte, j'ai tout de suite vu le plat qu'elle aurait choisi. Je l'ai commandé sans vraiment raffoler ni du lapin ni des marrons glacés.

Il est difficile d'être à l'aise dans le silence, avec François nous n'arrivions pas à le laisser s'installer comme nous n'avons pas réussi à dépasser un affleurement de surface. Puis je me suis souvenue qu'il m'avait parlé de planter quelque chose pour maman.

— Alors, tu as un jardin ? je lui demande.

— Oui.

Laborieusement, munie d'une pince à épiler, je m'enfonce dans les tréfonds de ses narines pour en extraire les honteux parasites.

— Il est où ? tu l'as depuis longtemps ?

Parle-m'en un peu, je le supplie mentalement.

Il m'explique que c'est un jardin partagé, en périphérie de la ville. Je m'en étais doutée, je ne me démonte pas :

— Tu m'as dit au téléphone que tu allais planter quelque chose pour maman...

— Ah oui. Un hellébore. On l'appelle aussi la rose d'hiver. C'est une des seules fleurs qu'on peut planter en cette saison. Je les aime beaucoup. Et même si Ama n'était pas une grande passionnée de fleurs, j'ai pensé que cela pourrait lui faire plaisir...

Il baisse alors la tête, saisi d'émotion. J'ai juste le temps de voir ses yeux brillants avant qu'il ne les dissimule. Mes yeux se mouillent instantanément. J'ai envie de me lever pour le prendre dans mes bras mais je me contente de glisser ma main sur la nappe à la recherche de la sienne. Sa main est chaude et moite lorsque je la serre. Je repense à ce qu'il a dit, ma mère était la seule personne de ma connaissance qui n'aimait pas les fleurs. Ce n'est pas qu'elle n'en avait rien à faire, non, elle ne les aimait pas. Tout d'un coup, je trouve cela monstrueux. Je repense au pompeux bouquet blanc que j'ai commandé pour son enterrement. Ma gorge s'assèche de tristesse et, en accentuant la pression de ma main, je dis à mon beau-père :

— Il ne reste que nous deux. Nous allons être forts, ensemble.

La frayeur qui déforme alors ses traits me fait lâcher sa main comme si elle était soudain empoisonnée.

— Pardonne-moi Vivian. Pardonne-nous...

Je me fige. Le restaurant tourne autour de ma tête. Je suis tétanisée. De ses deux mains il saisit les miennes. Il cherche mes yeux, jusqu'à ce que je sois à nouveau en mesure de le regarder.

— Je serai là, Vivian. Je serai là. Oui. Nous allons être forts.

Sans surprise, je me contente de son rattrapage rassurant. Je suis ainsi, la lâcheté qui m'habite m'oblige à me contenter de peu.

— Aurais-tu besoin de quelque chose ? me demande-t-il.

Je repense à Mattieu qui m'avait dit, méprisant : ton besoin est trop grand. Il avait parfaitement raison. Je le sens en ce moment même, énorme, insatiable, dévorant. Mais finalement, j'ignore ce dont j'ai *vraiment* besoin. Et sans bien savoir pourquoi je m'accroche tant à cette idée, peut-être parce que c'est celle qui me semble la plus accessible et, surtout, la plus inoffensive, je formule ma demande pour entrer dans son monde.

— J'aimerais voir ton jardin.

Il me dit qu'en ce moment, ce n'est pas très intéressant. Il a planté les derniers bulbes il y a une semaine. Il n'y a plus rien à voir, ni à faire, il faut attendre. Le jardin est entré en phase d'hibernation.

— Tu viendras au printemps. Maintenant, nous devrions peut-être faire comme lui. Hiberner un peu, me dit-il avec une douceur appuyée, consolante.

DEUX

LE GOUFFRE
Jura, 1923

Le Gouffre est profond de cent vingt-huit mètres. Ce trou vertigineux possède le don de faire disparaître aussi bien les charognes impropres que les objets de possession contestable et embarrassante. Ainsi, le premier camion militaire arriva un matin de 1923 et, en marche arrière, se positionna au bord du précipice d'un diamètre de vingt-cinq mètres. Il déchargea sa première cargaison d'obus dans un tapage ininterrompu de ferraille.

Il cassait les noix avec le poing. Un seul coup sec suffisait et sa main s'abaissait à cadence régulière sur la table. Pour se faciliter la tâche, il aurait pu prendre un caillou, mais il continuait à abattre son poing sur les noix qui se fendaient immanquablement.

Les deux aînées étaient chargées d'extraire les cerneaux de noix avec un couteau et la troisième de les empiler soigneusement dans une boîte de fer. Aloïse ramassait rapidement les coquilles afin qu'elles n'encombrent pas la table et le travail du père et des sœurs. Elle devait faire très attention de ne pas s'approcher de trop près du poing qui ne se serait pas arrêté si elle avait eu un doigt dessous.

Elle jetait les coquilles directement dans l'âtre qui crépitait à chaque regain de flammes. Avec un bâton, elle groupait les braises, surveillait avec attention la flambée. Parfois, dans un craquement, une braise était projetée hors du fourneau. Elle enduisait alors ses doigts de salive et la ramassait sans tarder pour la remettre dans le feu.

Aucune des filles n'aurait eu l'idée de parler tant que le père n'ouvrait pas la bouche. Ce qu'il ne faisait, de manière générale, que pour donner un ordre. Et l'obéissance ne nécessitait aucune parole.

Le silence était cette fois-ci de courte durée, la cadence du coup de poing, rodée et régulière, le brisait à chaque fois qu'il s'abattait sur une noix. Même concentrées sur leurs tâches assignées, elles ne pouvaient empêcher un imperceptible sursaut, un soubresaut de peur pour accompagner cette démonstration de force paternelle.

Eugène entra dans la pièce, rouge et essoufflé. Et même s'il avait une chose importante à dire, qu'il avait aussi couru comme un fou pour la dire au plus vite, il attendit debout, muet et tremblant d'excitation. Tout le monde stoppa son travail et se tourna vers lui. Le père frappa encore quatre noix avant de lever les yeux vers son fils et, d'un hochement de tête, lui donner la parole.

— Ils jettent tout dans le gouffre… les camions, les militaires… y jettent des bombes dans le trou du Diable !

Eugène avait balbutié, comme à chaque fois qu'il s'adressait au père. Le père plissa les yeux. Le Gouffre. Il était interdit d'y jeter les animaux à présent, un décret avait circulé avec des menaces d'amendes. Il savait aussi que des animaux infestés continuaient à y être encore enfouis mais en moindre nombre que par le passé. Mais là, le déchargement concernait du matériel militaire.

— Il y a beaucoup de camions, beaucoup, beaucoup, beaucoup, ajouta encore Eugène tout d'un coup loquace.

— Pourquoi ils font ça ? demanda le père.

Eugène haussa les épaules. Le père n'était pas de nature curieuse, mais il était méfiant, rancunier et particulièrement suspicieux. Des dispositions de caractère qui, même s'il ne bondit pas de suite de son banc, le déconcentrèrent de son ouvrage après l'annonce de son fils. Soit il frappait trop fort et écrabouillait totalement les noix, soit il devait frapper plusieurs coups sur la même. Il finit par se lever et sortir de la maison sans un mot ou un regard pour les enfants.

Ceux-ci se précipitèrent pour le voir s'éloigner par la petite fenêtre et, dès qu'il fut hors de vue, ils se ruèrent aussi dehors. Un fil d'excitation fébrile passa de l'un à l'autre. Tous connaissaient cet endroit et tous connaissaient aussi un raccourci à travers bois pour aller au Gouffre du Diable.

Aloïse jeta un peu d'eau sur les braises et les suivit. Elle talonnait l'aînée, n'aurait pas osé la dépasser. Éveline était une jeune femme et, malgré sa robe rapiécée et ses sabots, sa démarche était chaloupée, fière. Derrière sa sœur, Aloïse avait l'impression d'être un petit crapaud.

Il y avait déjà un attroupement de villageois autour du gouffre. Tous se tenaient cependant à une certaine distance, tant du gouffre que des uniformes. De jeunes militaires encadraient les camions de l'armée qui se relayaient.

Éveline, crânement, s'approcha d'un jeune militaire qui surveillait le déchargement. À cause du bruit, il ne l'avait pas entendue arriver et il sursauta en se retournant sur elle. Elle le regarda droit dans les yeux et, de son air autoritaire qu'elle employait lorsqu'il n'y avait pas le père, lui demanda ce qui se passait.

« La guerre est bien finie, c'est tout ce que je peux vous dire » répondit-il, en se retenant de lui sourire mais sans pouvoir toutefois empêcher le rougissement de ses joues. Éveline ne se laissa nullement émouvoir par le trouble qu'elle suscitait. Et comme elle attendait encore, droite et les bras croisés sur la poitrine, il rajouta : « L'armée se débarrasse de ce qui n'est plus utile. »

— Comme si c'était des bestiaux ces machins-là... dit-elle en plissant le nez.

— Euh...

Le jeune militaire ne savait décidément pas quoi répondre, ni même si cette jeune femme attendait une réponse. Il entendit des ricanements dans son dos et se dit que ses camarades devaient être en train de se moquer de lui. Pourquoi se laissait-il tant impressionner par cette fille qui le fixait toujours ?

Le camion s'était approché suffisamment près du bord pour pouvoir déverser sa cargaison. Le conducteur émit alors un sifflement.

— Mademoiselle, attention ! cria-t-il à Éveline en plaquant ses mains sur ses oreilles.

Médusés et comme hypnotisés, les badauds assistaient aux chutes répétées, aux chocs brutaux de la ferraille avec la roche, faisant éclater des morceaux de l'une ou de l'autre, et bien souvent des deux. Le silence qui tombait enfin après les nombreux rebonds contre les parois enserrait les spectateurs d'un malaise obscur.

— Rassurez-vous mademoiselle ! Il n'y a aucun risque d'explosion. Tous les obus ont été désamorcés par nos soins, dit-il avec une fierté empressée qu'Éveline trouva quelque peu louche.

Mais ceci n'avait aucune importance, elle se fichait totalement du gouffre, ils auraient pu aussi y balancer les camions avec, qu'elle n'en aurait pas été plus inquiétée. Elle se souvint brièvement de sa mère qui les menaçait lorsqu'elles étaient petites de les y jeter si elles n'étaient pas obéissantes. Un nombre important de portées de chatons et de chiots avaient aussi fini là-bas en bas. Elle réalisa que le militaire avait continué à lui parler.

— On en a un sacré paquet à déverser là-dedans... Pfffouit ! Un sacré paquet, moi je vous le dis !

— Alors demain vous êtes encore là ?

— Oui, et au moins pendant une semaine complète, si ce n'est plus. Le commandant a dit qu'il y avait minimum trois mille tonnes de munitions. Trois mille tonnes ! Vous vous rendez compte ?!

— Donc, *tu* reviens tous les jours pendant une semaine ?

Évi le fixait et il comprit enfin le sous-entendu. Il la regarda aussi et ses lèvres lui apparurent si rouges et pulpeuses qu'il sentit ses joues s'embraser agréablement. Sans le vouloir, il baissa les yeux sur sa poitrine et vit ses tétons poindre à travers le tissu de sa robe. Pris d'un excès de chaleur subite, il détourna immédiatement la tête et Évi le détailla sans gêne. Cou épais, cheveux rasés avec soin d'un blond foncé aux reflets cuivrés, tempes humides de sueur. Plus grand qu'elle d'au moins une tête, il était bien bâti, fin et musclé. Mis à part sa manie de rougir trop facilement et, du coup, de transpirer abondamment, il était plutôt beau garçon. Et elle ne le laissait pas indifférent, cela, elle l'avait remarqué dès l'instant où il s'était retourné.

Elle approcha sa main de son visage et, avec un doigt, cueillit une goutte de sueur qui avait glissé jusqu'à son menton. Elle le fit très vite, personne ne le vit à part lui qui regarda, ahuri et ébahi, sa goutte de sueur à lui au bout de son doigt à elle. Sans le quitter des yeux, elle l'essuya sur sa robe au niveau de la poitrine et il crut tomber dans les pommes.

Aloïse ne jetait que de brefs coups d'œil en direction du gouffre. Elle surveillait surtout les alentours pour voir le père. Le manège de sa sœur avec le militaire la dégoûtait et en même temps la fascinait. Elle ne pouvait s'empêcher de les observer brièvement eux aussi.

Dès qu'elle le vit débarquer de loin, sa stature reconnaissable entre mille, elle siffla. Éveline s'écarta instantanément du jeune militaire.

— À demain ! osa-t-il lui lancer pendant qu'elle s'éloignait rapidement.

CATHERINE
Patagonie, 2008

Elle est seule avec le rythme du travail, creuser, s'accroupir, insérer, remplir, se relever et fixer avec le bout de la chaussure. Son sac plein de plants se vide petit à petit à mesure qu'elle grimpe le coteau. Lorsqu'elle s'arrête, elle est courbaturée de fatigue. Elle regarde en contrebas le chemin vert qui s'accroche à ses pas et au labeur de ses mains. Bien sûr, les frêles tiges ressemblent plus à un pitoyable gazon qu'à une forêt en devenir. Elle se laisse tomber sur les fesses, dépose son dos et ferme les yeux. La brise légère peine à refroidir son corps échauffé par l'effort. Elle inspire profondément, tremble un peu, elle est rompue mais son cœur palpite. Chaque tige qu'elle a enfoncée dans la terre va absorber, transformer et puiser l'air, la lumière et la pluie. Chaque brindille possède tout le nécessaire pour se déployer tant en dessus qu'en dessous de la limite du sol.

Elle se relève sur les coudes, ses yeux brillent d'expectative béate, la fierté la submerge, elle les aime toutes ces brindilles qu'elle a fait pousser durant des mois à partir de graines qu'elle a collectées. Les semis de Coigüe ont douze mois, les Nirre quinze et les plus lents, les Cèdres de Patagonie, ont vingt-six mois, leur gestation est plus longue.

Voici mon jardin géant, se dit-elle. Et, pour la première fois, elle se demande si Aloïse serait fière d'elle, fière de ce jardin qu'elle crée elle aussi. Elle sait, sans totalement le comprendre ni vouloir l'expliquer, qu'elle perpétue une chose qui a commencé avant elle. Et qui continuera bien après. Qu'il n'y a au fond, ni début ni fin, seulement un mouvement qu'il faut entretenir pour qu'il se poursuive.

Des plants se feront bouffer par la voracité des lièvres ou des insectes, d'autres vont sécher par manque d'eau, d'autres encore se briseront à cause d'une forte bourrasque. Mais une partie va se renforcer et pourra pousser pendant au moins quatre cents ans. Ces tiges maigrelettes deviendront des titans dans un temps bien éloigné du sien. Ces espèces locales à la pousse lente, bien trop lente pour une quelconque rentabilité à notre échelle humaine. Elle sourit. Huit cents ans, c'est comment ? C'est comment de vivre mille cinq cents ans ? Hein ? Mortels, immortels, y a-t-il vraiment une frontière dans leur monde ?

Elle se relève et pousse un gémissement de douleur en plaquant ses mains sur ses reins. Merde, je deviens vieille, se dit-elle. Elle se redresse et s'étire. Bien sûr que c'est éprouvant, croyait-elle vraiment que son corps ne serait pas mis à l'épreuve ? Vingt ans qu'elle effectue ce travail. Son corps épais, osseux, qu'elle nourrit peu, ne l'a encore jamais lâchée. Même s'il s'alourdit au fil des années, il est sûr, fiable. Mais là, elle ne peut ignorer les courbatures de son escapade au refuge.

Elle redescend et inspecte en passant chaque nouveau plant. Elle glisse parfois quelques mots, *accrochez-vous… vous allez avoir du boulot dans les siècles à venir… tenez bon*.

Sur la colline, les lignes nues se dessinent devant ses yeux comme des griffures, autant de chemins de chaos. Arrivée en bas, que ces tiges éparses lui paraissent soudain ridicules, la seule verdure dans le paysage dévasté. La puanteur de la brûlure est omniprésente, comme les branchages déchiquetés et les troncs déracinés, tous noircis et desséchés. À cet endroit, partout où elle regarde, la terre est un brûlis impénétrable, un imbroglio de racines enchevêtrées.

Ces incendies de forêt, quel désastre, quel aveuglement. Pour le dernier, trois des cinq départs du feu étaient volontaires, un acte criminel, un de plus. C'est la façon la plus rapide de déboiser une parcelle, rien de mieux pour se débarrasser d'une forêt. Les terres, ainsi nettoyées, pourront être exploitées en cultures intensives dans les trois ans, ou revendues pour des projets d'extractions de ressources ou même des chantiers immobiliers. Il est bien plus facile d'obtenir un permis de construire ou de reconversion agricole pour des terrains rasés par des incendies. La terre nue est rentable, aisément exploitable. Mais un incendie ne connaît pas les frontières, il est impossible de prévoir où il s'arrêtera, il fait rarement ce qui est attendu, il dépasse toujours le périmètre désiré. Il n'y a que des fous et des présomptueux qui croient pouvoir dompter le feu à une si grande échelle. Toujours cette illusion de la maîtrise permanente.

Ce crime, d'une inconscience totale et destructrice, n'est un secret pour personne. Mais les criminels sont rarement inquiétés, encore moins jugés. Officiellement, les autorités parlent de sécheresse exceptionnelle, de négligence accidentelle. Les pertes se chiffrent toujours en argent perdu, en millions de dollars envolés. Le nombre d'espèces décimées, les centaines d'années de vie réduites à néant ne sont qu'un dommage collatéral de bien moindre importance.

Elle pense à Claudia, elle n'a pas arrêté de penser à elle depuis qu'elle est redescendue du refuge.

Anita lui avait parlé de sa fille et elle en est encore bouleversée. Elle n'avait jamais vu son amie ainsi décomposée par la frayeur.

Claudia avait rejoint un groupe d'action combattant. « Ils veulent dénoncer les expropriations massives des Mapuches et la destruction des forêts originelles », lui avait raconté Anita. « Je suis bien sûr d'accord avec son engagement, je le soutiens. Je regardais avec admiration chaque personne qui rejoignait le mouvement, chaque jeune qui levait le poing en signe de protestation, j'admire et loue leur courage, vraiment. Je veux croire que leur action est essentielle, qu'elle réussira à aboutir à une victoire, aussi minime soit-elle. Mais depuis que je sais que ma fille est en première ligne, que c'est son corps qui risque les coups, les blessures, la prison, je suis tétanisée par la peur. J'ai peur qu'elle disparaisse, qu'elle se retrouve dans une cave dont personne n'a connaissance. Il n'y a aucun contrôle là-dessus, ils risquent de la torturer, tu sais que tout est possible. »

Anita tremblait et Catherine lui avait posé la main sur l'avant-bras. Avec brusquerie, elle l'avait retiré, le visage épouvanté. Brièvement, et de façon presque imperceptible, Catherine avait vu passer autre chose que de la panique dans ses yeux. Était-ce possible que ce soit du reproche ?

Elle connaît très bien Claudia, la fille de Nahuel et Anita. Elle était venue travailler à l'association, avait pris très à cœur les plantations. Elle posait beaucoup de questions, s'impliquait d'une façon totale, exclusive. Catherine s'était même dit, honteusement, qu'elle aurait aimé avoir une fille comme elle. La jeune femme buvait ses paroles et, avec une fierté déplacée, elle lui avait déroulé son show de la militante qu'elle n'était plus. Elle avait pourtant vu le feu dans les yeux de Claudia, ou du moins celui qu'elle avait voulu voir. Était-il possible qu'Anita lui attribue une responsabilité ?

Anita secouait la tête en parlant, comme pour se débarrasser des pensées qui l'assaillaient. « Je suis perdue, je ne sais plus comment raisonner... Les valeurs, les apprentissages, les convictions durement bâties ne tiennent pas bien longtemps face au lien animal, au besoin de protection de ton enfant. Lorsqu'il s'agit de ton enfant, ce n'est pas que tu acceptes de faire des concessions, il n'y a pas de concessions, simplement. Tu peux trahir ton âme, tes valeurs, le monde en entier. Tu es prête à tout pour protéger ton enfant. C'est ainsi. » En s'essuyant les yeux du revers de la main, Anita chuchota un « excuse-moi » inutile et presque blessant. « Claudia est adulte, c'est une jeune femme forte qui prend les décisions qu'elle estime justes. Et, je veux le croire, qui le sont, certainement. Je suis fière d'elle aussi, bien sûr. Mais comment m'empêcher d'imaginer qu'il lui arrive quelque chose ? Elle m'a jeté à la figure, "Si nous ne faisons rien, des endroits comme celui de votre cher refuge n'existeront plus ! Vous vivez dans un monde menacé, un paradis qui est en train de disparaître !" Et bien sûr qu'elle a raison », disait encore Anita. « Je sais qu'elle a raison. Je le sais. Mais je ne peux m'empêcher d'espérer, à chaque moment, qu'elle soit remplacée par la fille de quelqu'un d'autre. » Anita avait alors détourné la tête, dans un mélange de frayeur et de dégoût d'elle-même.

Catherine traverse ce qu'elle appelle *sa* forêt. Des espèces locales, des arbres vieux de centaines d'années qui ont été épargnés par le dernier incendie. Des écorces sont encore noircies par endroits mais les arbres sont vivants. Certains Cyprès et Arrayanes ici ont dépassé cinq cents ans et ils sont toujours là. Ce tronçon de terrain n'a pas été touché, les flammes sont passées à seulement une centaine de mètres. Une oasis miraculeuse. Elle se dirige vers l'endroit où poussent les trois hêtres dont elle a ramené les graines de France. Elle les a plantés il y a vingt-cinq ans. Eux aussi ont été léchés par les flammes. Elle passe ses doigts sur les cicatrices noircies de suie, gratte avec les ongles des écailles de bois mort qui se détachent et tombent. Ils sont toujours debout eux aussi, traversés de sève sous leur écorce meurtrie. À chaque fois qu'elle se trouve ici, au milieu de ces arbres survivants, elle pense à la famille qu'elle n'a pas eue. Bien sûr que sa fille lui était apparue pendant qu'Anita parlait de Claudia. Lorsque sa fille avait été blessée, elle avait vraiment, elle aussi, cru perdre la tête.

Elle entend un craquement et se retourne brusquement, sur le qui-vive.

— Qui est là ? demande-t-elle en scrutant la pénombre.

L'obscurité dans le bosquet lui semble tout à coup si dense, la chaleur à peine déclinante de cette fin de journée transporte des effluves mielleux, étourdissants. Pourtant, elle commence à avoir froid. Le vent se soulève, les feuilles bruissent. Il y a quelqu'un derrière le grand Maiten.

— Qui est là ? demande-t-elle encore.

Si elle se retourne pour poursuivre son chemin, va-t-il lui tirer dans le dos ? Ce qu'elle doit faire c'est crier, la serre n'est pas loin, les baraquements non plus, un hurlement et elle ne sera plus seule. Pourtant, elle ne crie pas, elle reste droite, stupidement fière. La peur est revenue, remarque-t-elle, stoïquement. Elle chancelle un peu, s'il y a quelqu'un, qu'attend-il ? Et elle, qu'attend-elle ?

« Andras ? » murmure-t-elle. La supplication s'adresse aux Hêtres, elle fait un pas pour s'appuyer contre un arbre. Au sol déguerpit alors un animal, certainement un lièvre. Elle reprend son souffle, réalise qu'elle retenait sa respiration. Jambes flageolantes, elle se laisse glisser le long du tronc jusqu'à se retrouver assise sur une racine.

« Aide-moi, Andras. Aide-moi. Comment je vais y arriver toute seule ? »

AMALIA
Seine-et-Marne, 1967

Amalia lissa sa robe, ses mains tremblaient légèrement. Elle les plaqua sur le tissu crêpe, amidonné et un peu rêche. Un picotement traversa le bout de ses doigts. Elle avait de la peine à déglutir, de la peine à respirer, un nœud s'était formé dans sa gorge. Son cœur pompait tant qu'il en était douloureux.

Est-ce cela que l'on ressent lorsque l'on se trouve au seuil de sa vie véritable ? se demanda-t-elle. Comment ne pas être grisée par ce sentiment d'être enfin au bon endroit. À sa juste place. Elle s'avança dans l'allée, tête haute. L'allée claquait sous ses talons comme si elle applaudissait sa venue. Elle gravit les deux marches du perron et fut au seuil de sa maison. Elle sourit aux boiseries élégantes de la porte d'entrée. Elle ouvrit son sac, y plongea la main. Il ne contenait presque rien d'autre que ce qu'elle recherchait. Elle avait l'impression de faire les gestes au ralenti lorsqu'elle sortit la clé, neuve, étincelante. Me voilà enfin chez moi, se dit-elle en enfonçant la clé dans la serrure immaculée.

Une fois entrée, elle referma rapidement la porte derrière elle. Il n'y aura pas de mouches dans sa maison. *Il n'y aura pas de mouches dans ma maison,* répéta-t-elle mentalement en passant de pièce en pièce.

L'odeur de peinture était encore étourdissante, pourtant elle ferma toutes les fenêtres. Cela ne sentait pas seulement la peinture mais aussi le plastique neuf de la tuyauterie à peine installée, les fibres synthétiques de la moquette fraîchement posée, la colle de la tapisserie qui étouffait à peine les effluves de plâtre en dessous. Elle inspira avidement. L'intérieur de ses narines picota, irrité, et elle sourit. Aucune odeur de merde. Aucune odeur de fumier et de terre pourrissante. Aucune foutue mouche n'entrera jamais dans sa maison. Elle inspecta encore chaque pièce. Tout était neuf, et tout lui appartenait.

Elle s'attarda longuement dans la cuisine en passant ses doigts sur les revêtements en formica brillants, sans rayure aucune. Les motifs de la tapisserie étaient particulièrement réussis et l'avaient tout de suite séduite sur catalogue. Un entrelacs de formes géométriques brunes, beiges et orange. Tout était tellement plus beau en vrai ! Elle ne savait plus où regarder, ouvrit chaque porte et chaque tiroir. Fit couler le robinet et essuya rapidement les gouttes d'eau échappées sur le plan de travail.

Tant elles exhalaient le propre, les surfaces pouvaient toutes être caressées, embrassées même. Subitement, elle eut envie de lécher sa cuisine. Elle était seule, elle n'hésita pas longtemps. C'était sa cuisine, elle faisait ce qu'elle voulait. Le goût était acre et métallique, pas désagréable. Voilà que même le goût de sa cuisine lui plaisait.

C'est le plus beau jour de ma vie, se dit-elle. Elle se répéta cette phrase en se promenant encore de pièce en pièce. L'achat d'une telle maison représentait le sommet d'une *trajectoire de la consommation*. Elle alla chercher le prospectus publicitaire, le prit dans les mains. Elle avait lu et relu le titre sur papier glacé : *plus qu'une résidence, un style de vie. Un endroit voué au bonheur.* Cette maison et cet écrin vert réglementé représentaient son désir le plus ardent. Pouvait-elle se sentir plus vivante qu'en cet instant ?

Ils emménageraient au début du printemps. Amalia imaginait déjà les barbecues entre voisins dans les espaces communs dédiés à cet effet. Elle ressentit à nouveau ces drôles de tressaillements, une boule au ventre étrangement plaisante. Il s'agissait indéniablement du bonheur.

Elle regarda par la fenêtre de la cuisine. Les plates-bandes étaient vides encore, la terre rigidifiée par le gel apparaissait, nue. Le gazon n'allait pas tarder à pousser leur avaient assuré les terrassiers. Elle regarda l'arbre massif qui dépassait les toits de toutes les habitations. Ils avaient le prestige, cette connotation résolument chic qu'elle sut immédiatement déceler. Ils habitaient à l'allée des Cèdres, la bien nommée, et un des trois Cèdres majestueux était précisément à côté de chez eux, sur le terrain commun. Les constructeurs leur avaient expliqué que les arbres étaient déjà sur le terrain et ils avaient construit les maisons en tenant compte de leur présence. Ils participaient ainsi à créer cet écrin de verdure haut de gamme vers lequel tendait le lotissement.

Heureusement nous n'aurons pas de feuilles à ramasser, se dit-elle. Elle regarda plus précisément, il lui semblait voir des épines qui constellaient les platebandes du côté de l'arbre, comme elles étaient brunâtres, elles se confondaient avec la terre. Elle se dit que lorsque le gazon aurait poussé, on ne les verrait plus.

Elle ouvrit à nouveau le robinet, remplit un verre et laissa l'eau s'écouler. Elle colla son nez sur l'embout et renifla longuement le liquide qui jaillissait, l'odeur spécifique de chlore était évidemment au rendez-vous. Aucune chance que *ça sente le gouffre*, comme disait sa mère lorsque l'eau à la ferme sentait la charogne.

ALOÏSE
Jura, 1923

Les premiers jours, les habitants s'étaient déplacés en nombre pour voir le bal des camions militaires. La quantité effroyable d'obus et munitions inemployés, insatiablement ingurgités par le gouffre, fit planer une atmosphère d'irréalité comme une brume de gaz malodorant. Beaucoup de visages étaient graves et hallucinés, tant chez les villageois que chez les jeunes recrues. Certains ressentirent même de la nausée, des vertiges ou des maux de ventre.

« Que le Diable avale ces engins de malheur ! » Cette injonction, suivie généralement d'un puissant crachat, tonna de nombreuses fois. Une façon aussi de se débarrasser de l'indicible honte qui accompagnait chaque chute bruyante.

Puis, finalement lassés par la monotonie des déchargements, les curieux retournèrent à leurs occupations plus pressantes.

— Il a la possibilité de reprendre un terrain sur la ferme familiale. Il veut construire une maison et commencer une petite exploitation.

Éveline, excitée et un peu essoufflée, avait dû courir. Aloïse était venue l'attendre à mi-chemin de la maison. Évi avait réussi à aller chaque jour au gouffre et Aloïse ne pouvait que remarquer la transformation de sa grande sœur. En marchant un peu derrière Évi, elle reniflait. Les effluves qui lui parvenaient étaient inhabituelles. Il y avait l'odeur forte de cigarette qui s'agrippait à ses cheveux et à ses doigts, sa robe était marquée aux aisselles et dans le dos par une odeur de transpiration rance qui n'était pas seulement la sienne. Et puis il y avait ce parfum douceâtre, laiteux et à la fois piquant. Il provenait surtout de son entrejambe. Il lui fit penser au placenta qu'elle chapardait parfois après un vêlage et qu'elle utilisait pour attirer les renards dans les pièges. Elle pencha la tête vers les fesses de sa sœur pour mieux sentir. Mais Éveline se retourna et lui donna une claque sur la tête.

— Eh ! Tu fais quoi ? Parfois je me dis que le père a raison quand il dit que t'es dégénérée !

— Tu dois te laver, faire partir les odeurs, dit-elle en se frottant le crâne.

— Tu dis que je pue ? T'es mal placée pour dire un truc pareil, s'écria Éveline.

— Le père, il va sentir le militaire.

Éveline s'arrêta et plissa les yeux. Elle rit pour chasser l'angoisse qui l'étreignit tout à coup. Elle toisa sa petite sœur comme un spécimen fort étrange, ce qu'elle était, résolument. Et même si elle se dit qu'Aloïse était folle, elles s'arrêtèrent au ruisseau où elle se frotta longuement avec de la menthe sauvage et de l'eau glacée. Sa peau devint rouge vif et boursoufla par endroits.

— Et profite pas pour me mater, dit Évi en claquant des dents.

— Frotte, frotte, frotte, sinon le père il te tue, ricana Aloïse qui l'observait ouvertement.

Elle évita de justesse une pierre que lui jeta sa sœur. Évi était bien plus grande qu'elle, ses hanches et ses épaules étaient suivies par des jambes et des bras longs et fuselés, l'ensemble lui conférant une carrure maigrichonne plutôt gracieuse. Les rondeurs de son corps étaient uniquement concentrées sur ses fesses et ses seins qui formaient des boules venues se greffer là comme par erreur. Aloïse se dit qu'elle était encore plus belle depuis qu'elle avait rencontré le militaire.

— Tu vas partir ? lui demanda-t-elle.

Tant qu'elle n'avait pas formulé la question, la réponse n'avait pas d'existence, la réalité pouvait même être repoussée de jour en jour. Éveline ne répondit pas tout de suite. Elle finit de se nettoyer et se rhabilla en frissonnant.

— Émile a dit qu'il voulait construire une maison pour *nous*. Lui et moi.

— Émile le débile, murmura Aloïse si doucement qu'Éveline ne l'entendit pas, ou fit semblant de ne pas l'avoir entendu.

Elle s'assit sur un tronc et déplia le morceau de papier. Elle ne savait pas très bien lire et mit un moment à déchiffrer les mots qui parlaient de choses répugnantes et menaçantes comme l'amour, la fuite, l'avenir. Éveline lui avait glissé le papier dans la main, la suppliant de l'amener au militaire. Le père l'enserrait au point qu'elle ne pouvait plus retourner au gouffre.

Comme s'il avait senti qu'elle tentait de s'échapper, le père tournait autour d'Éveline comme un taon sur une jument. Il ne suffisait pas de se laver et de se parfumer pour chasser de sa chair les messages qu'elle exhalait. Le désir déployait le corps d'Éveline, sa posture prenait de l'ampleur dans l'espace, ses odeurs exhibaient le suc puissant d'une tige qui venait de sortir de terre. À la maison, la soumission se détachait aussi parfois d'elle, la faisant briller d'un éclat dangereux. Cette lumière soudaine ne pouvait qu'éblouir le père, attiser son manque. Elle avait toujours été sa préférée. Elle était en train de devenir sa favorite, celle qui allait prendre la place de la mère. Aloïse surprenait les regards d'Évi à la fois apeurés et agacés, désespérés et affolés. Sa sœur sentait le piège se refermer sur elle, le père ne la laisserait jamais partir.

Aloïse fourra dans sa bouche trois bourgeons de sapin, leur acidité verte envahit son palais et elle grimaça de plaisir. Elle dépiauta un autre bourgeon et le suçota aiguille après aiguille. Elle essayait de réfléchir mais n'y parvenait pas. Des pensées contraires se frottaient dans sa tête. Elle avait bien vu le père devenir une tique sur le dos d'Éveline. Elle avait vu ses poings énormes déplier leurs doigts poilus sur la nuque et poisser sur l'épaule ronde de sa sœur. Éveline était comme une branche qui avait perdu son écorce, sa douceur légèrement suintante attirait les caresses et l'exposait aux pires blessures.

Même si elle voyait tout cela, Aloïse se refusait à imaginer sa sœur partir. Sans Éveline, c'était elle qui allait se voir arracher son écorce et se retrouver toute nue. « Émile le débile », gronda-t-elle en crachant sur la lettre. Elle replia le papier et l'enfonça profondément dans une fissure entre le bois et l'écorce. Un picotement lancinant se saisit alors de sa nuque, un tiraillement de douleur qui ne la quitta plus jusqu'à la maison. Comme si les ongles sales du père s'étaient aussi crochetés à elle.

Aloïse avait fui autant qu'elle le put les regards insistants et implorants d'Évi. Mais elle ne put lui échapper bien longtemps. Éveline finit par la coincer en lui empoignant violemment le bras. Elle essaya de se débattre mais sa sœur renforça la pression de ses doigts au point de lui faire mal.

— Tu sais ce que c'est ? lui demanda Évi en ouvrant son poing.

Aloïse vit une dizaine de clochettes violacées se répandre sur la table.

— Sais-tu ce que c'est ? répéta Éveline d'une voix acérée, terrible.

Aloïse hocha la tête.

— Des fleurs de belladone. Il n'y a pas encore de baies, mais les fleurs ça marche aussi, à condition d'en avaler plus. Une quinzaine suffit.

— Qu'est-ce que tu veux faire ?

— Qu'ai-je comme choix, petite dégénérée ?

Évi regarda sa paume souillée de suc.

— C'est notre mère qui m'a montré la belladone. Elle voulait que je connaisse une plante suffisamment toxique pour pouvoir tuer.

Elle approcha sa paume de ses lèvres et la lécha.

— Arrête ! cria Aloïse en lui tirant la main.

— Alors tu sais ce qui te reste à faire.

— Je ne veux pas que tu partes, gémit-elle.

Elle fit quelques pas avec le balancement caractéristique de son boitement. Éveline, du haut de ses dix-sept ans, était aussi celle qui avait sorti Aloïse du ventre de sa mère, celle qui avait tiré sur sa jambe pour la faire sortir, lui déboîtant la hanche. Elle détourna la tête pour chasser les images qui l'envahissaient. Elle eut envie de la gifler pour faire disparaître à la fois la colère et la culpabilité. Depuis sa naissance, elle ressentait pour sa petite sœur un sentiment imbriqué de haine et de protection. Elle pouvait la repousser violemment et l'instant d'après désirer la serrer dans ses bras. Elle était à la fois comme son enfant et celle qui, par sa naissance, avait provoqué le malheur de la famille. Et même si cela était profondément injuste, il n'était plus temps pour Éveline de s'encombrer avec les injustices des autres.

*

La pluie vint retarder le déchargement. Durant trois jours, il plut sans discontinuer. Les alentours du gouffre se transformèrent en bourbier impraticable. Les camions se retrouvèrent à l'arrêt et des rails furent installés afin de décharger les obus à l'aide de chariots depuis la gare. La boue recouvrit les uniformes et enveloppa d'une couche brunâtre les cargaisons. Elle apposa une uniformité de teinte à la fois sur le paysage et sur les corps fatigués et trempés des jeunes recrues. Les obus, avec leur forme oblongue, de la taille d'un enfant pour les plus grands, se confondirent avec des corps emmaillotés jetés dans une fosse commune.

Une fois les trois mille tonnes d'obus et de munitions disparues au fond du gouffre, les rails furent démontés en quelques heures. À la va-vite, des grilles furent installées sur tout le pourtour du gouffre. Tout le monde était pressé de quitter cet endroit sinistre. Les camions et la totalité des militaires déguerpirent sans tarder. Éveline les suivit de près.

Après avoir prouvé que la terre possédait la capacité d'avaler les détritus encombrants et indésirables, le gouffre devint inaccessible.

CATHERINE
Patagonie, 2008

Elle ne tient pas en place. Tout se bouscule, s'agite, rien n'est plus dans l'ordre. Elle ne va pas pouvoir se calmer sans rien faire. Elle fait des allers et retours dans sa cabane qui lui paraît plus étriquée et spartiate que jamais. La peur est revenue. Elle doit s'occuper. Elle pense à retourner dans les serres, il y a toujours du travail en attente. Du rempotage, de l'arrosage, du désherbage… il y a toujours des trous à creuser. Elle ouvre la porte et sort brutalement sur la galerie. Surpris, les téros commencent à jacasser.

— Vos gueules ! crie-t-elle.

Les oiseaux reprennent leurs cris étranges, à la fois louvoyants et perçants. Quel bruit ahurissant peuvent produire deux bestioles de cette taille.

— Si vous ne la fermez pas, je vous empoisonne bordel !

Nullement impressionnés, ils sautillent, s'envolent puis se reposent quelques mètres plus loin. Une vraie parade de clowns. Normalement, ils ne restent pas proches d'elle aussi longtemps. Ils déguerpissent dès qu'elle est dans les parages, mais reviennent toujours.

— Foutez-moi la paix, leur lance-t-elle encore, déjà un peu lasse.

Leur criaillerie aiguë se poursuit, ailes pavanées et jeux de becs. Catherine détourne la tête et tente de les ignorer.

La nuit est claire, chaude. Elle scrute les masses sombres des arbres. Des blocs d'obscurité, solides, barrières qui se croient infranchissables. Elle sent son buste s'affaisser, quelque chose se brise à l'intérieur d'elle. Un morceau de colmatage, un surplus de soudure qui se fend.

Elle distingue encore la forme des oiseaux à une dizaine de mètres d'elle, leurs longues pattes cerclées d'orange, leurs becs aiguisés, leurs cous dressés, leur air perpétuellement outré. Elle réalise alors qu'ils ne crient plus. Elle retourne à l'intérieur, vaincue. Ses yeux tombent sur le sac-poubelle glissé le plus loin possible sous la table. Voilà aussi ce qu'elle aimerait fuir, encore.

Elle remonte des mèches tombantes et refait rapidement son chignon. En passant les doigts dans ses cheveux, elle en trouve une, minuscule, telle une peau morte qui se détache de son épiderme. Sans faire attention, elle aurait pu la prendre pour une squame comme tant d'autres, comme elle en perd des milliers chaque jour. Mais c'est un akène, fin et allongé, terminé par un crochet. À l'intérieur, une graine qui voyage dans ses cheveux et l'utilise comme coursière.

Elle va s'asseoir, approche la graine de la lumière. Elle l'a peut-être ramenée de son escapade au refuge. Récoltée d'un des petits arbustes épineux aux alentours de la maison, ou d'une graminée du sentier. Si elle s'inspecte elle sait qu'elle va en trouver d'autres, de différentes espèces, accrochées à l'aide de piquants ou hérissées de crochets ultra-efficients, ressemblant à de minuscules mines piquées au tissu de ses vêtements. Elle doit aussi avoir des graines glutineuses collées quelque part et qu'elle véhicule à son insu. Poils ou fibres, toute accroche est bonne pour parcourir les distances nécessaires à leur dissémination. Toutes ces graines qu'elle transporte montrent à quel point les végétaux sont mobiles et pratiquent la migration. Elle aime cette idée qu'elles l'utilisent, s'attachent à sa peau, ses cheveux et ses habits pour se déplacer, se répandre et coloniser un nouveau territoire. C'est la migration assistée par Catherine Costa, se dit-elle.

Elle aussi avait utilisé Andras pour migrer, s'était accrochée à lui pour être transportée sur ce territoire. Elle avait fonctionné comme ces plantes vagabondes.

Ils s'étaient rencontrés au Canada, dans une communauté hippie où elle avait passé deux ans. Andras était arrivé une année après elle et, en une seule semaine, il semblait bien mieux intégré. Il passait d'un groupe à l'autre, s'insérant dans tous les chantiers avec une fougue innocente, enfantine. Son aisance innée inspirait immédiatement confiance.

Elle l'observait de loin, se tenant sur ses gardes, le trouvant bien trop affamé pour être honnête. Depuis qu'elle était dans la communauté, elle avait dissimulé sa méfiance et son besoin de solitude par une mollesse avenante, une forme de lassitude souriante. Elle avait tenté de se fondre dans le groupe de façon discrète, voire transparente, imaginant ainsi préserver sa liberté. La curiosité fureteuse d'Andras l'avait immédiatement bousculée, heurtée, démasquée.

Malgré ses tentatives pour l'éviter, il surgissait à ses côtés, et elle n'avait plus pu fuir sans que cela soit trop visible. Un jour, en travaillant dans le potager, il s'était posté devant elle, lui demandant s'il pouvait l'aider.

D'une manière défensive, elle lui avait montré ce qu'elle n'avait encore montré à personne. Elle écarta les tiges de la rhubarbe qui arrivait à maturité. Se glissant sous ses feuilles, accrochée à son ombre, poussait une plante parasite. Sans regarder avec attention, il aurait été possible de les confondre l'une et l'autre, modèle et copie. Elle était presque certaine que c'était une bardane qui se cachait encore, ses feuilles ne se pavanaient pas à la lumière, ne dépassaient pas en taille la rhubarbe. La plante n'avait pas encore réussi à plagier le rouge vif de la tige, mais elle imitait à merveille la forme des pétioles et des feuilles gaufrées. Combien de temps lui faudrait-il pour percer à jour aussi le secret de la couleur ? Et la rhubarbe, que subtilisait-t-elle à cette plante qui mêlait ses tiges aux siennes en prétendant être elle-même, qui grignotait sans vergogne son espace ?

Les questions qu'elle posait ne s'adressaient pas à Andras, elles fonctionnaient comme une boucle, une roue qui lui permettait de maintenir un mouvement, une fuite. Elle parlait vite, ne lui laissant aucun espace pour intervenir et encore moins s'installer. Elle s'employait à sa démonstration en palpant et en regardant uniquement les plantes au sol et non le jeune homme si proche d'elle. Elle sentait la sueur boisée qui émanait de sa peau bronzée.

Le but du mimétisme morphologique était de permettre la survie de l'espèce, expliqua-t-elle rapidement en repoussant son trouble.

C'était une faculté qui avait déjà été démontrée chez nombre d'animaux et d'insectes, mais certains végétaux semblaient développer des capacités similaires. Elle lui avait aussi montré l'alchémille qui poussait au milieu des fraisiers, les plants s'entremêlant sans distinction. Des mauvaises herbes poussaient au milieu de plantes cultivées, épousant les mêmes tiges, les mêmes feuilles. Quel était le but de cette forme de camouflage ? « Il était si attirant, dit-elle, d'attribuer aux plantes des comportements typiquement humains. Des émotions qu'on était en mesure de déchiffrer, d'analyser et de compartimenter. Comprendre le monde en l'enfermant dans les contours d'une peau humaine. »

Elle avait levé les yeux et il la fixait, sourcils froncés. D'un air si sérieux et douloureux qu'elle eut envie de rire pour chasser sa gêne. Mais elle s'était retenue et l'avait toisé en retour avec toute la distance hautaine dont elle était capable. Puis elle avait rapidement baissé les yeux sur la rhubarbe à la tige sang gorgée de suc, d'un rouge qui lui parut plus prégnant qu'auparavant.

À partir de ce moment, ils avaient commencé à s'épier, cherchant à se voir, à se frôler. Surprenant ses regards autant qu'elle les espérait. Au début, elle fut surprise du pouvoir qu'elle avait sur ce jeune homme si rapidement populaire, si solaire. Il suffisait qu'elle s'approche et il suspendait ses gestes, perdait le fil de la discussion, sa bouche se figeait, entrouverte. Sa présence annulait toutes les autres. Les yeux plissés, il l'attendait, dérouté et un peu effrayé de la perte si soudaine de son assurance.

Ils s'éloignaient du groupe dès que possible, se retrouvaient derrière des arbres ou près des rochers au bord de la rivière. Elle ôtait son débardeur en s'avançant vers lui, le voyait brièvement tressaillir avant de coller ses seins contre son torse nu. Leurs peaux se liaient avec empressement, sans préliminaires, sans laisser le moindre interstice entre leurs corps. Leurs premières étreintes furent maladroites, inassouvies d'un trop-plein de désir. Il leur fallut un moment pour ralentir, pour se décoller sans crainte de se perdre.

Andras aimait glisser ses mains dans ses boucles, les entortillant autour de ses doigts comme un enfant. Brusquement, il collait son visage au sien, si près que ses traits devenaient indistincts et finissaient par se fondre dans les siens. En l'embrassant, il s'imprégnait d'elle, lentement, patiemment. Lorsqu'il s'écartait, lèvres encore humides, il semblait enfin rassasié. Contenté et délassé pour quelques instants. Avant de se détourner et de reprendre son travail, il lui faisait un clin d'œil. Et elle ne pouvait s'empêcher de se demander ce qu'il emportait, collé sur sa bouche luisante, comme information essentielle qu'il venait de lui dérober. Et que lui laissait-il, juste là, sur sa peau rosie, presque à vif ?

Andras reprenait une activité, saisissait une discussion en plein vol comme si de rien n'était. Il ne s'encombrait pas de transitions inutiles. Sa facilité à naviguer en faisant fi de tous cadres époustouflait Catherine. Aussi, après chaque démonstration de cette impétueuse aisance, elle demeurait quelques instants dans une inquiétude pantelante, froide, et finalement un peu envieuse. C'était aussi précisément cela qui l'avait séduite, cette forme de liberté inconstante et forcément inconsciente, ce danger permanent collé à sa peau. Dans les efforts de plus en plus prononcés qu'elle devait fournir pour se détourner de lui, désirant faire perdurer le goût de sa langue, la sensation de ses doigts emmêlés dans les cheveux fins de sa nuque, elle comprit que les racines d'Andras poussaient déjà largement autour des siennes.

Lorsqu'il avait appris la chute du régime militaire en Argentine, il avait commencé à lui parler de son pays. « Ce sera le renouveau, la dictature militaire s'est écroulée. Il y aura la liberté et du travail ! » s'enthousiasmait-il.

Il était resté dans la communauté le temps de la convaincre de partir avec lui, se dit-elle maintenant. Elle se souvient encore aujourd'hui de son impatience à rentrer chez lui. « Tu comprends, chez moi, dans *mon* pays. » Elle ne comprenait pas, non, mais elle avait hoché la tête devant son besoin si essentiel. Même si elle se sentait bien dans la communauté, ce n'était pas chez elle. Et que dire de la maison de ses parents dans le lotissement ? Pour rien au monde elle n'aurait voulu y habiter. Elle ne ressentait aucun besoin de rentrer nulle part. La vérité était qu'elle n'avait nulle part où rentrer. Et même si elle prétendait être libre, elle était surtout perdue. Qu'elle aille dans le pays d'Andras ou dans un autre, c'était égal. Elle était au Canada pour ne pas être en France, pour fuir la domestication qu'elle avait connue enfant. Elle voulait vivre dans une contrée si vaste qu'elle aurait le pouvoir d'écarter les parois du cœur, aussi neuve et étrangère qu'elle lui permette un perpétuel recommencement. Elle était donc prête à le suivre lui, à habiter son territoire. Elle lui avait dit : « Comme je n'ai rien de mieux à faire, je viens avec toi. »

Au départ, il avait voulu s'établir dans le nord du pays. La jungle l'attirait, il en parlait comme d'un envoûtement. Il voulait obtenir un poste dans un des parcs tropicaux. Sa passion lui faisait briller les yeux et agiter les mains quand il citait les pumas, guépards, toucans, tapirs, tarucas, colibris d'au moins vingt-cinq espèces différentes. Il récitait de longues listes d'espèces animales exotiques comme il réciterait une poésie apprise par cœur. « Et ce sont uniquement les espèces recensées, imagine le nombre qui n'ont pas été découvertes ? » Il se voyait déjà en gardien de l'inexploré, un aventurier qui allait fouler une terre ouverte, riche, prête à accueillir tous ses espoirs.

Comme souvent avec Andras, elle avait manqué de jugeote. Son enthousiasme si franc était éblouissant. Elle s'était nourrie de son énergie qui tirait en avant, lui qui était paré à arpenter n'importe quel terrain, ne redoutant rien ni personne. Ses doutes à elle, sa prudence, ses hésitations furent rapidement balayés par l'énergie brute et terriblement attirante d'Andras.

Elle n'avait pas vu à quel point ce n'étaient que des rêves de gosse. Elle ignorait alors que tout ceci n'était que fantasmes. Il n'était jamais allé dans la jungle, et ne connaissait de son pays natal que sa capitale, métropole bruyante dans laquelle il était né et qu'il avait quittée enfant. Tout ce qu'il racontait des espaces infinis n'était que les rêves d'un adulte qui avait transformé sa tristesse et sa frustration en histoires extraordinaires.

Il tint deux semaines dans la jungle. Les moustiques n'eurent aucun mal à venir à bout d'Andras qui fit une allergie sévère à leurs piqûres. Lorsqu'il fut à plus de soixante pour cent recouvert de plaques rouges, boursouflées et suintantes de pus, il accepta l'idée qu'il n'était pas possible de rester.

Les rêves d'Andras ne restèrent toutefois pas longtemps déchus. Il oublia sans grande contrariété les moustiques, il gardait une flexibilité, un opportunisme capable de repousser toute difficulté. Une forme de naïveté, se dit Catherine. Il lui avait parlé de la Patagonie avec la même passion enfiévrée qu'il avait eue pour la jungle. Et ils descendirent vers le sud.

Il était possible de trouver facilement un poste de gardien de parcs, dans tout le pays, prétendait Andras. Ils allaient avoir une maison, de la nourriture et même un petit salaire. Ils vivraient tous les deux en pleine nature avec la tâche essentielle d'en prendre soin. Elle ne comprit pas non plus à ce moment-là le désir d'être un héros qui habitait si impérieusement Andras. Comment aurait-elle pu imaginer à quel point il plongerait la tête la première dans la protection des parcs en véritable chevalier des espaces menacés ? À quel point il n'hésiterait pas à mettre leur vie en péril.

Il lui avait expliqué que, durant l'hiver, ils pouvaient être isolés durant un mois. Vivant totalement en autarcie. Sans électricité pendant parfois des semaines. La vie à la dure.

— Et moi, je ferai quoi ? avait-elle demandé.

— Tu auras l'honneur suprême d'être la femme du gardien de parc !

— Super.

— Tu pourras continuer tes observations et analyser comment on va se fondre l'un dans l'autre, dit-il en lui faisant un clin d'œil.

— C'est les plantes qui m'intéressent, surtout pas les humains, maugréa-t-elle. Mais je n'aurai pas de travail officiel, pas de salaire…

— Non. Tu seras entièrement dépendante de ton mari.

— On n'est pas mariés, arrête.

— Alors, tu sais ce qu'il te reste à faire...

Ne lui laissant pas le temps de répondre, il l'attira contre lui. Elle enfouit sa tête dans son cou, sa puissante carotide contre sa joue. Il frissonna, il vacillait encore à son contact. Elle glissa ses mains sous sa chemise, son dos était brûlant. Elle se dit qu'il avait de la fièvre. Il la souleva et elle passa ses jambes autour de ses hanches. Sans la quitter des yeux, il l'embrassa en s'agrippant à sa bouche qu'il ne pouvait s'empêcher de désirer.

VIVIAN
Genève, 2008

J'ai revu Matt à deux reprises. La première fois, il est venu récupérer ses affaires dans mon appartement. Après quelques instants de distance, d'évitements, de regards qui tombent au sol ou s'échappent par la fenêtre, il m'a frôlée en allant dans la chambre. Sans échanger la moindre parole, on s'est emparé l'un de l'autre et on s'est déshabillés mutuellement, sans douceur, en se fixant d'une fureur théâtrale. Au lieu de le traiter de connard, je l'ai attiré en moi brutalement. Il s'est emparé de mes fesses en y enfonçant ses doigts et j'ai planté mes dents dans son épaule. Nous avons grogné pour ne pas nous insulter, nous avons baisé pour ne pas nous battre. Consumer à la va-vite les miettes de notre couple et épuiser les restes d'attirance. J'ai ressenti la jouissance de le posséder une dernière fois, un simple corps mécanique, déjà lointain. Succinct et dénué d'amour, notre ébat apaisa un peu ma colère refoulée. Il est parti sans m'adresser la parole et sans prendre ses affaires.

Une semaine après, campé dans l'entrée, il a lancé un regard autour de lui, comme s'il évaluait encore son territoire. Il n'a pas manqué la nouveauté accrochée au mur. D'un air d'abord désarçonné, il a soulevé un coin de la bouche sans savoir encore quoi en penser. Puis, visiblement amusé par le portrait de Valentino Rossi, il me dit que si je le mordais encore il me donnerait une gifle dont je me souviendrais. Je lui répondis que mon cul était constellé de bleus et que s'il m'approchait à moins d'un mètre, il se prendrait un coup de pied dans les couilles. On s'est toisé mutuellement, jaugeant le risque. Je l'ai senti vaguement excité mais j'ai pris le sac rempli de ses affaires et l'ai lancé à ses pieds. Je me sentais lasse et, pensais-je, suffisamment détachée. Alors j'ai commis une erreur. Je n'ai pu m'empêcher de triturer mon gant, le recouvrant de ma main valide comme pour le dissimuler. Ce geste inconscient, je ne m'en suis rendue compte qu'au regard de Mattieu plongeant dessus. Je l'ai alors vu sourire, de son sourire en coin, dominant et suffisant. J'aurais mille fois préféré qu'il me traite de salope, qu'il me crache sa haine à la figure mais, au lieu de ça, il a ricané. Son visage plein de moquerie mauvaise, il a ricané en fixant ma main. Puis, vainqueur des secrets qu'il possédait, il a décampé. Et moi, suffocante, j'ai pleuré comme une idiote.

*

Une fois l'appartement de ma mère totalement vidé et mon propre appartement débarrassé des affaires de Mattieu, je me suis enterrée dans l'hiver. Saisie par la sidération comme par un bloc de glace, bercée d'une lumière bleutée, je me suis rétrécie sur moi-même. J'ai laissé le temps me distancer. Des semaines ont passé. Les jours ont patiemment engrangé des minutes de lumière supplémentaire et la brume, dès l'aurore, a estompé toute cette tentative de luminosité. J'ai continué à effectuer chaque matin les tâches de me lever, me doucher, me maquiller et m'habiller. Ceinte d'une obscurité moite, je suis allée travailler, j'ai marqué durablement de mon poids le fauteuil d'Ada et j'ai marché dans la ville par n'importe quel temps.

Ma rupture avec Mattieu a fait le ménage dans les amitiés. Les amis en commun ont cru devoir choisir un camp et, à la grande majorité, ont choisi Mattieu. Ma morosité prolongée et mon incapacité à entretenir les relations sociales ont eu raison des autres. En dehors des collègues avec lesquels j'échange un thé et un repas dans l'enclave obligatoire du travail, mes rapports amicaux se sont exclusivement concentrés sur Ada et ses chiens.

Je suis retournée une seule fois voir ma mère au cimetière. Devant sa tombe, la boue givrée se brisait sous mes talons lorsque je déplaçais mon poids d'un pied sur l'autre. Durant un court instant, j'ai eu envie de remplir ma bouche de ces cristaux de terre, de les frotter contre ma peau pour l'écorcher, j'ai eu envie d'embrasser la stèle, de m'y allonger et de la caresser en sanglotant. Ces désirs se sont vite dissipés pendant que je restais les mains dans les poches, figée et frigorifiée, à fixer le nom de ma mère gravé dans la pierre, définitivement scellé par les dates de naissance et de mort.

Je me suis imaginée donnant des coups de pied dans cette pierre pour éprouver la colère nécessaire mais, cette fois-ci, je forçais une envie qui n'en était pas une. J'avais décidé de traiter tous ces émois avec le plus grand naturel possible. J'étais en phase de deuil et j'allais devoir en subir les différentes étapes. J'avais lu plusieurs articles dans des magazines de psychologie à ce sujet et, ainsi préparée, j'essayais d'anticiper ce qui allait se produire. Je savais que déni, colère, tristesse allaient se succéder sur une durée allant de six mois à une année. Ce temps était nécessaire pour atteindre la phase de résolution, le détachement qui allait atténuer la peine. Je me répétais ceci lorsque je me sentais perdre pied. C'est ainsi, aussi, que je marchais dès que je le pouvais. La marche est l'un des meilleurs moyens pour évacuer les pensées mortifères qui s'agglutinent dans le cerveau. Je l'ai lu dans un article intitulé *Bien réussir son deuil*.

Si on me demandait ce à quoi j'avais œuvré durant le mois de janvier, je dirais : je faisais scrupuleusement le deuil de ma mère.

AMALIA
Seine-et-Marne, 1967

— *La culture de légumes pour la consommation est prohibée*, lut-elle.

— Il est interdit de… planter des légumes ? demanda Charles pour être sûr d'avoir bien entendu.

— Parfaitement, répondit Amalia.

Elle jubilait, il le voyait à la façon dont sa bouche se tordait en une grimace luisante. Elle continua la lecture du règlement à voix haute.

— *80% de gazon entretenu à raison d'une tonte hebdomadaire et d'un arrosage régulier. Les 20% restants doivent être consacrés aux fleurs d'agrément. Des espèces nobles comme les roses, glaïeuls et hortensias sont vivement recommandées afin d'unifier les allées et de bâtir les bases d'un bon voisinage.* Ils parlent aussi d'iris, mais ils stipulent que sur les dix espèces de fleurs, il est possible d'en choisir un minimum de cinq !

Son excitation était débordante, elle ne prenait pas la peine de la contenir. Il aurait pu se réjouir de la voir ainsi, aussi visiblement heureuse. Mais il y avait quelque chose — il le sentait sans pouvoir encore le comprendre — qui ne tournait pas rond.

Amalia reprit l'énumération des interdits avec une même joie ébahie :

— *Il est interdit d'étendre le linge à l'extérieur, interdit de construire un abri de jardin, interdit de stationner une caravane sur le long terme.*

Même s'il hochait la tête, Charles continuait de s'interroger. Il se hasarda à clarifier un point qui le questionnait plus que les autres.

— Pourquoi est-il interdit de faire un potager… commença-t-il mollement, moins certain tout à coup de vouloir en connaître les raisons.

— Simplement parce que nous ne sommes plus chez les bouseux ici, trancha-t-elle.

Il détourna la tête pour ne pas lui répondre qu'ils resteraient toujours des bouseux, où qu'ils emménagent. La ferme apparut, des effluves confuses lui parvinrent, le tumulte de morceaux de ciel. Même le ciel, ici, n'a pas d'odeur, pensa-t-il. C'était les odeurs qui lui créaient le plus de dépaysement. Depuis qu'ils avaient emménagé, ce manque le déroutait. Il ne reconnaissait aucune de celles dont il avait l'habitude, comme s'il n'y en avait plus. Sans parler de la ferme, même lorsqu'ils avaient vécu dans un minuscule appartement en ville, les odeurs débordaient, elles étaient partout, grouillantes et prégnantes. Mais pas ici. Il renifla, il ne sentait rien. Il se dit que c'était normal, ils venaient seulement de s'installer. Tout était encore trop neuf, si propre. Il ferma un instant les yeux et essaya d'éveiller une image plaisante. Vint la boue, si fraîche qu'elle fit apparaître la rivière, ses tourbillons mousseux, ses pierres glissantes perpétuellement astiquées par le courant. Il vit alors un poisson bleuté qu'il eut tellement envie de pêcher qu'il saliva. Il inspira comme s'il pouvait au moins en saisir des vapeurs, des particules olfactives transportées par le souvenir. Il renifla encore fortement. Amalia s'arrêta de parler et alla chercher la boîte à mouchoirs neuve. Elle ne se lassait pas de ces produits novateurs. Qu'il lui semblait loin le temps où il fallait employer un mouchoir en tissu, souillé maintes et maintes fois. Quel manque d'hygiène. Elle lui tendit fièrement un des kleenex jetables du bout des doigts, d'une façon démonstrative comme dans la publicité. Elle avait cette sensation délicieuse de vivre comme dans les photographies du prospectus publicitaire. Charles le prit, bien qu'il n'ait pas besoin de se moucher. En plaquant le papier blanc sur le nez, il eut la sensation de se retrouver dans une bulle hermétique. Il se demanda s'il n'était pas en train de perdre son odorat.

Amalia reprit la lecture pour capter son attention, mais aussi parce qu'elle ne se lassait pas du slogan du prospectus : *nous vous proposons davantage qu'une résidence, un nouveau style de vie dans un endroit voué au bonheur.*

Charles acquiesça pour lui faire plaisir et elle enchaîna sur les obligations. *Entretien du gazon qui ne doit pas dépasser dix centimètres, entretien des plates-bandes fleuries et remplacement des espèces détériorées, entretien des façades, dégager l'allée de tous résidus non autorisés...*

Amalia comprenait parfaitement que les obligations, autant que les interdits, allaient permettre de créer un cadre de vie d'un certain standing, identiques aux us et coutumes américains. Les signes visibles du prolétariat devaient, de ce fait, être bannis. Comment ne pas s'en réjouir ? La modernité passait justement par l'acquisition de ce standing. Et cette nouvelle résidence était une des premières en France à reproduire un lotissement à l'américaine, un style de vie résolument précurseur.

— Les Américains, ils ont compris ce que veut dire le savoir-vivre, déclara-t-elle.

Elle ressentit encore ce picotement d'excitation. Sa respiration devint plus difficile, comme une densification de l'air autour d'elle. À présent, il y avait tant de possibilités qui les attendaient, tant d'opportunités. Ils avaient mis le pied sur la première marche, il ne leur restait plus qu'à grimper, tranquillement, avec classe. Elle avait senti ce moment, décisif, lorsqu'elle avait fait claquer son talon sur la première marche de son perron. Et même si elle n'en avait pas encore parlé avec Charles, elle se voyait bien partir vivre en Amérique d'ici à dix ou quinze ans. Son cœur se gonfla d'un sentiment vaste, immense, l'horizon était infini.

Lorsqu'elle pensait à ses parents, à son frère et à ses enfants, elle les voyait accrochés pour toujours à leur morceau de terre de campagne. Comme de grosses chenilles, rongeant la même feuille sous leurs pattes. Et toute la descendance de son frère allait certainement continuer à croître là-bas. Amalia sut très vite qu'elle ferait tout son possible pour ne pas rester enfermée dans la même vie que sa mère, à passer ses journées les mains dans la boue et le purin. Avec pour voisins, les vaches et les mouches.

Son salut pour quitter la ferme avait été de suivre une formation professionnelle. Elle avait eu le choix entre le métier de secrétaire et celui d'infirmière. Elle avait opté pour le secrétariat et obtenu un poste dans un cabinet médical, devenant par là même l'assistante du médecin et, occasionnellement, son aide-soignante. Elle avait aimé son travail. Elle ressentit une pointe de nostalgie qu'elle chassa aussitôt.

C'était dans la salle d'attente du cabinet qu'elle avait rencontré Charles. Elle l'avait trouvé bien petit et trapu tant il était tassé sur lui-même. Il s'était fissuré un os du poignet. D'un ton autoritaire, elle lui avait demandé de lui montrer sa main. Il avait tendu son bras avec un rougissement qu'elle avait associé à la douleur. Une petite nature, s'était-elle dit.

Une brusque bouffée d'amour gonfla sa poitrine. Tant de choses s'étaient passées depuis. Maintenant, il était confortablement assis dans un des deux fauteuils en velours vert bouteille de leur nouveau salon. Elle s'approcha et lui caressa le crâne, ses cheveux étaient épais, drus. Même si Charles était issu d'une famille de paysans, elle avait tout de suite su déceler la flamme émancipatrice qui l'habitait, lui aussi. Lors de leur première rencontre, elle avait longuement observé ses mains. Elles racontaient une vérité que le visage parfois taisait. Sa peau n'était ni rêche ni craquelée, ses doigts étaient longs et mous, nul liséré marron ne s'incrustait sous ses ongles. Ce n'étaient pas des mains de paysan, et ne le seraient jamais. Elle s'approcha davantage et il enfouit son visage dans ses jambes. Des relents de lessive au parfum indéfinissable, irritant, l'indisposèrent. Ils faisaient barrière à l'odeur de sa femme. Il caressa ses genoux et le début de ses cuisses contenues dans des bas fins, glissants comme du plastique. La sensation au toucher n'était pas désagréable mais elle n'avait rien à voir avec sa peau. Il se dit brièvement qu'elle était fausse, comme toute cette maison. Amalia lui leva le menton pour qu'il la regarde. Sa bouche s'entrouvrit, ses mains sous sa jupe remontaient lentement la courbure des fesses. Elle frissonna et lui agrippa les cheveux.

Il souleva sa jupe pour libérer au plus vite l’odeur chaude et moite de son entrejambe.

ALOÏSE
Jura, 1923

— Pour la première fois comporte-toi autrement qu'un animal ! lui siffla-t-il après avoir frappé trois coups contre la porte d'entrée.

Aloïse se dit que si la porte avait été une noix, elle se serait brisée sans problème.

La femme qui vint leur ouvrir n'était pas Mademoiselle Suzie. Berthe venait s'occuper du ménage et des repas et le père fut déçu de voir qu'elle avait déjà une bonne.

La femme le toisa de haut en bas et lui dit que la patronne était *indisponible*. Elle avait insisté sur ce mot qu'elle avait entendu pour la première fois lorsque Mademoiselle l'avait prononcé plus tôt. Elle vit l'homme hausser un sourcil, surpris, et cela lui fit relever un peu plus le menton.

— Indisponible ? demanda le père qui ne comprenait visiblement pas ce que cela voulait dire.

— Oui. Exactement.

— Je dois lui parler, va lui dire, dit-il en accompagnant ses paroles d'un geste comme s'il chassait une mauvaise odeur.

— Non. Vous ne comprenez pas la patronne est in-di-spo...

— Madame ! cria-t-il à l'intérieur de la maison en coupant la bonne.

Il lui aurait volontiers donné une gifle, cela lui apprendrait à prendre des grands airs avec lui.

— Qui est là ? cria une voix stridente venant du fond de la maison.

— C'est des paysans, mademoiselle, répondit Berthe, déçue.

En lui donnant une claque sur la nuque, le père avait ordonné à Aloïse de baisser la tête. Elle regardait ses pieds, nus et bien propres, même si encore un peu rougis. Le père l'avait obligée à les frotter fort avec une pierre poreuse avant d'arriver devant cette maison.

Elle entendit des talons résonner et s'approcher d'un pas pressé, quoique irrégulier. Sans lever les yeux, elle vit les sabots de Berthe se reculer pour laisser la place à des bottines à moitié lacées. C'étaient les plus belles chaussures qu'elle avait jamais vues, le bout était d'une autre couleur que le reste et brillait. Elle eut envie de se baisser et de les toucher, de palper le cuir. Elle réalisa qu'elles étaient très grandes et elle se demanda si elles n'appartenaient pas à un homme.

Le père commença alors à parler, d'une voix étrange, comme le feulement d'un chat en rut. Elle fut si surprise et déroutée par ce geignement, qu'elle n'écouta même pas ce qu'il disait, peut-être même que ses paroles furent indistinctes, perdues dans une plainte honteuse et pitoyable. Ce qu'elle entendit, en retour, fut une voix aussi déterminée et cassante que le poing du père sur une noix : « C'est un enfant. Et je n'ai que faire d'un enfant. » C'était la propriétaire des chaussures éblouissantes qui avait parlé et, sans laisser le temps au père de répliquer, la porte se referma brutalement. Ils demeurèrent quelques instants figés, brisés dans un élan dont Aloïse ne percevait pas encore le sens. Elle comprendrait plus tard que, pour ce premier jour, elle s'était simplement trouvée au bon endroit mais au mauvais moment.

Sans même avoir besoin de le regarder, Aloïse sentait la rage du père et un frisson lui saisit les épaules. Il allait détruire la porte en bois, la mettre en miettes à force de cogner dessus. Il avait brandi son poing, prêt à briser tout ce mépris. Mais il finit par le rabaisser, frémissant.

Il pivota sur lui-même, chancela légèrement, et commença à marcher. Aloïse lui emboîta le pas, laissant une distance suffisante entre eux. Mais à peine avait-elle avancé qu'il se retourna brusquement. Elle n'avait pas pu cette fois-ci s'empêcher de lever les yeux vers le père. Ses yeux striés de veinules rouges le rendaient si effrayant qu'elle ouvrit la bouche, sans pour autant trouver le souffle pour crier. Elle se remit à trembler.

Il la fixait comme il n'avait jamais fait auparavant. Il avait autant que possible évité de la regarder, il ne pouvait supporter de la voir et, à cet instant, à la place du visage de la gamine, il vit le visage de Pierrette. La douleur la rendait méconnaissable, ses yeux étaient des billes noires, implorantes et déjà perdues. Il laissa échapper un gémissement qui se nourrit immédiatement d'une haine damnée pour chasser le visage de sa femme. Et voilà ce qui restait devant lui : cette gamine, si laide et mauvaise, déformée par un boitement qui n'était qu'une juste punition divine. C'était elle, la responsable de la mort de Pierrette. Elle provoquait le malheur, de cela il en était certain. Il repensa à son aînée qui l'avait abandonné. C'était aussi la faute de ce démon qui avait décidé de le tourmenter, encore. Pourquoi ne s'en était-il pas débarrassé avant ? Il détourna son regard du monstre, la rancune lui emplissait la bouche d'une salive acide.

— T'avise surtout pas de revenir à la ferme ! hurla-t-il d'une voix qui avait perdu toute forme de honte.

Aloïse avait cette fois-ci tout entendu, aucun doute sur les mots qu'il avait prononcés. Mais elle entendait tant de mots blessants depuis qu'elle était née, qu'elle pensa que c'était comme d'habitude. Qu'il fallait les laisser se dissiper dans l'air et qu'ils finiraient par disparaître. Ne pas rentrer dans la maison et dormir dans la grange. Et même si d'instinct elle sentit que la menace était, cette fois-ci, d'un autre ordre, elle ne put s'empêcher de le suivre quand il repartit. La soumission ne s'abandonne pas si aisément.

Elle le vit s'emparer d'un caillou et lorsqu'il se retourna, elle comprit que c'était fini. Il la manqua de peu et uniquement à cause de la colère qui lui brouillait la vue et l'esprit. Sans attendre, il se saisit d'un autre caillou. Avant de fermer les yeux, elle vit son expression, la dernière qu'elle garderait de lui. Le père la chassait comme il le ferait avec une fouine, avec un désir tenace de la tuer.

CATHERINE

Patagonie, 2008

Un papillon poudreux volette de façon désordonnée, tourne autour de la lampe, se brûle le bout des pattes et finit par tomber dans sa tasse. Elle le ressort avec un crayon et ses ailes, mouillées, restent collées sur la mine.

Assise à sa table, les pieds remontés sur la chaise, elle sirote un thé déjà froid et souillé d'écailles de papillon. Elle n'a pas réussi à dormir, les souvenirs l'ont tenue éveillée et elle n'a rien fait pour les chasser, laissant Andras la transporter dans la nuit. Le regard absent, elle est à nouveau seule, le cœur affamé.

Elle s'étire, déplie son corps. Elle se penche sous la table et attrape un bout de plastique. La construction en bois de Nahuel apparaît, peinte en rouge à l'extérieur, en bleu à l'intérieur. La maison possède un étage, une planche sépare l'espace en deux. Elle ne sait pas bien pourquoi Nahuel l'a construite ainsi. Elle avait oublié ce détail. Elle la retourne, elle ressemble à s'y méprendre à un jouet d'enfant. Ne manquent que les meubles miniatures et ce serait une parfaite maison de poupée.

Où va-t-elle l'installer ?

Elle est un peu surprise de son empressement à fabriquer une telle maison pour sa mère. Elle pense aux nombreuses maisons au bord des routes. C'est principalement des autels pour attirer la bienveillance et la protection.

Les images qu'elle a de sa mère remontent à plus de vingt ans. Elle ne pourrait dire à quoi elle ressemblait à la fin de sa vie. Portait-elle toujours ses robes serrées à la taille avec leur cardigan assorti ? Arborait-elle son improbable coiffure capable de repousser les assauts du vent, comme un casque de boucles ? Sa peau était-elle toujours aussi blanche, presque exsangue, laissant apparaître des veines violacées à la commissure des lèvres ?

Catherine se tend, lui reviennent des souvenirs du lotissement.

Ce sont les seuls qu'elle arrive à rattacher à sa mère. Et, dès qu'elle a pu, elle l'a fui. Elle a même changé de continent pour être suffisamment éloignée de ce lieu. La rue des Cèdres. Elle pense à l'arbre gigantesque accolé à leur maison, sa mémoire d'enfant le rend aussi grand que les plus grands Lengas. Elle avait farouchement aimé cet arbre, comme seule une enfant peut si désespérément s'attacher à un objet inanimé. C'était *son* Cèdre, elle le possédait avec tant d'assurance. Lorsqu'il se mit à dépérir avec lenteur, elle tomba aussi malade, passant de longs mois à l'hôpital. Personne ne fit le lien, car personne n'avait jamais vu, ni bien sûr compris, ce rapport entre elle et lui. Elle se dit qu'il lui en reste quelque chose aujourd'hui. Elle a toujours été incapable de se défaire des liens martyrs.

Elle regarde encore la maison. Apprécierait-elle les couleurs qu'elle a choisies ? Elle se souvient de sa mère comme quelqu'un d'affreusement conventionnel. Obsédée par l'ordre et la propreté, elle cherchait en permanence la validation des mégères du lotissement. Des monstres qui passaient leur temps l'aspirateur et la balayette à la main. Étriquées dans leurs robes, étriquées dans leurs maisons aux standards prédéfinis, étriquées dans une vie sans autre horizon que la rue principale de leur lotissement. Leur seule ambition consistait à remporter le concours annuel de la meilleure tarte à la citrouille. Quel spectacle pitoyable ce concours où toutes ces parfaites ménagères, souriantes jusqu'à la nausée, posaient fièrement devant leurs créations tout en rêvant d'écrabouiller les visages des concurrentes dans leurs bouillies orange. Et sa mère qui essayait tant de faire comme les autres qu'elle lui donnait l'impression de n'être rien d'autre qu'une marionnette. Une poupée coincée dans une petite vie.

Elle devrait planter la maison au milieu d'un terrain ravagé par un incendie, au milieu des cendres. Un endroit où plus rien ne pousse, serait-il suffisamment propre à son goût ? Elle se triture la bouche comme pour essuyer les restes d'un crachat, d'un excès de venin aigre. Elle est profondément injuste, s'étonne d'avoir encore tant de rancœur puérile.

La vérité est qu'elle connaît si peu de choses sur sa mère. Il ne lui reste rien d'elle, que des images jaunies, déformées par la colère et la honte. Après la mort de son père, sa mère avait quitté le lotissement. Elle avait refait sa vie, certainement autrement. Peut-être était-elle devenue une personne différente. L'aurait-elle seulement reconnue ?

Elle jette un regard coupable vers le tiroir. Sa mère lui avait écrit avec une régularité effarante des lettres qu'elle n'avait jamais ouvertes. Elle avait sciemment coupé la communication. Se cachant, se terrant dans l'ignorance complète de leurs vies. À sa façon, chacun met en place des dispositifs pour tenir le chaos à distance. Des agencements pour repousser le drame. Elle le sait mieux que quiconque.

« Pardon », souffle-t-elle sur le toit, « Pardon. »

Elle regarde intensément la petite maison. « Il y a plein de merveilleux endroits ici, tu sais. Des paysages qui entrent dans tes poumons, nourrissent tes muscles et se posent dans ta gorge comme un baume. La lumière, ici, n'est pas la même qu'en France. Et le vent, il y a toujours du vent, c'est impensable. Tu aurais, peut-être, aimé ce pays. Tu n'aurais peut-être plus voulu le quitter, toi non plus. »

VIVIAN

Genève, 2008

J'ai trois réunions aujourd'hui, deux ce matin et un séminaire d'entreprise cet après-midi. En vérifiant les intitulés de chacune, je réalise que les deux du matin se chevauchent. Soit je quitte la première en plein milieu, soit je fais l'impasse sur la deuxième qui concerne *Les stratégies de développement du offshore*. J'ai déjà assisté à quelques séances avec cet intitulé et je n'ai pas vraiment saisi en quoi ma présence était souhaitée. Je n'avais pas compris la moitié des discussions et, heureusement, personne ne m'avait demandé d'ouvrir la bouche une seule fois. Il est de fait rarissime que j'intervienne dans une réunion, quel que soit son intitulé. Si on occulte le premier jour dans la boîte où l'on m'a demandé de me présenter en deux phrases, cela ne s'est jamais produit.

J'envoie sans tarder un mail à mon responsable pour le prévenir. Sa réponse me parvient à peine quelques minutes plus tard *: c'est fâcheux. Puisque vous ne pouvez pas gérer autrement, merci de communiquer cette carence à Monsieur Narjeux du département RH et de justifier votre absence.*

Il est clair qu'il pense que c'est ma faute, même si ce n'est pas moi qui agence le planning. Je soupire, j'aurais peut-être dû me scinder en deux. Je lui renvoie un mail avec un *Je vous remercie de votre réponse* et envoie le message demandé à M. Narjeux sans oublier de mettre en copie mon responsable direct. En retour, je reçois un formulaire à remplir avec mes données personnelles et le motif de mon absence. Une fois que je l'ai rempli et renvoyé aux personnes demandées, il est déjà l'heure d'aller dans le bâtiment B.

Je me dis qu'après la séance, il sera presque temps de la pause déjeuner et je me demande quelle salade je vais prendre cette fois-ci, saumon ou chèvre frais ? Le saumon est souvent pris d'assaut et comme hier j'ai pris ma pause à 12h20, il n'y en avait déjà plus. Aujourd'hui, je peux sans problème arriver à 12h10 et avoir le choix. Je pourrais chaque jour être à midi pile à la cantine, mais j'essaie de retarder un peu ce moment pour ne pas paraître n'avoir que ça à faire.

Je m'active, je prends mon sac ainsi que mon bloc-notes dédié à cet effet. Si certains mots apparaissent, parfois même une phrase, c'est surtout de grossiers griffonnages qu'il se remplit. Je n'ai pas d'autre accessoire auquel m'agripper, pas de dossiers à mettre sous le bras comme dans les films où les personnages donnent l'impression de crouler sous le travail en courant tout le temps. Je fais un peu pareil, pour la mobilité, et cela me donne l'impression de jouer dans une série. Jouer un rôle, c'est en soi une chose concrète à faire.

Dans les couloirs, je croise des collègues qui s'agitent comme moi, on échange des sourires, des *salut, ça va ?* sans s'arrêter de marcher. *Oui, super, et toi ?* Tout le monde est déjà loin. Éviter toutefois de réellement courir. Toujours avoir une longueur d'avance. Feindre l'occupation permanente. Polie, sympa, prévenante, mais toujours occupée. Passer en coup de vent.

Tu travailles sur quoi en ce moment ? et les tentatives d'explications se perdent dans les particules d'air qui se dissipent rapidement autour de nous. Il faut avancer pour ne pas percer à jour l'imposture. D'où l'utilité plus qu'avérée des couloirs dans une entreprise. Longs, sinueux ou anglés, ils permettent à tout moment de fuir en restant actif. Ne rien faire est répréhensible. N'avoir rien à faire est devenu un travail comme un autre.

Je suis incapable de décrire brièvement en quoi consiste mon travail. Ce n'est pas que j'aie beaucoup de tâches, ou qu'elles soient d'une grande complexité, ce n'est pas non plus que ce travail soit d'un niveau intellectuel trop élevé pour être vulgarisé. Non, simplement, comment décrire le vide ? Comment expliquer qu'on me paie pour assister à des réunions ? Comment avouer aux autres et, accessoirement à moi-même, que je suis parfaitement bien payée pour ne rien faire ?

De toute façon, ce serait inutile, personne ne va me réclamer une justification. Personne ne va avoir l'idée de me demander : Mademoiselle Gillet, pouvez-vous nous dire ce que vous avez fait comme travail cette semaine ? Pourriez-vous nous expliquer votre rôle exact dans notre entreprise ?

Je me surprends parfois à espérer être ainsi démasquée. Mettre fin à toute cette supercherie. Puis je me souviens de mon salaire important et du prestige de travailler pour cette entreprise américaine. Alors, chaque jour, je me pose la question suivante : tout compte fait, s'il est inutile, est-ce si grave que cela ?

Je me souviens d'un collègue qui, dans la première semaine où je travaillais là, m'avait fait une révélation en avalant goulûment une mousse au chocolat. Il avait essayé de me draguer durant tout le repas de midi et, au moment du dessert, il avait tenté le tout pour le tout. Il s'était penché en avant dans une gestuelle implicite pour me souligner sa volonté de me mettre dans la confidence et, d'une haleine chocolatée, avait lâché le morceau.

« Le secret, le voilà : le faire, c'est bien. Le faire savoir, c'est mieux. Si tu piges ça, tu piges tout ma belle. »

ALOÏSE
Jura, 1923

C'est Berthe qui trouva Aloïse le soir, au moment de rentrer chez elle. Elle hésita un instant à faire comme si elle ne l'avait pas vue, mais pour finir, en pestant, elle fit demi-tour et alla prévenir Mademoiselle.

Aloïse n'était pas très lourde et elles n'eurent aucun mal à l'installer sur le lit d'une des quatre chambres. Elle avait ouvert plusieurs fois les yeux mais elle était trop faible pour pouvoir marcher. Du sang avait coulé sur son visage, ses épaules et jusque sur sa poitrine. Suzie envoya immédiatement Berthe chercher le médecin. Celle-ci remarqua avec une certaine déception que Mademoiselle n'était plus du tout *indisponible.* Elle se dit que les choses allaient changer et espéra brièvement que la pouilleuse ne se réveille plus. Elle se signa trois fois pour chasser ses mauvaises pensées et partit chercher le médecin en maugréant sur l'injustice de son sort.

Suzie remarqua tout de suite la maigreur sous les guenilles qui pouvaient difficilement être appelées des habits. Les cheveux courts, coupés grossièrement au couteau, étaient en partie aplatis par du sang séché. Quel âge pouvait avoir cet enfant ? Huit ou neuf ans ? Qu'il lui semblait soudain fragile ce petit corps malmené.

Suzie lui lava avec précaution le visage et le cou. Une fois la couche de sang ôtée, suivie d'une bonne couche de crasse, la peau propre lui parut de la couleur exacte des fleurs du rosier des chiens qui poussait en désordre à l'arrière de la maison. Un églantier fort épineux et envahissant qui n'appartenait résolument pas à une espèce noble. Mais c'est précisément à cause de lui qu'avait débuté son cheminement de pensée pour créer un jardin. Dans son hésitation à l'enlever. Pourquoi hésitait-elle ainsi ? Était-ce à cause de sa grâce éphémère, de sa façon de se déployer dans l'espace en créant une forme si troublante qui lui faisait penser à la fois à un nuage, à un galet, à un essaim ? Elle avait bien conscience que ces trois choses n'avaient rien à voir l'une avec l'autre et, surtout, elles n'étaient pas des représentations habituelles de la beauté. Mais cela lui avait créé un trouble tenace. Trouble qui avait laissé germer une idée pas encore totalement mûre jusqu'à ce qu'en frottant, la peau de cet enfant apparaisse.

À cause des cheveux courts, elle avait pensé que c'était un garçon, mais plus que la couleur, la texture de la peau lui disait que c'était une fille. Elle ressentit alors une nécessité. Quelque chose qui se nourrissait de tant d'éléments disparates, qu'elle ne put les démêler tous distinctement. Elle pensa à une inflorescence, un petit élément indissociable d'un tout, et nécessaire à l'enchevêtrement de l'ensemble. Elle associa la présence de cet enfant à la présence du rosier. Et à ce moment, elle décida de garder les deux. Il fallait évidemment de la taille et du façonnage, mais il était possible de les faire accéder à la beauté.

Elle se souvint vaguement de l'homme, qu'elle avait tout simplement haï au premier coup d'œil, qui avait essayé de lui vendre ce gamin. En disant que, malgré les apparences, il était costaud et pouvait effectuer n'importe quels travaux. Elle ne se rabaisserait jamais à traiter avec ce genre de personnages, mais puisque l'enfant était revenu tout seul, même à moitié mort, ce n'était plus pareil.

Elle entreprit de continuer le nettoyage et lui souleva un bras, frotta doucement avec une serviette savonneuse. Aloïse ouvrit subitement les yeux. Elle voulut se relever mais une main ferme la plaqua en arrière.

— Tout va bien. Ne t'inquiète pas. Ne bouge pas, le médecin va arriver.

Aloïse ressentit une douleur vive à la tête et elle grimaça. Elle n'eut pas le temps d'avoir peur, elle pensait qu'elle rêvait. Elle se sentait encore si fatiguée. Après avoir reçu le caillou en pleine tête, elle était restée couchée au sol pendant de nombreuses heures, s'était réveillée à plusieurs reprises, puis s'était rendormie.

— Es-tu une fille ou un garçon ?

Une voix douce flottait autour d'elle. Aloïse ne répondit pas.

Elle était bien trop désorientée pour être en mesure de le faire. Elle vit alors les yeux qui la fixaient. Les iris d'un bleu liquide étaient cerclés d'un trait noir comme pour retenir une trop grande quantité d'eau.

— Tu ne le sais pas ? Je pense que les fourmis savent si elles sont mâle ou femelle, ainsi que les oiseaux et certainement les lapins. Après, c'est vrai qu'il y a des serpents qui sont hermaphrodites, donc qui possèdent les deux sexes, mais toi tu n'es pas un serpent n'est-ce pas ?

Aloïse hocha la tête par la négative.

— Je... fille, réussit-elle à balbutier.

— Et comment t'appelles-tu *fille* ?

Le coussin sur lequel reposait sa tête tentait de l'avaler tellement il était moelleux. Ses paupières frétillaient, bien trop chargées pour qu'elle réussisse encore à les garder ouvertes. Elle se rendormit.

Le médecin l'ausculta sans qu'elle oppose de résistance. Elle se sentait si molle. La grande entaille à la tête s'avéra peu profonde et s'était déjà en partie refermée. Elle avait perdu du sang et si on ajoutait à cela la dénutrition et le choc, il lui faudrait quelques jours pour se remettre sur pied.

— Qu'elle dorme le plus possible, qu'elle mange en suffisance et tout ira bien ! déclara-t-il.

Mademoiselle Suzie l'accompagna à la porte.

— Avez-vous pensé à m'apporter un flacon ? lui demanda-t-elle.

Sans lui répondre, il sortit de sa sacoche un petit récipient en verre bleuté. Elle le paya avec plusieurs billets pliés qu'elle glissa dans sa main.

— Comme à chaque fois Suzie, pour l'amour du ciel n'abusez pas du laudanum !

*

— Tu m'appelleras Mademoiselle Suzie.

Les yeux bleus se fixèrent sur ceux d'Aloïse.

« En réalité, je m'appelle Suzie Iris Angèle, sais-tu pourquoi ? Iris était le prénom de ma mère, et Angèle celui de ma grand-mère. J'ai longtemps pensé que Suzie avait été choisi uniquement pour moi, mais j'ai fini par apprendre qu'il appartenait à une arrière-grand-mère paternelle. Va savoir ce qui a motivé ce choix de prénoms similaires, s'il y avait une volonté précise ou si c'était, comme je le soupçonne à présent, un pur manque d'imagination. Cela m'a un temps dérangée, comme si, à la naissance, on m'avait mis dans les mains un bouquet de fleurs déjà fanées. Et puis, je me suis habituée à mes noms d'ancêtres. Moi, si j'avais pu choisir, je me serais appelée Amalia ! » Elle éclata de rire et Aloïse sursauta ce qui réactiva son mal de crâne lancinant.

En regardant à nouveau intensément Aloïse, elle continua : « Si tu pouvais choisir, comment t'appellerais-tu ? » et sans lui laisser le temps de répondre, « Aimerais-tu t'appeler comme ta mère ? »

Aloïse se figea et son expression horrifiée fit plisser le front de Mademoiselle Suzie. « Bien sûr que non ! quelle mauvaise idée ! Aurais-tu aimé t'appeler Violette, par exemple ? J'aime vraiment beaucoup ces fleurs. Elles sont petites et graciles alors qu'elles sont d'une robustesse à toute épreuve. Elles ne disparaissent jamais. Tu peux les arracher, elles repousseront ailleurs, colonisant le moindre espace avec leurs jolies petites têtes effrontées. Cela m'aurait plu de m'appeler Violette, aussi. Mais je préfère toujours Amalia. »

Aloïse comprit qu'elle allait avoir besoin de temps pour saisir le flot de paroles discontinu de Mademoiselle Suzie. Ce premier jour, elle perçut ce verbiage comme aussi indistinct qu'une nuée de moucherons. Ce fut d'ailleurs une des seules fois où Suzie lui parlerait du *passé*. Car le *passé* allait bientôt disparaître. Pour les besoins d'un avenir entièrement neuf et désencombré, comme allait le répéter Mademoiselle Suzie maintes fois dans le futur, le passé allait être banni.

CATHERINE
Patagonie, 2008

— José !

— Je m'appelle Julian, madame. Julian.

C'est la première fois qu'il répond ainsi, en haussant farouchement le ton. Il n'a toutefois pas osé la regarder dans les yeux, n'arrivant pas à se défaire de son regard fuyant lorsqu'il doit s'adresser à elle. Il cherche en permanence un appui à l'extérieur comme un petit singe qui se cramponne aux branches.

Elle ne se donne pas la peine de répondre, signifiant par là même le peu d'importance qu'elle accorde à sa minable revendication personnelle. Il ressent le soulagement attendu, soupire en se disant qu'elle est celle qu'elle a toujours été. Intransigeante et terrible. Ce qui s'est passé dans la serre n'allait pas tarder à s'estomper puis à s'effacer, ne laissant qu'un vague souvenir de mauvais rêve. Elle est Madame Catherine et lui continuera son chemin en marchant dans son ombre, veillant, cette pensée le fait rougir, mais oui, veillant même sur elle. Il sera à nouveau là pour elle, l'enveloppant de sa discrétion et…

— Julian, alors ! Retrouve-moi dans la serre.

Il sursaute à l'appel de son prénom. Cela fait trois mois qu'il travaille là et elle ne l'a jamais appelé autrement que José, Luis, ou encore Rodrigue. Il n'a jamais associé cette erreur à du mépris, ni ne s'en est offusqué jusqu'à maintenant. Alors pourquoi, aujourd'hui, est-il ainsi piqué au vif ? L'entendre enfin dire son prénom réveille en lui un ressentiment pour les nombreuses fois où elle n'en a pas pris la peine. Il sait que tout cela découle de ce qu'il s'est passé dans la serre, de ce qu'il a vu et n'aurait jamais dû voir.

Après plusieurs jours d'absence, elle était réapparue comme de rien, sans lui adresser la parole. Il l'a observée à la dérobée, essayant de percevoir un infime signe qui aurait permis une explication, le détail qui trahirait un lien entre eux.

Il avait retrouvé sa chaussure le lendemain et voilà déjà une semaine qu'il la gardait pour la lui rendre. Sans savoir comment, sans trouver le bon moment, il l'avait cachée sous son lit, rougissant de honte à l'idée que quelqu'un la trouve. Un fou amoureux de sa patronne. Mais ce qui le dérange le plus, c'est tous les petits détails dont il ne sait que faire et qu'il n'arrive pas à oublier ni à ignorer. L'affreuse cicatrice sur sa gorge. Cette chaussure qu'il a trouvée, remplie de terre à ras bord, avec un jeune semis de Nirre planté dedans. Les larmes, qu'elle n'a même pas cherché à cacher.

La serre est son territoire. Un ventre qui emprisonne la chaleur et, par là même, moiteur et effluves de macération, un espace clos dont l'air vicié fait tournoyer l'esprit. Travailler là-dedans est éprouvant. Au début, il avait eu des maux de tête tous les soirs, puis il avait fini par s'habituer, s'y sentant même à l'abri. C'est un abri qui se mérite, qui n'est nullement une maison puisqu'il ne possède qu'un leurre de toit qui laisse le soleil s'écraser sans pitié sur le crâne. Mais l'ordre des choses a changé. Le ventre, l'autre fameux jour, a recraché Madame Catherine à même le sol. Depuis, il ne retrouve plus sa place dans ce ventre-là.

Il est soulagé qu'elle le convoque enfin. Bien sûr qu'il s'attend à être licencié. Il prend le temps de se laver les mains et les avant-bras puis, sans précipitation, le visage et le cou. Il frotte la peau scrupuleusement, insistant dans son besoin de se sentir frais pour entendre la sanction.

Avant d'entrer, il inhale l'odeur écœurante des fleurs languissantes sur le plastique du toit. Elles sont partiellement désintégrées, délaissant leur couleur et leur forme originelles pour de petits tas bruns et gluants qu'il est facile de confondre avec des chiures. Pourtant, même altéré et saturé, leur parfum doucereux emprisonne dans l'air le leurre de fleurs blanches d'une exquise délicatesse.

La prochaine pluie allait heureusement nettoyer tout cela, se dit-il en prenant une profonde inspiration avant de pousser le tissu opaque de l'entrée.

Elle est de dos dans une de ses salopettes de travail kaki. Ses cheveux ont retrouvé l'ordre d'une tresse enroulée en chignon. Elle a dû l'entendre entrer car elle se met à lui parler sans se retourner. Elle parle du manque d'eau des semis, des pots mal positionnés, de la saleté récurrente dans la serre. Elle l'engueule sans crier, détaillant la liste des méfaits d'une voix d'apparence calme et automatique, vaguement lasse. Il se rassure en se disant que ce dos appartient à la femme revêche et impitoyable qu'il s'est toujours refusé d'imaginer autrement.

Il sent alors à nouveau l'odeur collante des fleurs pourrissantes et lève les yeux au plafond, étonné, se demandant soudain si le toit a perdu de son imperméabilité. Vues d'en dessous, les corolles plaquées et aplaties contre le plastique lui font penser à des bouches de sangsues. Il rebaisse la tête au moment où elle se retourne et il lui semble voir, dans son mouvement un peu brusque, des pétales blancs tomber de ses épaules (ou était-ce de ses cheveux ?). Il n'a pas le temps de les chercher par terre car, tout à coup, elle plante ses yeux dans les siens d'une telle façon qu'il serait impensable de ne pas la regarder. Elle l'épingle comme un coléoptère sur une feuille de papier.

Elle ne sait pas pourquoi elle se tourne vers ce jeune homme. Même si elle l'a dissimulé, comme d'habitude, elle a remarqué la façon dont il s'implique dans son travail. Les raisons pour lesquelles il l'effectue ne sont pas uniquement pécuniaires, elle l'a perçu tout de suite. Il y a chez lui une idéologie, certainement liée à une nécessité, quelque chose de plus profond. C'est lui aussi qui s'est trouvé dans la serre, la nuit où elle s'est saoulée. Elle s'en souvient, vaguement. Elle ne lui avait pas demandé d'assister à cela. Et puisqu'il est entré de la sorte dans sa vie, tant pis pour lui.

— D'où viens-tu Julian ? lui demande-t-elle d'une voix qu'elle avait voulu douce mais qui sortit mielleuse et fourbe.

Si on s'adressait à elle ainsi, elle sentirait l'entourloupe de suite. Mais le jeune homme répond sans grande hésitation.

— De Chubut, Madame.

— Ton village, il est loin d'ici n'est-ce pas ?

— Sept heures de bus, Madame.

Elle va le renvoyer, c'est certain, pourquoi n'en vient-elle pas au fait au lieu de le torturer de la sorte ? Il sent la moiteur de ses paumes et la honte de sa mère lorsqu'elle va apprendre la nouvelle.

— Bon. Tu as des morts dans ta famille n'est-ce pas ?

— Euh...

— Je veux dire, une grand-mère, un cousin, une sœur ou un parent qui est certainement mort, n'est-ce pas ?

Elle n'a même pas besoin de voir son expression horrifiée pour comprendre que sa question manque de finesse. Elle essaie toutefois de balayer sa maladresse de la main, impatiente.

— Mais tout le monde à ses morts, ce n'est pas vraiment exceptionnel, n'est-ce pas ? Donc je me suis dit... Écoute, j'ai une maison à mettre dans un cimetière. C'est ma mère, elle est morte très loin d'ici. Je veux lui installer une de ces petites maisons pour les âmes. Comme vous faites ici. Mais je ne sais pas comment faire. Pratiquement, je veux dire. J'ai la maison, et après ?

Julian tente d'assimiler les informations mitraillées qu'il vient de recevoir, lorsqu'elle reprend la parole.

— Je te laisse réfléchir à ce que je t'ai demandé.

Comme il la regarde toujours d'un air ahuri, elle répète les données de façon claire et concise.

— Donc, reprenons. Connais-tu un cimetière où je pourrais déposer la maison ? Ensuite, j'ai besoin que tu m'expliques comment on procède. J'aimerais que cela se passe de façon plutôt traditionnelle.

Elle se détourne, fait deux pas décidés, s'arrête et se retourne à nouveau vers lui.

— Et merci !

Après une hésitation, elle rajoute : « Bravo pour ton travail ! »

Parfois, elle se surprend en train de jouer au jeu de l'excentrique, la sociopathe redoutable qui ne sait pas comment se comporter normalement. Mais puisque son petit jeu de folle demeurait efficace, pourquoi ne pas continuer à l'utiliser ?

VIVIAN
Genève, 2008

— Pourquoi t'es si fatiguée alors que tu fous rien ? me demande Ada alors que je somnole dans son fauteuil puant.

Je suis fatiguée de moi-même, j'ai envie de lui répondre, mais comme je trouve cela à la fois absurde et effrayant, je me tais.

Coly vient poser sa tête sur mes genoux et je le gratouille. Les poils sur son crâne sont moins drus que sur le reste de son corps. Ses yeux larmoyants se collent aux miens, il soupire d'aise contre mes jambes. Je ne sais pas pourquoi c'est lui mon préféré alors qu'il est simplement affreux. Et les teintures expérimentales d'Ada n'arrangent rien. En ce moment il est d'un vert clair herbeux avec çà et là des traînées jaune pisseux.

Je remarque dans un coin la cage à lapin, vide. Alors qu'elle manque cruellement de place, elle ne s'en est toujours pas débarrassée. Peut-être la laisse-t-elle bien en évidence pour me culpabiliser ? C'était un misérable lapin borgne qu'elle avait récupéré dieu sait où et qu'elle avait essayé de me refiler à chaque fois que je venais chez elle. Elle ne pouvait le garder à cause de son bestiaire turbulent et bruyant. J'ai tenu bon, je ne voulais pas avoir chez moi une bestiole dont il aurait fallu nettoyer les crottes. Il a fini par mourir, terrassé d'une crise cardiaque. M'en veut-elle toujours ? Je ne peux l'imaginer m'en tenir rigueur pendant des jours, voire des semaines comme l'aurait fait Mattieu. Même s'il ne l'aurait jamais reconnu, Matt était jaloux d'Ada. Il croyait qu'elle me draguait, qu'elle était amoureuse de moi. Je comprends sa jalousie, elle a tellement plus à m'offrir que lui. Mais il se trompe, l'amour de la vie d'Ada, ce sont ses chiens, me dis-je en repoussant un Coly un peu trop envahissant.

Je repose la tête contre le dossier du fauteuil. Je suis si épuisée que je pourrais m'endormir là, instantanément, si je fermais les yeux. Et c'est ce que je fais, je ferme les yeux pour ne plus avoir à penser, pour fuir le plus simplement du monde.

— Eh ! le film va commencer ! C'est pas le moment de dormir !

Je rouvre les yeux. Comme si je ne pouvais pas rater le début de ce film que j'ai déjà vu bien trop de fois. Mais, comme toujours, j'acquiesce. Ada est excitée comme une gamine.

Même si la naïveté du personnage principal m'agace, j'ai aussi dû le voir une dizaine de fois avec elle. Et je dois dire qu'à chaque fois sa soirée *Edward aux mains d'argent* m'a remonté le moral. Je ne sais pas si c'est dû au film ou à Ada qui connaît les répliques par cœur et dont les mains s'agitent en imitation des gestes de l'acteur qui découpe tout ce qui se trouve sur son chemin. Ses mains sont des ciseaux monstrueux, bien trop encombrants pour serrer sa chérie dans ses bras mais parfaits pour relooker un lotissement en entier. Il taille des haies et des buissons, puis des caniches et pour finir leurs maîtresses ébahies. Toutes ses créations sont excentriques et il devient la star du lotissement jusque-là ennuyeux. J'observe Ada qui mime Edward, elle aimerait manier les ciseaux comme lui, couper sans abîmer, révéler des formes qui n'attendent qu'elle pour dévoiler leur singulière beauté.

Ada possède une chose rare, dont je mesure la préciosité : une véritable passion. Nous faisons tous semblant d'être constamment en passion pour quelque chose. Être passionné, faire des choses incroyables, être continuellement en exclamation est un dogme que nous nous devons de suivre. Mais pour Ada, c'est différent. J'ai toujours senti la différence, entre elle et les autres, entre elle et moi. En cela sa vie est extraordinaire. Moi aussi je rêve d'une vie extraordinaire, comme tout le monde. Vouloir une autre vie que la sienne est une norme aussi répandue que les insomnies. Et, comme la plupart des gens, je ne fais rien pour rendre ce rêve possible. Je ne prends aucun risque, je ne suis pas prête à perdre quoi que ce soit. Je m'affaisse davantage dans le fauteuil. Peut-être que j'arriverai un jour à me fondre totalement en lui.

— Mais ce qu'il est capable de faire avec ses mains ! crie Ada tout d'un coup.

Je réalise que je m'étais assoupie et Coly en a profité pour se recoller à moi.

— Peut-être que toi aussi tu pourrais faire ça avec la tienne ! Clac-clac-clac.

Je lui fais une grimace, mais elle ne lâche pas prise.

— Allez, avoue que tu caches des ciseaux sous ton gant, clac-clac-clac.

— Pffff... tais-toi !

— Clac-clac-clac, Vivian, clac-clac-clac.

Je me tends, il n'y a qu'Ada que je laisse parler de ma main et même en plaisanter. Je ne dis pas que c'est facile, je me crispe à chaque fois, mais je la laisse dire sans lui en vouloir. Ada sait toutefois quand elle doit s'arrêter. Elle connaît les limites à ne pas dépasser.

Un moment, j'hésite à lui demander de s'occuper de ma main. Ada pourrait le faire, elle ne serait pas dégoûtée, elle. Je n'aurais presque pas honte de le lui demander. Je lève ma main gantée devant mes yeux.

— Sors tes ciseaux, Vivian. C'est peut-être le moment.

Je la regarde, son ton de voix est étrange. Elle me fixe en plissant les yeux, sans aucune moquerie. Mais qu'est-ce qu'elle raconte ? Puis elle détourne à nouveau les yeux sur le film et se met à rire d'une blague à l'écran.

Des ciseaux, n'importe quoi. Je pose mes mains côte à côte. L'une de peau et l'autre de tissu. *L'anomalie,* voilà comment je la nomme parfois. Bien sûr qu'elle est de chair et d'os. Je l'espère en tout cas. *Elle,* l'intruse, l'encombrante, la tumeur. Je me souviens que petite, j'avais des terreurs qui me réveillaient la nuit. J'avais peur que ce qui avait empoisonné ma main se répande dans le reste de mon corps et me contamine en entier. Je pensais que ma main était capable de me tuer, que petit à petit elle allait grignoter tout mon être.

Lorsqu'il n'y pas le gant, je ne la regarde pas. Je fais les soins élémentaires, nettoyage, hydratation, ongles, et c'est comme si l'image ne parvenait pas à ma conscience, comme si elle s'effaçait instantanément, ne me laissant pas le temps de réaliser ce que je vois. Il va de soi que si je ne peux pas la voir, personne d'autre ne le peut. Matt l'a entraperçue. Il est entré une fois dans la salle de bains et je n'avais pas encore remis le gant. Je l'ai vite dissimulée mais j'ai vu la tête qu'il a faite, j'ai vu sa surprise. Il a ouvert la bouche pour parler mais je l'ai stoppé net. Je pense maintenant que cela a aussi précipité notre rupture.

« Ne regarde pas ! Ne regarde pas ma chérie, c'est bientôt fini », me répétait ma mère lorsqu'elle s'en occupait. « Juste une petite partie, un détail, tout le reste est parfait ma chérie, simplement parfait. » Tisser patiemment l'éviction, l'annulation de cette partie de mon corps. Bien sûr qu'il a fallu, pour survivre, à tout prix normaliser l'anomalie.

Je triture le bord de mon gant sans m'en rendre compte. Le soulève et le rabaisse. Si je tire d'un coup, elle va apparaître. J'approche mon gant de la tête de Coly, espérant un instant qu'il parvienne à saisir le bout avec ses dents et à me l'arracher.

CATHERINE
Patagonie, 2008

Un maigre filet d'eau coule sur les pots. En mâchant un chewing-gum, Nadja arrose avec un tuyau souple, concentrée sur le déroulement de son rendez-vous de tout à l'heure. Elle l'a déjà visualisé dans ses moindres détails. Du moment qu'elle aura fini son travail ici, il lui restera exactement quarante minutes pour se doucher, s'habiller et se maquiller. Tous ses habits, y compris les nouveaux sous-vêtements en satin, sont prêts, préparés depuis la veille. Elle doit se dépêcher de terminer le foutu arrosage. Elle a enfilé à la va-vite d'épais gants jaunes bien trop grands pour elle. Ils la font transpirer des doigts, s'agace-t-elle. Pourvu que cela n'abîme pas son vernis. Seulement, a-t-elle choisi la bonne couleur ? *Rose Pivoine éclatant*, est-ce suffisamment voyant ?

Trop occupée à imaginer sa fin d'après-midi, Nadja n'entend pas Catherine arriver. Celle-ci s'immobilise et suit les mains plastiques aux mouvements plus grossiers, presque mécaniques, à cause de la rigidité des gants. Ce détail l'accroche et la transporte elle aussi. Elle ne peut s'empêcher de penser à sa mère en voyant ces mains protégées. Ces mains coupées de la réalité, dépourvues de sensations, consciemment séparées des émotions. Et même s'il y a eu tant de choses après, c'est ainsi qu'elle la revoit en premier : les mains couvertes de gants plastiques. Une flopée de gants pour chaque activité. Des gants fleuris, des gants unis. Des gants pour le jardin, des gants pour la vaisselle, des gants pour le ménage, des gants pour des choses résolument salissantes et des gants pour l'arbre. L'arbre avait ses gants dédiés, pour son pollen et ses chenilles qui auraient pu contaminer le reste de la maison. La salissure de l'arbre, un Cèdre majestueux qui avait survécu à des orages, à des insectes xylophages, à la monstrueuse construction d'un lotissement américanisé, mais qui n'avait pas survécu à la folie de propreté de sa mère.

À les dissimuler si souvent sous des matières plastiques, les mains nues de sa mère devinrent une apparition qui lui créait presque un malaise. Très blanches, elles semblaient d'une fragilité inouïe. La peau translucide et fine comme du papier de soie laissait transparaître de grosses veines bleutées qui la dégoûtaient. Elle imaginait le sang tiède y stagner en de petites poches qui pouvaient se percer et éclater si on y exerçait une forte pression.

Nadja sursaute en levant la tête et en voyant Catherine la fixer, les yeux absents. La patronne regarde ses gants. Normalement, elle n'en porte pas pour, justement, faire plaisir à la patronne. Madame Catherine avait conseillé de travailler à mains nues afin de sentir la terre, mais elle n'aimait pas vraiment cette sensation de terre mouillée. Elle avait le droit, non ? Si elle les portait maintenant, c'était uniquement pour ne pas abîmer son vernis neuf. Elle aimerait lui expliquer tout cela mais aucun mot ne sort de sa bouche. Elle ressent une sensation mouillée et, en baissant les yeux, elle réalise qu'elle est en train de s'arroser le pied. Elle replace immédiatement le tuyau au-dessus des pots. Merde, sa basket est détrempée. Et la patronne qui la fixe toujours.

Catherine comprend enfin au visage gêné de la jeune femme qu'elle doit dire quelque chose.

— Chaque pied doit recevoir de l'eau en suffisance ! tonne-t-elle avec son sérieux habituel.

— Oui, oui, bien sûr, acquiesce Nadja en hochant la tête avec exagération, légèrement effrayée.

— Je parlais des plants, bien sûr.

Trop impressionnée pour saisir le trait d'humour inattendu de la patronne et se sentant prise en faute, elle enlève rapidement les gants qui tombent à ses pieds dans un croassement de caoutchouc.

Même quand j'essaie d'être drôle, je fais peur, se dit Catherine. Elle remarque alors les ongles fuchsia brillant aux bouts soigneusement aiguisés. Des ongles totalement inopportuns pour une planteuse. À nouveau, elle pense à sa mère. Elle la voyait encore, un tablier assorti à sa robe bien trop serrée à la taille, essayer de faire pousser des fleurs tape-à-l'œil tels des glaïeuls, des dahlias, des roses qui refusaient de s'épanouir dans leurs plates-bandes, alors que celles de leurs voisines étaient foisonnantes. Elle n'avait pas la main verte sa mère, c'est le moins qu'on puisse dire, comme cette jeune femme, certainement, se dit Catherine.

TROIS

LE GOUFFRE

Jura, 1924

Il se sentit si fatigué de toute cette bêtise. Il avait besoin de boire un thé. Sa femme avait apporté un plateau avec les tasses et une assiette remplie de biscuits anisés. Il regarda les deux roses dans le vase qu'elle avait pris la peine de mettre aussi sur la table. Une attention bienveillante. Leur couleur saumon avec des éclats orange et jaune ne pouvait que ravir l'âme. Pourquoi n'arrivait-il pas à se contenter de cette beauté simple et parfaite ?

— Les nouvelles sont-elles si mauvaises ? demanda-t-elle.

— Une vieille histoire, répondit-il en essayant de dédramatiser.

— Quand tu ne touches pas aux biscuits, c'est mauvais signe.

— Je viens de recevoir une lettre… d'un ancien collègue d'expédition.

Il essaya de se forcer à manger pour ne pas inquiéter sa femme, mais il fut incapable d'avaler quoi que ce soit. Il était envahi d'un tel sentiment d'impuissance, cela lui asséchait la bouche.

— La mémoire ne perdure pas. Il suffit de quelques années et elle glisse au fond d'un trou ! ricana-t-il.

Elle le regardait sans comprendre. Elle s'installa confortablement dans un des fauteuils avec sa tasse.

— Je vous écoute, professeur.

Même s'il n'était pas certain de vouloir se replonger dans ces souvenirs, les images avaient commencé à l'assaillir dès qu'il avait lu la lettre. Il but une gorgée de thé.

C'était il y a plus de vingt ans qu'il participa à la première reconnaissance d'un gouffre exceptionnel, véritable tunnel s'enfonçant dans la terre à plus de cent vingt mètres. Ce précipice véhiculait beaucoup d'histoires et de légendes mais aucune exploration n'avait encore été recensée.

Leur équipe était constituée de quatre spéléologues, jeunes et en partie inexpérimentés, ils avaient beaucoup à prouver. Ils planifièrent la première expédition en 1901. L'objectif était d'inventorier le fond du gouffre et de procéder à une coloration d'eau afin de suivre le parcours de la source souterraine. L'exploration d'abîmes aussi importants comportait toujours des dangers. Dans ce cas précis, ils appréhendaient la quantité d'eau qu'ils allaient trouver dans le fond. Ils n'étaient pas en période des hautes crues, mais il était toujours possible de se retrouver dans un trou d'eau profonde et certainement courante, ce qui était loin d'être rassurant.

Ils avaient pu attacher des échelles de cordes à quelques arbustes solides sur le pourtour du gouffre. Lorsqu'ils les avaient lancées dans le précipice, elles s'étaient déroulées longuement dans un sifflement morbide. À la surface, son ouverture mesurait une vingtaine de mètres de longueur sur une dizaine de mètres de largeur. De l'extérieur rien ne présumait de la profondeur vertigineuse de ce trou.

Sécurisé par une deuxième corde, il fut le premier à entreprendre la longue descente. Très vite, une humidité dense le happa. Les parois moussues étaient veinées d'infiltrations grisâtres d'eau, spécificité des sols de la région. La roche transpirait, suintait, elle était à la fois glissante et coupante. L'ouverture se resserrait. Son échelle se balançait et venait parfois cogner contre la paroi. Des cailloux se détachaient et manquaient de l'assommer.

Il trouva une première petite plateforme à cinquante mètres de profondeur, ce qui lui permit de relâcher quelques instants ses bras et ses jambes. Il nota la présence de minioptères, se réjouit déjà de découvrir d'autres espèces de chauve-souris et certainement d'intéressants spécimens cavernicoles. Il se raccrocha et reprit la descente. Très lentement, il s'enfonçait dans le ventre de la terre. Il restait calme, concentré sur les gestes à effectuer pour avancer. Il ne devait pas penser à la profondeur effrayante de ce gouffre, ne laisser ni la terreur ni l'excitation le perturber.

Il posa ses pieds sur une deuxième plateforme à quatre-vingts mètres de profondeur. De là, il éclaira le fond pour le sonder. Quarante mètres plus bas, il aperçut une galerie dans laquelle coulait un cours d'eau. Rassuré, il vit que les abords étaient praticables.

L'odeur était épouvantable. Une fois en bas, il protégea comme il put sa bouche et son nez avec son foulard. Sa lampe à carbure éclairait largement, ombrant et déformant les crânes, les dents, les orbites béantes. Il ne pouvait éviter de marcher sur de la chair en décomposition, brisant des os par paquets. De lugubres craquements résonnaient en écho dans la cavité. Les restes de cadavres en putréfaction et la couche d'ossements étaient tels qu'il aurait été possible d'en charger plusieurs wagons. Il savait que le gouffre était employé comme charnier de bétail, mais la quantité qu'il trouva dépassait tout ce qu'il avait pu imaginer et attestait de la virulence meurtrière des dernières épidémies de typhus et du bacille du charbon.

Il entreprit l'exploration du fond. La largeur du cours d'eau souterrain variait d'un à deux mètres sur une profondeur de quelques centimètres. Même en cette période de sécheresse, le débit était important. Avant de disparaître dans une voûte plongeante, le ruisseau s'élargissait pour former un petit lac d'un vert opaque. Il donnait l'impression d'être profond. Il se rapprocha, l'endroit dégageait une quiétude étrange. Malgré la fraîcheur de la cavité, il transpirait. Il remarqua alors, flottant sur le lac, le cadavre gonflé d'un cheval. Il se sentit tout à coup si seul qu'il eut envie de crier.

Le ventre du gouffre était pourri, infesté de maladies, pollué inlassablement par la mort violente.

Il avait exploré de nombreuses grottes et cavités, mais cet endroit lui avait laissé une sensation morbide si prégnante, qu'il avait mis de nombreux mois pour se défaire de l'odeur de puanteur. Il avait eu l'impression que sa peau et l'intérieur de ses narines avaient été durablement souillés.

Une fois que ses collègues l'eurent rejoint, ils procédèrent à une coloration d'eau à la fluorescéine. Cette étude permit de démontrer ce qu'il suspectait. Le gouffre était un accès direct au milieu souterrain. L'eau qui coulait en son fond réapparaissait en seulement vingt-quatre heures dans les sources principales de la vallée. Mais avant de se dissoudre en ruisseaux et rivières, une partie de l'eau était prélevée au passage par les villages du périmètre.

À l'époque, le service sanitaire départemental encourageait ces pratiques de charniers. Il était sidéré par cette inconscience et, devant le risque de contamination évident, il avait bataillé des mois pour alerter les autorités sanitaires sur ses résultats. « C'est comme de jeter des charognes malades dans sa cuve d'eau ! » s'était-il emporté de nombreuses fois. Dans cette terre calcaire, creusée de nombreuses galeries souterraines, l'eau circulait en profondeur, enflait dans des cavités et ressortait à l'air libre pour alimenter plusieurs sources. Ce sol karstique était particulièrement sensible, la filtration étant très faible le risque de pollution était immédiat. Durant les hautes eaux, périodes qui duraient plusieurs mois, le fond du gouffre et ses dépôts nuisibles étaient entièrement immergés. Et tout s'écoulait plus loin, l'eau infestée était allégrement bue par la population et le bétail.

Finalement, son acharnement fut payant. En 1904, l'utilisation du gouffre comme dépotoir d'animaux malades fut interdite. Il s'était senti si fier de ce qu'il avait accompli, sa poitrine s'était gonflée de la sensation d'être un héros.

Il prit son temps pour boire son thé, le liquide descendait avec difficulté, comme s'il se solidifiait dans sa gorge.

— Et voilà que vingt ans après, les ossements viennent d'être recouverts par des milliers de tonnes d'armement, dit-il douloureusement.

Elle frissonna, la guerre n'était finie que depuis six années. Elle reposa sa tasse vide, hésita à se resservir. Elle n'avait pas mangé de biscuits non plus.

— Il faut bien enterrer la guerre, dit-elle avec douceur.

— Il y a toujours d'autres solutions que de balancer tout ça hors de vue pour s'empresser d'oublier, s'énerva-t-il.

Avec une fascination incrédule, il déplia à nouveau la lettre. Lut à voix haute la partie concernant le déchargement :

Bien que le risque d'explosion soit écarté, les munitions et les obus étant apparemment désamorcés, comment est-il possible de n'avoir nullement envisagé la dispersion directe dans l'eau des composants chimiques ? En effet, d'après mes sources, ces derniers contiennent de l'acide picrique et de la mélinite. Il m'a été rapporté que nombre d'obus ont été cassés durant leur chute. Et que dire de la corrosion dans le temps ? On ne peut que craindre à l'avenir une pollution des eaux souterraines. Comment se fait-il que personne n'y ait pensé ? Votre rapport, parfaitement clair et fourni (je ne cesserai jamais de le dire), illustre que durant les hautes eaux le gouffre est entièrement immergé sur plusieurs mètres de hauteur. Ont-ils cru qu'en vingt ans les spécificités du sol auraient changé ? Je me questionne, est-ce de l'ignorance ou de la bêtise, et n'est-ce pas la même chose finalement ?

Il soupira, marqua une pause avant de lire la dernière phrase : « *La seule consolation que nous pourrions en retirer, cher ami, est d'être morts et enterrés dans cinquante ans.* »

Elle approcha le vase et inspira profondément le parfum des roses.

VIVIAN

Genève, 2008

Février a débuté avec l'appel de mon beau-père.

— Les crocus et les perce-neige sont là ! me crie-t-il d'une voix haut perchée.

Je viens de rentrer du travail. Je n'ai encore ôté ni mon manteau, ni mon bonnet, ni mon écharpe.

— Il y a trois espèces de crocus différentes, des violets, des orange et des striés jaunes et bleus.

J'essaie de me rappeler le genre de fleurs dont il parle mais je n'arrive pas à coller une image précise. Je déroule mon écharpe moite et dégage mon cou. Peut-être les crocus, oui, je vois vaguement à quoi ça ressemble mais pas les perce-neige.

— C'est la première fois que j'ai cette espèce bleue et jaune. Une hybride peut-être, continue-t-il, imperturbable.

J'ai totalement oublié cette histoire de jardin. J'essaie d'enlever mon manteau et remarque qu'en avançant dans le couloir, des traces humides sont apparues sur le parquet.

— Leur floraison est très courte. Il ne faut pas tarder.

Et moi je ne dois pas tarder à nettoyer mon entrée, j'ai envie de répondre.

— Tu peux venir quand ? insiste-t-il.

Son impératif me brusque, comme si je devais arrêter toutes mes activités pour aller voir des fleurs. Je me souviens de mon insistance à Noël pour visiter son jardin. Cela me semble si loin, je n'en comprends plus l'intérêt.

— C'est vraiment si urgent que ça ? J'ai beaucoup de travail… au moment même où je prononce cette tromperie, j'ai honte.

François soupire. Il n'a rien besoin de dire, il attend simplement, poliment, que je me reprenne. Et, toujours obéissante, je me reprends.

— Samedi en fin de matinée ?

*

C'est un rectangle d'environ huit mètres sur cinq. Constellé principalement de tas de feuilles en décomposition, de touffes brunes et desséchées, son jardin est plus mort que vivant. Il me fait penser à un cimetière, mais sans les stèles pour faire office de décoration. Il est certain que le temps n'aide en rien à l'égayer. Il fait froid, humide, gris, moche. Le troublant reflet de son jardin.

— Il n'y a pas encore grand-chose, mais tu vas voir quand tout va pousser, m'assure-t-il.

Je réalise soudain que je n'ai pas imperméabilisé mes bottines. Elles vont être ruinées. Je soulève un pied, puis l'autre, comme si je pouvais empêcher ainsi une macération prolongée du cuir. Je m'agace et m'impatiente déjà.

Armé d'un sécateur et d'un grand sac vert, François commence à arracher des tiges sèches et à faire disparaître les feuilles. Il me dit qu'il s'est moins occupé de son jardin l'année dernière. Il porte, lui, des bottes en caoutchouc qui s'enfoncent dans la terre et couinent à chaque pas. Je le suis, évite comme je peux les endroits gorgés d'eau et boueux. Quelques cailloux plats sont posés çà et là et je saute de l'un à l'autre avec plus ou moins de grâce.

Son rectangle est un rectangle parmi d'autres, il m'explique qu'il y a une trentaine de jardins sur ce terrain. Chaque parcelle possède sa propre clôture, parfois une haie, un portique, une cabane, une pergola. Chacun a la liberté d'agencer son petit espace comme il en a envie.

Il me montre enfin l'objet de la visite. Il précise que les crocus et les perce-neige étaient plus beaux et fournis en début de semaine. Je refuse de le prendre comme un reproche. En me forçant un peu pour lui faire plaisir, j'observe un moment les petites têtes de fleurs. Elles me paraissent bien perdues, pour ne pas dire ridicules, au milieu du néant.

A nouveau, nous épuisons bien trop rapidement les sujets de conversation. Je reste le temps qu'il me semble réglementaire pour ne pas paraître impolie. Bien trop longtemps pour épargner mes chaussures.

J'arrive dans ma rue et parque mon scooter. Je me sens humide et j'ai froid. En enlevant mon casque, je me fige. Elle est là. Juste devant moi. Je ne sais pas comment j'arrive à me retenir de crier. Peut-être parce que cela ne dure qu'une fraction de seconde. Et le dos devant moi redevient celui d'une inconnue et non celui de ma mère. Je ne peux du coup m'empêcher de l'observer un moment, d'avancer derrière elle. Elle porte un long manteau marron, démodé et informe. Je ne pourrais dire si le corps à l'intérieur est mince ou gros. Elle se penche en avant, ramasse quelque chose qui se trouve entre le trottoir et le début de l'immeuble. Il semble que ce soit une feuille, une chose verte en tout cas. Je la vois la froisser entre ses doigts, puis la renifler longuement. Je ne la quitte pas des yeux. Elle esquisse brièvement un sourire avant de la mettre dans sa bouche. Je grimace, dégoûtée. En voilà une folle. Je continue pourtant de l'observer, happée par ses gestes insolites. Ne demeure plus aucune ressemblance avec ma mère, je trouve même incroyable de l'avoir confondue ne serait-ce qu'un instant. La femme se penche encore et cueille plusieurs parties d'une plante. Ses gestes sont lents, elle prend son temps. Avec un soin méticuleux, elle dépose sa récolte dans un sac en papier.

CATHERINE
Patagonie, 2008

Elle décharge du pick-up un carton de vivres. Elle sait qu'ils en ont toujours besoin.

Claudia vient à sa rencontre et Catherine pose le carton pour la serrer dans ses bras. Elle remarque tout de suite les yeux lourdement cernés et l'épuisement qui transpire du corps de la jeune femme.

— Ma mère doit être bien inquiète pour t'envoyer vers moi ! dit-elle.

Son sourire éclaire intensément son visage et le déleste un peu de sa fatigue.

Le campement est basique. Une grande tente tendue sur des piquets de bois, quelques tapis usés posés à même la terre, des couvertures et des sacs de couchage roulés en boule dans les coins. Devant la tente il y a un espace pour le feu avec des braises qui chauffent une casserole et une théière noircies.

Claudia la présente au petit groupe.

— Voici Catherine Costa ! La femme qui m'a tout appris !

Les têtes se baissent en marque de respect. Catherine fronce les sourcils, cette flatterie lui semble bien puérile. Elle trouve surtout cette remarque bien injuste pour Anita.

Elle compte une quinzaine de personnes. Des femmes et des hommes de différents âges, les visages graves. Malgré la chaleur sous la tente, ils sont couverts de tissus, emmitouflés de laine colorée. Il y a aussi une poignée de jeunes étudiants comme Claudia qui ont rejoint le mouvement des Indiens.

Catherine lui propose de sortir et de marcher un peu, l'ambiance dans la tente est étouffante. Claudia lui raconte rapidement ce qu'elle sait déjà en grande partie. Les expropriations de plus en plus nombreuses, les déboisements illégaux. Les compagnies forestières qui ne se contentent plus de grignoter mais dévorent des pans entiers de forêt. L'objectif est de remplacer les bois locaux par des arbres importés, principalement des Pins et des Eucalyptus. Tracées au cordeau, ces monocultures s'alignent et recouvrent des parcelles entières. Arrosés de pesticides et de fongicides, les Pins atteignent leur maturité en huit ans et les Eucalyptus en dix. Ces essences à la pousse si incroyablement rapide, boostées par un écosystème qui n'est pas le leur, sont d'une rentabilité à nulle autre pareille. La lenteur n'a aucun intérêt à court terme. Rentabilité et arbres centenaires, cela ne va nullement ensemble, ce n'est simplement pas le même monde.

— Ces territoires appartiennent aux Mapuches, même si le gouvernement et les entreprises privées les chassent comme des parasites ! s'emporte Claudia. Il faut arrêter de parler d'*eux* comme si cela n'avait rien à voir avec *nous*. Leur survie est liée au sort de ces forêts, comme notre survie à tous, non ?

Les Indiens sont perpétuellement harcelés, battus, emprisonnés, la presse n'en parle jamais. Ils sont totalement invisibilisés. Elle est révoltée que le simple fait d'être blanc donne plus de pouvoir, que ce soit toujours autant le cas aujourd'hui. Elle veut utiliser ce pouvoir pour amener plus de lumière sur le mouvement.

— Nous, s'il nous arrive quelque chose, la presse s'en empare. Nous sommes de la chair à canons blanche, ricane-t-elle.

L'expression horrifiée de Catherine la force à se justifier.

— Ce n'est pas un mouvement suicidaire, pas du tout, reprend-elle, fébrile.

Catherine se sent mal à l'aise, elle comprend l'inquiétude d'Anita.

— Pourquoi tu fais ça ? lui demande-t-elle.

— Et toi, pourquoi tu plantes des arbres depuis vingt ans ?

— Je répare. Je compense un peu toute cette folie.

— Ça ne suffit plus, lance Claudia. Réparer n'est plus suffisant, il faut détruire avant d'être détruit.

Catherine détourne la tête.

— Nous plantons des arbres, ils en coupent, nous en plantons de nouveaux à la place et ils sont arrachés, écrasés. En une seule journée, ils sont capables d'en brûler plus que toi tu ne pourras en planter en dix ans ! Nous n'avons plus tout ce temps, poursuit Claudia.

Elle est entrée en guerre. Catherine ne peut s'empêcher de penser à Andras. « Une fois qu'on a commencé la lutte, il n'est plus possible de s'arrêter », lui avait-il dit. L'histoire se répète, ne forme que d'inlassables boucles.

Elle suit toujours Claudia qui marche, énergique et déterminée, même si elle sait parfaitement ce qu'elle va lui montrer. Elle frissonne avant même de voir le désert de souches qui s'étend devant elles. Le sol saigne de sciure et de brûlis. Dans toutes les directions, à perte de vue, cela ressemble à la fin du monde. Le soleil écrase sans pitié ses rayons sur cette terre dévastée. Mis à nu par ces coupes à blanc, le sol se retrouve privé de protection contre les UV solaires, la déshydratation et l'érosion. La phase de dégradation n'en est qu'à son niveau visible.

— Nous pensions que la loi adoptée sur la protection de la forêt allait immédiatement réguler l'avancée de la frontière agricole, empêcher la destruction. Mais il n'en est rien. Ils se fichent bien d'être dans l'illégalité, pourquoi devrions-nous nous en empêcher ? dit Claudia en regardant droit devant elle.

— Tu sais de quel côté sont le pouvoir et l'impunité. Ils n'hésiteront pas à vous écrabouiller.

Claudia grimace et répond :

— Il n'y a rien de moins définitif que le pouvoir.

Catherine l'observe, son profil droit, son enfance bien loin derrière. Sa fille lui ressemble-t-elle aujourd'hui ? Claudia se retourne et elle perçoit son odeur, un mélange de sueur et de sang, luisante et métallique. Une odeur de frayeur et de rage. Elle recule brutalement. Une peur irrépressible lui enserre la gorge.

— Ne fais pas comme… Andras, dit-elle d'une voix affolée.

La jeune femme esquisse un sourire.

— C'était un héros. Paix à son âme.

Le respect de Claudia est teinté d'une fascination qui la révulse. Catherine l'empoigne par les épaules et approche son visage du sien.

— À quoi ça a servi son héroïsme ? Il est mort. Assassiné. Et il n'avait même pas trente ans ! s'emporte-t-elle.

Claudia essaie de se dégager, mais elle refuse de la lâcher.

— Explique-moi à quoi ça a servi sa putain de bravoure ? J'ai tout perdu à cause de lui ! Tout.

Catherine la relâche brusquement et se détourne du visage à la fois effrayé et navré de la jeune femme. Elle avance vers une souche, approche ses doigts tremblants de la coupe. Des échardes pointent vers elle comme des aiguilles prêtes à l'attaque.

*

Elle se réveille en nage à quatre heures du matin. Elle suffoque, la bouche tellement asséchée qu'elle peine à déglutir. Une main sur la gorge, elle se surprend à tâter les draps à la recherche du corps d'Andras à côté d'elle. Au bout de quelques instants, la sensation d'oppression disparaît, et elle ne peut s'empêcher de se demander s'il n'est pas mort à cette heure-là, durant une nuit bien trop chaude. Mais quelle nuit ? Sans corps, comment mettre un terme, une date de fin ? Demeure toujours un doute, insidieux et suppliciant. Elle comprend qu'elle le cherche encore, qu'elle le cherchera toujours. Son corps est partout et nulle part, c'est le drame d'une disparition.

Elle repense à Claudia. Bien sûr qu'elle risque sa vie en se mettant en travers de chantiers de déboisement. Elle prendrait moins de risques si elle mettait le feu à des parcelles entières de forêt. N'est-ce pas justement de cela qu'elle a tenté de protéger leur fille ? De l'embrasement dans lequel elle est plongée ici ?

Elle transpire, son t-shirt est collé à son dos et se plaque sur ses seins. Elle pleure sans même s'en rendre compte, la transpiration se mêlant aux larmes. Elle n'a jamais cru aux esprits, pas plus maintenant qu'avant sa mort. Mais durant ces réveils nocturnes, elle se sent si proche d'Andras. *Mon époux*, murmure-t-elle d'une voix presque inaudible. *Mon époux*. Et sa présence s'installe dans chaque particule d'air autour d'elle. Elle inspire profondément ce manque, l'imagine pénétrer en elle. Un poids froid s'appose sur ses poumons, enserre son cœur. Arrive la chaleur qui enveloppe sa poitrine. Son amour pour lui est toujours là, intense, vivant.

Durant les premières années, elle le guettait sans relâche, le trouvait dans un marché, au détour d'une rue, au volant d'une voiture. Un dos, une nuque, une chevelure, une tête encapuchonnée et il apparaissait. Elle criait alors son nom, se précipitait en courant pour saisir une épaule et découvrir un visage totalement inconnu. Andras avait habité d'innombrables ombres, autant de déceptions, de coups de couteau, de journées entières où la folie lui léchait la joue. Et comment s'empêcher d'imaginer, encore et encore, ce qui lui était arrivé, la façon dont ils l'avaient certainement tué, ce qu'ils avaient fait ensuite du corps. Espérer qu'ils l'aient tué rapidement, haïr ces pensées. Où était-il ? S'ils l'avaient jeté dans la rivière, il aurait réapparu à un moment ou à un autre. Ils avaient probablement dû l'enterrer, assez profondément pour que ses restes ne réapparaissent jamais. Ou alors il a été dévoré par des pumas, rongé par des vers, enfoui... Elle se lève pour chasser les images qui l'assaillent. Elle se verse un verre d'eau. Au moins elle ne l'entend plus crier, les années apportent un semblant d'apaisement. Elle boit lentement. Elle sait aussi que cet apaisement est à double tranchant. Il traîne derrière lui l'effacement. Pourquoi devrait-elle, sous prétexte de réduire la douleur, l'effacer de sa vie ?

La mémoire est fourbe, imprévisible, jamais fiable. Le visage d'Andras, très vite après sa disparition, avait déjà commencé à lui échapper. Elle s'était alors accrochée à la photographie, reproduite à volonté et placardée sur des banderoles de manifestation, sur des vitrines, sur des poteaux de plusieurs villes. Ce portrait devint son visage unique. Andras, vingt-cinq ans, les yeux habités par la fougue et le feu, d'une beauté iconique. Le seul visage qu'elle pourrait désormais retenir. Forcément magnifique avec ses cheveux noirs mi-longs, avec l'éclat de son anneau argenté dans l'oreille. Forcément dramatique. Elle avait scruté dans les moindres traits de ce portrait le drame à venir. Ne pouvant plus les séparer l'un de l'autre.

Les derniers instants avant sa disparition se retrouvèrent figés dans une bulle de verre. Chaque fragment de souvenir, chaque effluve, chaque impression furent inlassablement rejoués. Mille fois réinventés. Son baiser saliveux, empressé, sa transpiration âcre et ses mains moites. Et ses yeux, comme sa bouche, agités, surexcités par la peur. Longtemps elle avait cultivé et entretenu ce dernier moment. Son expression, juste avant qu'il ne s'éclipse. Son haleine métallique.

Elle n'avait compris que bien après qu'il ne pouvait plus s'arrêter, qu'il avait franchi la limite de non-retour. « Il n'y a qu'au combat qu'on est libre », lui avait-il dit, crânement, sans savoir ce que cela impliquait vraiment. Elle l'avait haï pour cette inconscience.

Elle ôte son t-shirt trempé. Ses mouvements sont ralentis, sa nuque est douloureuse ainsi que son ventre et ses bras, comme si elle avait essuyé des coups. Elle s'asperge d'eau sur le visage, sous les aisselles, sur la poitrine. La fraîcheur de l'eau la fait frissonner, elle passe rapidement du chaud au froid, s'impose ce choc pour se tirer de la torpeur. Elle en boit encore aussi, avidement, la laissant couler sur son menton et descendre dans son cou. Elle doit avoir une tête épouvantable, elle passe ses doigts dans ses cheveux humides pour les coiffer vaguement.

Elle sort du tiroir infernal la photo d'Andras, sa jeunesse la frappe, ils n'évoluent plus dans la même temporalité. Elle colle le portrait contre sa poitrine. *Mon époux.*

Elle regarde le calendrier accroché au mur. Le jour national de la mémoire et de la justice aura lieu dans un mois. Elle ira, comme chaque année, sur la place de la ville la plus proche. Écouter les chants, les poèmes, les témoignages. Entendre prononcer les noms des opposants disparus durant la dictature. Elle va se mêler à la population et partager cette douleur, réclamer justice, encore. Inlassablement rappeler à la mémoire son devoir de ne pas se laisser avaler par l'obscurité.

« Il faut des personnes pour se battre, des personnes pour réparer et des personnes pour se souvenir », murmure-t-elle.

ALOÏSE

Jura, 1924

Du moment qu'elle avait ouvert la porte à Aloïse, Mademoiselle Suzie l'engloba totalement dans sa vie. Elle commença par une intense observation et une mise au point des travaux à entreprendre. La propreté allait devoir lui être enseignée, à tous les niveaux. Les cheveux finiraient par repousser et il serait dès lors possible de leur donner une forme. En attendant, l'usage de salive pour les aplatir devait être aboli. Avec une nourriture adéquate, elle se remplumerait rapidement. Contre toute attente, les dents n'étaient pas en piteux état, mais il fallait néanmoins veiller impérativement à leur hygiène. Et puis, il y avait sa démarche étrange. Mademoiselle Suzie n'avait pas encore réussi à déterminer quel était réellement le problème avec cette jambe.

Elle fit revenir le médecin. Après avoir rapidement examiné son dos, ses jambes et ses pieds, il demanda à Aloïse de marcher. Depuis qu'elle était dans cette maison, Aloïse avait tenté autant que possible de dissimuler son boitement. Le père, au moment de l'emmener là, lui avait dit de le masquer et de marcher comme un être humain. Si la femme refusait de la prendre, ce serait sa faute, la faute de sa jambe qui ne fonctionnait pas comme il faut. Mais avec le médecin et Mademoiselle qui l'observaient attentivement, avec même Berthe qui guignait par l'embrasure de la porte de la cuisine, Aloïse ne réussit pas bien longtemps à marcher autrement que comme elle savait le faire.

— Depuis quand boites-tu ainsi ? lui demanda le médecin.

Aloïse haussa les épaules.

— C'est de naissance ?

Elle acquiesça. Il se tourna vers Suzie et elle n'entendit plus ce qu'ils se disaient. Elle resta debout, à attendre. Elle pivota légèrement la tête et vit Berthe, son sourire mauvais, grimaçant. Elle bougeait ses lèvres, sans émettre de son. *Tu verras, tu ne vas pas rester longtemps ici,* susurrait-elle. Pourquoi Mademoiselle ne l'avait pas mise à la porte, après les deux jours qu'il lui avait fallu pour se rétablir, demeurait un mystère pour Aloïse.

Elle regarda à nouveau en direction du médecin, de dos, toujours en pleine discussion avec Mademoiselle. Le visage de Suzie était dur, sourcils et front froncés, regard noir. Aloïse détourna les yeux et les posa sur les pieds de la table en bois. Elle devait s'enfuir, sortir de cette maison et courir dans les bois. Mais une peur plus grande encore la clouait sur place.

Il n'y avait plus de bruits, le silence était tel qu'elle entendait sa salive mousser sur sa langue, les battements de son cœur résonnaient comme des coups sur une porte. Elle sentit une brève piqûre dans sa poitrine, puis dans son ventre. Une chaleur était en train de se répandre le long de ses cuisses. Terrorisée, elle baissa les yeux sur ses jambes. Elle se pissait dessus. Paniquée, elle chercha une issue et, au lieu de s'enfuir dehors, elle partit en courant dans la chambre où elle avait dormi depuis son arrivée. Même si elle était trop grande et blanche, elle s'y sentait à l'abri.

Mademoiselle Suzie sentit l'odeur en entrant.

— Que fais-tu dans ta chambre ?

Aloïse était assise sur le plancher et avait ramené ses jambes contre sa poitrine. Suzie s'assit sur le lit. Un silence empreint de gêne n'eut guère le temps de se cristalliser en sa présence, son flot de paroles ne craignait nullement pareille entrave.

— Henri m'a parlé d'un corset, il paraît qu'il y a des progrès dans ce domaine. C'est une sorte de harnachement en cuir qui va permettre de te remettre la colonne droite. Bon, j'imagine que tu ne pourras plus faire certains mouvements. C'est pour que tu puisses te tenir bien droite. C'est important dans une vie.

Elle se leva, ouvrit la fenêtre pour chasser un peu l'odeur, sans pour autant arrêter de parler. Aloïse suivit des yeux les bottines à bout brillant, grandes et magnifiques. Elles étaient la première chose qu'elle avait vue de Mademoiselle. Lorsque celle-ci se rassit sur le lit, elle remarqua qu'elle ne portait ni bas, ni chaussettes. Le début de ses mollets lui apparut d'une blancheur bleutée, comme une peau de souris qui venait de naître, si fine qu'elle laissait entrevoir les organes.

— Cela doit certainement être très limitant, je me demande à présent si tu le supporterais longtemps. Je ne suis pas sûre que moi, à ta place, j'en serais capable. Il te faudra aussi…

— Je reste ici ?

— Comment ?

— Est-ce que vous allez me mettre dehors ?

— Pourquoi je ferais cela ? dit Suzie en plissant le nez.

— À cause du boitement.

— Justement, il te faudra des semelles spéciales, car il pense que tu as une jambe plus courte que l'autre. Il m'a donné l'adresse d'un confrère podologue, un spécialiste. Cela permettra aussi de t'acheter de nouvelles chaussures.

Elle se dirigea vers la porte, se retourna vers Aloïse.

— Es-tu déjà allée en ville ?

Aloïse hocha la tête par la négative.

— Très bien, très bien. On ira dès demain. Je te laisse à présent aller te laver et te changer. La seule chose intolérable, ici, est cette odeur, sommes-nous bien d'accord ?

*

Suzie comprit très vite que les manquements éducatifs étaient abyssaux.

— Voilà, dit-elle en posant un grand ouvrage sur la table.

Il était épais, d'une couverture noire et marron, le titre y figurait en lettres dorées : *L'Art du jardin*.

Aloïse vit qu'il était constellé de nombreux bouts de papiers pour marquer des pages.

— Tiens, lis, lui demanda Mademoiselle Suzie.

Elle s'exécuta. Elle savait lire, un peu. Mais les mots étaient compliqués, elle les écorcha et bégaya tant, qu'au bout de deux phrases Suzie cria « Stop ! »

— À partir de maintenant, tu vas lire des chapitres de ce livre. À haute voix et tous les jours. Ton écriture, c'est pareil ?

Aloïse baissa les yeux.

— Alors tu recopieras aussi des passages. Ce n'est qu'une question d'entraînement, et tu es loin d'être stupide, n'est-ce pas ? Bon. Passe-le-moi et écoute.

Suzie posa le livre sur ses genoux et commença à lire : « L'imitation joue un grand rôle dans les jardins. Mais il ne faut imiter que la nature, ne pas chercher à copier le jardin de son voisin et ne prendre que ce qui va au caractère particulier du lieu. Par exemple, n'allez pas entasser des rochers gigantesques ; les grands objets sont comme les seigneurs ; tout ce qui est disproportionné est bientôt fatigant ; c'est avec les bonnes gens et les objets doux qu'il faut vivre. »

Suzie décida d'un horaire strict où elle lui ferait l'école. Elle allait devoir lui apprendre à lire correctement, à écrire et certainement à compter. L'hiver serait consacré à cela. Avant de commencer le jardin.

VIVIAN
Genève, 2008

À peine arrivée, François m'embarque pour me montrer les nouveautés qui viennent de sortir. Dans un coin des jonquilles, des tulipes en boutons prêts à éclater, les forsythias. De petites clochettes bleues poussent en touffe, je lui demande comment elles s'appellent, il me semble les connaître même si je ne me souviens jamais du nom des fleurs. « Des muscaris », dit-il et je répète ce nom dans ma tête. Les muscaris ressemblent à des musaraignes avec leurs petits museaux en pointe. J'essaie de fixer la mémoire avec une image animale. Les perce-neige ont passé, de nouveaux crocus sont apparus.

— Les fidèles copines qui rappliquent chaque année. Je les oublie et les retrouve encore et encore. Je suis toujours surpris que cela repousse, qu'il n'y ait rien de mort, juste en latence, en attente du moment propice pour renaître.

Il lève la tête, m'adresse son sourire timide puis repose sans tarder les yeux sur ses fleurs immortelles.

L'odeur fraîche des tiges vivaces, gorgées de suc, rend l'air légèrement piquant. Je respire, ne fais que cela depuis que je suis ici. Et lorsque j'ai suffisamment de souffle dans mes veines, je demande :

— Maman est déjà venue dans ce jardin ?

— Non.

— Tu l'avais avant de la quitter ?

Il ne semble pas gêné par ma question, comme s'il attendait que je la pose.

— Non, je l'ai pris après notre séparation.

Il ne ressent aucune faute d'avoir agi comme il l'a fait. Je comprends que c'est moi qui lui en veux. Peut-être que s'il ne l'avait pas quittée, elle serait encore en vie. Et même si je sais que cette pensée est injuste, une rancœur gonfle ma poitrine.

— J'ai quitté Mattieu, annoncé-je. Et toi, es-tu satisfait d'avoir abandonné maman ?

Je me rends compte trop tard de mon agressivité. François ne se démonte pas, et toujours occupé avec son sécateur, il me répond :

— Je n'avais jamais vécu seul. Il était grand temps de remédier à ce manque.

Je sais que sa mort l'a aussi profondément ébranlé. C'est lui qui est parti. À passé soixante ans, il a décidé qu'il voulait vivre seul. Simplement. J'étais persuadée qu'il avait eu une maîtresse, qu'il n'y avait pas d'autre voie possible. Mais il ne l'avait pas quittée pour une autre femme, plus jeune, plus mince, plus riche, plus intelligente. Non, il voulait se retrouver seul. J'avais ressenti une telle colère contre lui, comment pouvait-il être à ce point égoïste ? Alors que je suis incapable de vivre avec un homme, je ne pouvais l'imaginer avoir le désir de solitude.

Même si je n'en ai pas parlé avec maman, je sais qu'elle a souffert de la séparation. Du moins, c'est ce que j'imagine. Je ne l'ai bien entendu jamais vu pleurer, ni s'en plaindre. Mais j'ai plus d'une fois surpris sa tristesse. Elle l'entourait comme un halo, une gravité qui affaissait son visage lorsqu'elle oubliait ma présence. Il me semble à présent qu'elle était antérieure à la séparation, qu'elle avait toujours été là.

— Pourquoi était-elle si triste ? dis-je malgré moi à haute voix.

François est à genoux. Il enlève avec précaution les herbes qui poussent autour de petits becs verts qui pointent de terre.

— Quoi ?

— Non, rien.

Je n'ai plus envie de lui reposer la question. Ni bien sûr d'entendre sa réponse. Surtout, je ne veux pas garder d'elle le souvenir d'une personne triste.

Je lève les yeux, des rayons de soleil percent à travers les nuages, une lumière blanche s'étale dans le jardin. Je ne sais plus quoi dire ni faire. Il est peut-être temps de rentrer.

— Profite un peu du soleil, me dit François en sortant un fauteuil rayé bleu et blanc de son cabanon.

— On se croirait presque à la plage.

Je m'assieds et le fauteuil m'accueille dans un grincement. Mis à part le bruit, il est très confortable. Le soleil d'hiver se promène sur mon visage. Il fait froid mais emmitouflée dans mon manteau, c'est agréable. J'entends un bourdonnement tout proche. Une grosse mouche volète, maladroite et étourdie.

J'observe François travailler. Je crois que je n'ai jamais passé autant de temps avec lui. Ses mains coupent, arrachent, creusent et tassent. Ses gestes sont précis, décisifs. Je me dis qu'il a quitté ma mère pour ce jardin.

Lorsqu'elle est morte, j'ai pensé que ma vie serait totalement changée, à jamais. Et c'est en partie vrai. Mais pas autant que je l'aurais cru. Elle n'est plus là et je continue à aller travailler, je fais mes courses, je parle à des gens. Je m'installe dans un fauteuil et j'arrive même à être bien. J'ai simplement l'impression d'être en apnée et de flotter. Je ferme les yeux, je pourrais m'endormir.

— Tu peux me passer l'insecticide ? me demande François.

Je m'extrais à regret, une fatigue alourdit mes membres. Je cherche dans une caisse remplie de produits. Il y a des engrais, des désherbants, des fongicides. Je suis surprise du grand nombre de bidons. Je ne pensais pas qu'il était nécessaire d'utiliser autant de produits différents pour un si petit espace.

Il vaporise abondamment ses rosiers. Déplore que les pucerons soient déjà de retour, aussi tôt dans la saison. En prévention, il traite aussi toutes les plantes autour. L'intérieur de mes narines picote, l'odeur du produit est désagréable, abrasive.

Il va farfouiller dans sa caisse.

— J'ai un engrais qui marche du tonnerre. Je vais leur mettre un coup de booste comme les pucerons les ont affaiblis.

Il remplit l'arrosoir, ajoute deux bouchons de produit. Hésite, en rajoute un troisième. Je me demande où il a appris comment procéder. Lorsque je le questionne, il me dit qu'il apprend en essayant.

— J'augmente souvent un peu les quantités, pour avoir un meilleur résultat.

Les feuilles des rosiers luisent, l'insecticide a déposé une fine pellicule grasse qui va étouffer les nuisibles. Je me rapproche, les pucerons agglutinés en grappes ne bougent presque plus.

— Je me dis que ce n'est pas bien grave, sur une si petite parcelle. Et puis ces modes qui viennent, qui partent. Une fois il faut utiliser tel produit, ensuite il est interdit et il faut absolument utiliser tel autre. On ne sait plus quoi faire.

Son agacement se manifeste dans ses mains qui semblent ne plus pouvoir s'arrêter de couper un buisson feuillu qui rétrécit à vue d'œil.

— Tu prendras des jonquilles avant de partir, dit-il en me tendant son sécateur, comme pour s'en débarrasser au plus vite.

AMALIA
Seine-et-Marne, 1967

C'était le bruit qui avait attiré son attention. La peur l'avait saisie avant même de voir quoi que ce soit. Le bourdonnement était si vibrant, affairé et multiple, qu'il était l'œuvre d'un attroupement forcément anormal et malsain. Elle s'approcha pourtant, mue par une curiosité qu'elle allait très vite regretter. Elle se trouvait dans le champ en friche à la lisière du bois. Elle devait avoir six ou sept ans. La source sonore devenait de plus en plus prégnante et effrayante et, sans avancer davantage, elle essaya d'identifier ce qui se trouvait à quelques mètres. Mais les herbes hautes dissimulaient tout. Elle fit encore un pas, puis un deuxième, prudent, et vit des mouches. Énormément de mouches. Elle n'en avait jamais vu autant. Et il y avait *autre chose*. Autre chose qu'elle voulait absolument percer à jour malgré un dégoût et une frayeur toujours croissants. Sur quoi s'était attroupée cette quantité impressionnante d'insectes ? Écœurée, elle s'était toutefois rapprochée, piégée par sa fascination. Elle s'était penchée lentement au-dessus de l'amoncellement qui semblait ne plus former qu'un corps unique. Un grouillement, une copulation incessante. Elle se baissa encore et les mouches s'envolèrent toutes d'un coup. Le flot l'atteignit en plein visage et certaines pénétrèrent dans ses narines et dans sa bouche restée ouverte. Avant de fermer les yeux et de hurler, elle eut le temps de voir dans l'herbe une tête de veau aux orbites béantes.

Amalia s'aspergea d'eau sur le visage et la nuque. Même après tant d'années, ce souvenir provoquait une répugnance qui faillit la faire vomir. Elle arpenta la cuisine, le salon, la chambre à coucher en se répétant : *je ne risque rien, je ne risque plus rien ici.*

Elle pouvait inspecter les plinthes et les coins, étirer les plis du rideau ou écarter les fibres de la moquette, elle était certaine de ne pas en trouver. Sa maison était propre. La satisfaction se manifesta par des picotements dans la poitrine, ce délicieux tressaillement de bonheur. Pour renforcer ce sentiment d'assurance, elle laissa encore des images de la ferme remonter. Durant quelques instants, elle laissa gonfler le dégoût. Il n'y avait rien de plus sale que les insectes.

Dans la ferme, il y en avait partout, envahissant la moindre parcelle, se déployant par colonies entières pour corrompre les récoltes, souiller la maison et agresser les hommes et les animaux dans une guerre sans fin. Au sol grouillaient les fourmis, les mille-pattes, les perce-oreilles et des vers blancs et dodus qui sécrétaient un épais liquide jaunâtre lorsque son frère les écrasait. Des vers, il y en avait de toutes sortes, ainsi que des chenilles. Tous les légumes du potager en étaient infestés, elle passait un temps infini à trier les choux feuille par feuille, à vérifier chaque rave en la retournant dans tous les sens. Les salades étaient de vrais nids à limaces et elle les lavait longuement dans la fontaine. Avec un sentiment mêlé de répugnance et de revanche, elle observait les corps gluants de toutes tailles flotter un moment à la surface. Les limaces se débattaient mollement, comme conscientes de l'inutilité de leur mouvement puis, immanquablement, coulaient au fond du bassin.

Sur les murs grimpaient des araignées, des cafards et puis, surtout, des mouches. Les mouches avaient tout colonisé, le sol, les airs et la maison. Durant l'été, elle pouvait regarder n'importe où, elle savait qu'il y en avait, en permanence. Elle n'aimait pas les vaches et les chevaux car ils les attiraient. Les mouches leur mangeaient les yeux et l'intérieur des oreilles, les piquaient sans relâche. Surtout, les mouches ne faisaient pas la différence entre les charognes et la chair vivante, entre la vie et la mort. Elles posaient leurs pattes aussi bien sur le pain que sur les merdes fraîches du cabinet.

Jusqu'à l'âge de neuf ans elle avait partagé le galetas avec son frère. Avant de se coucher, elle vérifiait qu'il n'y avait rien de suspect dans ses draps, elle secouait tout, inspectait chaque recoin pour être sûre qu'il était propre. Puis elle se glissait dans son lit, remontait l'édredon sur sa tête et se répétait : « La peur ne garantit pas la sécurité. Ma peur ne va pas les empêcher de venir. » Au moins ainsi, elle avait arrêté de mouiller son lit.

Lorsqu'elle obtint enfin une chambre minuscule à l'étage, elle ressentit un répit. Ce petit espace limitait l'envahissement possible. Il était gérable, pas comme le grand galetas. Elle s'occupait du nettoyage de cette pièce avec un acharnement qui en faisait, et de loin, l'endroit le plus propre de la maison.

— Qu'est-ce que tu fabriques si longtemps ? lui avait demandé Aloïse.

— Elle nettoie sa chambre, avait ricané son frère en répondant à sa place.

— C'est bien cela que tu fais ?

— Oui.

Elle avait bien vu que sa mère ne comprenait pas pourquoi elle nettoyait tant. Elle ne l'avait pourtant jamais empêchée de le faire. Si tel était apparemment son besoin, qu'elle le fasse, c'est tout. Aloïse l'avait toujours considérée comme une petite nature constamment effrayée. Elle pensait certainement que sa terreur des insectes était exagérée, une sorte de caprice auquel il ne fallait pas accorder de l'importance. « Comment peux-tu ressentir une telle frayeur pour de minuscules bestioles inoffensives ? », s'était exclamée Aloïse plus d'une fois, incrédule.

Son frère s'était largement amusé de sa phobie. « Alors, princesse des mouches ? Montre-nous comment tu les gobes ! » Il en tenait une, ses ailes coincées entre son pouce et son index. Elle voyait les nombreuses pattes frétiller et son corps poilu se recroqueviller en essayant vainement de se libérer. « Alors ? C'est ça qui te fait si peur ? » demandait-il en approchant l'insecte de son visage. Elle hurlait et essayait de se dégager mais il la tenait fermement par le bras. « Allez, ouvre la bouche », disait-il avec un large sourire mauvais. Lorsqu'elle se mettait à pleurer, il la relâchait pour éviter une punition maternelle.

Avec le temps, elle avait réussi à apprivoiser sa peur. Elle ne hurlait plus à la vue d'un attroupement de mouches, ni ne partait en courant. Elle était capable de gérer les tremblements mais pas la sueur dans sa nuque ni la moiteur de ses paumes. Ces signes-là, elle n'arrivait pas à les maîtriser. Parfois, il lui arrivait encore de sentir la panique monter et elle devait respirer profondément, plusieurs fois, pour se calmer. Visualiser ensuite la situation et répéter dans sa tête : qui est vraiment la plus forte ? Qui court un réel danger ? Cette toute petite chose misérable, ou moi, femme puissante armée d'un insecticide ?

Le plus important était qu'à présent, elle arrivait à les tuer. Sa peur s'était transformée en haine. Celle-ci s'ensemence et se cultive passionnément. Tandis que la peur, honteuse, est un signe de faiblesse. La haine permet de ne plus subir.

Elle entra dans la chambre à coucher. Elle défit le couvre-lit en satin et enleva tous les draps. Elle ôta les housses des coussins, les agita énergiquement à la fenêtre, faisant de même pour l'édredon. Elle vérifia que rien ne s'était glissé entre le matelas et le sommier, ni derrière le chevet. Avant de border le lit à nouveau, elle spraya abondamment sur les draps un antibactérien au parfum de vanille des tropiques.

ALOÏSE
Jura, 1924

La première fois qu'elle mit les nouvelles chaussures, elle chancela en essayant d'avancer. La chaussure droite, avec sa semelle compensée de deux centimètres, était bien plus lourde que la gauche. Ses pieds étaient devenus des morceaux de troncs qu'elle devait soulever. Les chaussures la crochetaient au sol, marcher devenait un effort, comme si elle ne savait plus du tout comment faire. La première semaine, elle ressentit de violentes douleurs dans les épaules, les bras et le bassin. Son corps ne savait pas comment se tenir dans cette nouvelle position.

— Tu as poussé dans différentes directions, mais pas droit vers le haut, lui dit Suzie. Regarde, quand est-ce que les fleurs se recourbent sur elles-mêmes ? Au moment où elles se fanent, c'est-à-dire quand elles commencent à mourir !

Les chaussures ressemblaient à celles de Mademoiselle. Elle n'avait jamais eu de telles choses aux pieds auparavant et elle ne se lassait pas de les caresser tant elles étaient douces. Mais elle les ôtait avec un tel soulagement ! Sans les chaussures, elle se précipitait dehors et courait sans plus vouloir s'arrêter. Durant quelques heures, elle retrouvait ainsi son adhérence habituelle au sol. Tordue, mais fiable.

Si elle brossait ses cheveux, se lavait le visage et les mains, faisait ses exercices de lecture et d'écriture et si elle marchait le plus droit possible, Mademoiselle la laissait libre d'aller où elle voulait. Et, après plusieurs sorties qui la menaient de plus en plus loin, elle se retrouva un jour à guigner du côté de la ferme qui était à une heure et demie de là.

À distance, elle ne vit que son frère Eugène. Elle attendit un moment pour voir si Éveline était revenue. Mais il n'y eut personne d'autre et avant de tomber sur le père, elle partit récupérer ses pièges dans la cache. Sans surprise, elle les retrouva, bien à leur place depuis la dernière fois.

Elle s'assit sur le tronc couché en mâchouillant une jeune tige de noisetier. Rageusement, elle malmenait le bois avec ses dents. Comme si elle n'avait pas mangé depuis plusieurs jours, elle suçait la maigre sève avec avidité.

Elle arracha un bout d'écorce pour sortir la lettre d'Éveline. Avant de la déplier, elle suçota encore les filaments de la tige, se rassura de l'acidité qu'elle perçut sur sa langue.

Le crachat avait dilué l'encre, presque tous les mots n'étaient plus que des coulures illisibles. Elle n'avait pas besoin de les relire, ce qu'elle avait besoin de savoir, elle le savait. Sa sœur était partie avec le militaire. « Émile le débile », dit-elle dans un besoin de reproduire un moment passé. Elle cracha à nouveau dans la lettre, la replia et la glissa aussi loin que possible dans la fissure de l'écorce. Elle ressentit comme un coup de poing dans le ventre. Éveline. Elle aimerait tellement lui montrer ses nouvelles chaussures.

Elle reprit le chemin de la maison de Mademoiselle mais, après avoir dépassé la ferme, elle changea d'avis. Elle coupa à travers bois et courut presque tout le long. Elle traversa le champ et se dirigea sans hésiter en direction du gouffre.

L'endroit était désert, baigné d'un silence lourd, comme si le gouffre s'était endormi. La dernière fois qu'elle était venue ici, il y avait du monde partout, des camions et des cris. Elle ne pourrait jamais oublier le bruit atroce à chaque fois que les choses métalliques tombaient dans le trou.

Elle n'eut aucune peine à ramper sous le grillage qui avait été apposé à la hâte, surtout pour son pouvoir de dissuasion. Elle avança jusqu'au bord à quatre pattes. Elle prit un caillou et le jeta dedans, suivi d'autres. Certains rebondirent contre les parois puis disparurent dans le noir. Elle ne savait pas si le trou avait une fin ou s'il était comme une forêt la nuit, qu'il fallait seulement s'habituer à l'obscurité pour réussir à voir.

Elle se coucha sur le ventre, elle avait soudain envie de dormir. Elle sentait son cœur battre contre le sol dur, des herbes chatouillaient sa joue et son cou. Elle tâta la roche devant elle, froide, constellée de mousses grasses. En reniflant plusieurs fois, elle s'attendait à sentir l'animal mort. Mais les odeurs qui lui parvenaient étaient celles de la terre trempée, ferreuse, sustentée de moisissures. Elle aimait ces odeurs. Elle regarda en bas. Comme de longs bras sombres, les parois du gouffre la tiraient vers le bas, vers là où les choses perdaient leur lumière, là où il n'y avait plus rien. Elle ferma les yeux et s'imagina glisser le long d'une longue crinière noire de cheval, doucement, en avant. Puis disparaître comme une pierre, comme sa sœur.

Ses doigts se crispèrent sur un morceau de roche. Elle rampa en arrière et se releva. Elle vit ses pieds nus, sales, et ressentit une hâte physique de retrouver ses chaussures. Elles ne lui feraient bientôt plus mal, elle le savait. En fronçant les sourcils, elle fixa le gros trou qui aimerait bien l'avaler, elle aussi. Elle le toisa, droite. « Je vais aller mettre mes chaussures ! » cria-t-elle de toutes ses forces au précipice.

Elle n'avait pas voulu quitter la ferme, le père l'y avait obligée. Au moment de repartir en direction de la maison où elle allait vivre, elle décida de ne plus jamais revenir à la ferme. Ni ici, au gouffre maudit.

Par la suite, elle allait se persuader qu'elle avait véritablement commencé sa vie le jour où, à l'âge de onze ans, elle s'était retrouvée dans la maison démesurément grande et vide de Mademoiselle Suzie. Ce qui s'était produit avant, de sa naissance jusqu'à ce moment-là, allait commencer par lui paraître indistinct, lentement avalé par un épais brouillard et, sauf en de rares moments, elle ne chercherait nullement à l'en extraire. Les deux seules choses qu'elle allait garder précieusement, sans en parler à personne, étaient Éveline et la femelle blaireau. Se mélangeant parfois, formant toujours un corps chaud, suffisamment épais pour s'y replier.

Quelques jours plus tard, Mademoiselle trouva sur son lit deux peaux d'écureuils.

CATHERINE
Patagonie, 2008

Julian lui a proposé de prendre le volant mais elle a bien entendu refusé. Elle ne laisse personne conduire son vieux pick-up récalcitrant. Durant la première heure de trajet, tendue, elle ne cesse de soupirer, montrant ouvertement un mécontentement dont elle est seule responsable. Comment va-t-elle supporter toutes ces heures coincée avec lui ? Alors qu'il n'a pipé mot, elle le sermonne sur le fait qu'elle ne supporte pas qu'on lui parle pendant la conduite. Elle aurait dû le laisser y aller en car et elle aurait fait le trajet seule. Elle inspire bruyamment, essaie de se calmer.

Le silence dans la voiture lui pèse. Elle aimerait avoir de la musique à mettre, mais elle n'a pas pensé à en prendre. D'ailleurs elle n'en écoute presque jamais. Elle s'agite sur son siège, étend un bras, puis l'autre. Fait craquer sa nuque en la penchant de côté, toujours ce raidissement à cet endroit. Elle soupire à nouveau. Ce n'est pas pour autant qu'elle se verrait lancer une conversation. Que pourrait-elle lui dire d'ailleurs ? Elle n'est pas bavarde, loin de là. Et elle n'aime pas les bavards. Elle le scrute du coin de l'œil. Heureusement qu'il ne fait pas partie de cette espèce.

Si elle est obligée de parler aux stagiaires de l'association, aux jeunes employés, au public lors de conférences, elle le conçoit comme un dommage collatéral du travail, un passage obligé auquel elle se soumet. Elle cultive volontiers son asociabilité, met en avant dès que nécessaire son côté excentrique, désagréable, sauvage, folle. Tous ces mots qui se disent à son sujet lui sont parfaitement utiles. Ils lui garantissent d'avoir la paix.

Tout d'un coup, elle se sent si lasse de tout ce jeu. Cette fuite. Elle manque d'air. Elle s'arrête brusquement sur le bas-côté de la route.

— Tu conduis, dit-elle en ouvrant sa portière.

En sortant du véhicule pour échanger leurs places, Julian se demande comment une femme qui fait tant pour la reforestation peut être à ce point désagréable. Il regrette presque de lui avoir proposé de l'amener chez lui.

Il avait rejoint l'association par conviction et, aussi, parce qu'il avait vraiment besoin d'un travail. Même si cela ne payait presque rien, il était logé et nourri. Avec l'extra qu'il avait trouvé le soir, il pouvait ramener de l'argent à la maison.

Il avait entendu parler d'elle au village. Une Française qui reboisait, seule, des parcelles détruites par le feu. Son mari était du pays et il avait disparu. Certains disaient qu'il avait été assassiné sous ses yeux, mais que son corps ne fut jamais retrouvé. Assommée et abandonnée, elle avait erré plusieurs heures avant d'être secourue. Il repense à la cicatrice sur sa gorge. Est-ce de ce temps-là qu'elle garde cette affreuse marque ? Beaucoup d'histoires circulaient sur elle. Était-il vrai que son ample salopette dissimulait un pistolet ainsi que des marques de sévices ? Il ne doutait pas une seconde qu'elle puisse être armée en permanence. Qui pourrait le lui reprocher après les violences qu'elle avait subies ? Son arbre des héros était célèbre. Autour d'un grand Maiten s'enroulaient des rubans rouges auxquels étaient accrochés les portraits de militants assassinés. Le premier avait été celui de son mari qui avait tenté de saboter le déboisement illégal d'une parcelle. Les portraits accrochés au tronc étaient ceux des femmes et des hommes qui avaient payé de leur vie leur opposition à la destruction de forêts ou de rivières. Ils avaient été assassinés, torturés, traqués pour avoir défendu le territoire de la nature. Julian n'avait jamais osé les compter mais elles étaient tristement nombreuses ces âmes liées à l'arbre. En face du Maiten se dressait un panneau qui affichait le nombre d'arbres plantés. À ce jour, plus de deux millions de plantations. Face à face, comme si sa seule réponse à la mort était le nombre croissant de troncs qui se dressaient et de racines qui creusaient toujours plus loin en avant. Voilà son armée, se dit-il.

Il entend un léger ronflement. La tête appuyée contre la vitre, elle s'est endormie. C'est la deuxième fois qu'il la voit dormir. Il en ressent à nouveau de la gêne.

Il avait aussi entendu dire qu'elle avait fait de la prison. Comment une femme normalement constituée était-elle capable d'endurer tout cela ? Elle était peut-être bien surnaturelle, après tout. Cela, il était prêt à le croire, prêt à l'accepter. Mais qu'elle se retrouve par terre complètement saoule, se frottant dans la terre comme une moins que rien, n'était pas imaginable. On lui aurait raconté pareille scène, jamais il ne l'aurait crue. Jamais. Il aurait même pu en venir aux mains pour défendre l'honneur de Madame Catherine. Mais il l'avait vue, vue de ses propres yeux, alors que faire ? Son cœur se gonfle d'une colère stérile dont il ne sait comment se défaire.

Combien de temps a-t-elle dormi ? Elle boit de longues gorgées d'eau et essuie du revers de la main les abords humides de sa bouche. Pour ne pas regarder Julian, elle tourne son visage obstinément vers la vitre. La chicorée sauvage foisonne à la lisière de la route. Ses racines profondes et pivotantes ne permettent plus de la déloger. Les fleurs d'un bleu un peu vieillot sont fermées à cette heure de l'après-midi. Elle se souvient qu'Aloïse en faisait pousser, comme la bourrache et le chénopode. Elle disait qu'il fallait toujours avoir des plantes sauvages qui se mangent. En se promenant dans son jardin, elle n'arrêtait pas de grappiller des feuilles ou des fleurs qu'elle fourrait dans sa bouche. Elle mastiquait en permanence. Avec Aloïse aussi elle avait coupé tout contact en s'installant en Argentine. Elle sent dans sa bouche l'acidité du regret. Elle se demande si sa fille a eu la chance de la rencontrer. Elle se tourne brusquement vers Julian.

— Quel âge as-tu ?

— 27 ans.

— Elle, elle en a 26, dit-elle.

Il se raidit. Il a ce sentiment désagréable qu'elle arrive toujours à l'épingler comme un vulgaire insecte. Elle l'observe ouvertement, sans la moindre gêne, essayant de l'imaginer à travers lui, elle qui a le même âge. Scrutant ses traits à elle, tentant lâchement de les matérialiser sur le visage de ce jeune homme. Lorsqu'elle se rend compte de ce qu'elle fait, elle détourne les yeux, troublée.

— De qui vous parlez ? dit-il d'une voix brusque.

— Ma fille.

— Vous avez un enfant ?! s'exclame-t-il, interloqué.

Jamais il n'aurait imaginé cela. Elle ne ressemble en rien à une mère.

— Oui, répond-elle, impassible. Mais elle a été élevée par quelqu'un d'autre.

— Heureusement.

Ça lui a totalement échappé, il essaie en vain de se rattraper.

— Je... enfin...

— Tu n'as peut-être pas tort, le coupe-t-elle.

Il n'ose pas la regarder pour voir son expression. Comme elle ne dit plus rien, il n'a pas d'autre choix que de rester silencieux aussi, laissant les deux dernières heures du trajet se déliter dans la monotonie d'une route de plus en plus désertée.

Le véhicule valdingue un peu sur la route de terre battue. La poussière entre dans l'habitacle, dans le nez, dans l'ouverture même minime des lèvres, dans les yeux qu'elle force au plissement. Julian gare le pick-up sur le terre-plein à côté de la maison. La terre ocre est sèche, sablonneuse. Des nuages de poussière piquante se soulèvent au moindre mouvement. Catherine voit un début de tourbillon se former lorsque deux enfants déboulent en courant et, à peine la portière ouverte, sautent dans l'habitacle.

— Julian ! Julian ! crient-ils en même temps.

Catherine pense aux cris des téros lorsqu'ils paradent sur leur territoire comme des princes.

— Voici Maya et Lio, les présente Julian.

Les deux enfants s'arrêtent de rire et fixent l'inconnue d'un air grave et sérieux.

— Catherine, dit-elle.

Cela suffit à la fillette pour sauter à nouveau sur Julian et enclencher son flot de paroles.

— Je m'appelle Lionel. Pas Lio, dit le garçon en croisant les bras sur sa poitrine comme pour bien lui signifier son refus de familiarité.

— Et moi, je m'appelle *la sorcière*, pas Catherine, répond-elle en lui faisant de gros yeux.

Ils se toisent quelques instants, et elle se lasse plus rapidement que lui. Julian sort ses affaires du pick-up. Avec précaution, il prend un sachet de papier et les enfants se collent à lui, flairant la chose intéressante.

— Déguerpissez les sangsues, c'est pas pour vous.

Le ton qu'il a employé plonge les enfants dans une excitation ingérable.

— Bon, fermez les yeux.

Avec un sourire de roi il sort délicatement une barquette.

— Ouvrez la bouche. Allez. Toujours les yeux fermés !

Catherine les observe avec étonnement. Ils obéissent sans broncher aux injonctions de Julian, aucun des deux n'a essayé de tricher. Il leur dépose une framboise énorme sur la langue. Leurs yeux s'ouvrent d'un coup et ils se mettent à sautiller de plaisir.

La mère de Julian sort de la maison. C'est une petite femme un peu rabougrie qui lève des bras osseux vers lui. Elle prend la tête de son fils entre ses mains, la garde ainsi pendant un long moment. L'étreinte est tendre et ferme, un étau de protection. Elle l'embrasse sur les deux joues et le libère. Elle se tourne lentement vers Catherine. Ses yeux sont noirs, comme ses cheveux striés de fils d'argent. Catherine soutient son regard. Et là, lorsque les traits de la femme se relâchent un peu, dans le léger arrondi que produisent ses joues et sa bouche, elle voit Aloïse.

— Vous me faites penser à ma grand-mère, dit-elle.

Celia fronce les sourcils.

— Il y a longtemps, bien sûr. Je viens de perdre ma mère et c'est ma grand-mère qui m'apparaît sans cesse, ne peut-elle s'empêcher d'ajouter.

La femme l'observe toujours. Catherine se sent percée à jour, c'est à la fois dérangeant et doux, comme une main qui palpe de l'intérieur. Julian les présente rapidement puis il disparaît avec sa mère dans la maison.

Catherine regarde autour d'elle. Le paysage est désolé, jauni et poisseux. Rien à voir avec la région verdoyante de la Patagonie dans laquelle elle habite. Elle ne pourrait vivre ici, cela manque cruellement d'arbres et d'eau. Elle a chaud, sa chemise colle à son dos et à son ventre. La sécheresse est visible aux herbes dorées et à la poussière lourde et épaisse qui tente d'étouffer le regard. Elle a soif, retourne vers le pick-up chercher sa bouteille d'eau.

Le garçon est adossé à la carrosserie.

— Tu veux voir une maison de sorcière ?

— Tu veux me montrer *ma* maison, c'est ça que tu me dis ?

— Tu n'es pas la *seule* sorcière qui existe, répond-il, dédaigneux.

— Quel âge tu as pour être aussi malin ? demande-t-elle, amusée.

— Neuf ans, dit-il crânement en ouvrant une bouche en partie édentée.

Elle hésite, ce gamin l'agace et l'effraie un peu. Mais elle n'a rien d'autre à faire. Il s'élance devant elle, ses pieds partent exagérément vers l'extérieur comme s'il dessinait des arcs de cercle à chaque pas. Ils marchent jusqu'à un maigre bosquet.

Trois Arrajanes aux écorces pelées dévorent une construction. Une maison qu'ils ont patiemment éventrée, rongée de l'intérieur pour pousser à travers le toit. Les fenêtres et la porte sont des béances dont s'échappent des branches vers la lumière. Depuis longtemps déjà, il n'y a plus de vitre ni de cadre en bois. Les racines soulèvent les pierres des murs, la ruine se déchire mais reste debout. Malgré ce piteux état, les contours du passé s'esquissent, appellent un souvenir, vague et lointain, inaccessible. Catherine est incapable de la rattacher à une image précise, pourtant cette ruine possède une familiarité qui lui enserre la poitrine. Elle se sent soudain si triste. Quelle que soit la chose qui demeure là, ce ne sont que les reliquats d'une perte. Des poignées de poussière agitées en guise de consolation. Elle s'essuie les yeux, se surprend à mouiller sa main.

— Madame Catherine ?

Elle fait volte-face. Julian est dans son dos, il lui propose du maté. Elle hésite un instant, puis prends la calebasse et son breuvage amer. Elle boit, la lui repasse et il la remplit d'eau chaude. Elle est encore émue par la vue de la maison.

— À qui appartenait-elle ? demande-t-elle en prenant le maté que Julian lui tend à nouveau.

Elle s'étonne de vouloir connaître cette information qui ne lui sera d'aucune utilité.

— Mais je t'ai dit qu'elle appartient à une sorcière ! Pourquoi tu me crois pas ? intervient Lionel.

— Calmos Lio, dit Julian en posant sa main avec douceur sur la tête de l'enfant.

Catherine ne repose pas la question pas plus que Julian n'y répond.

VIVIAN
Genève, 2008

Elle est là, à une dizaine de mètres devant moi. Et je pense à nouveau à ma mère, même s'il n'y a aucune ressemblance physique. J'ai la gorge qui se serre, elle me manque tellement. À nouveau, comme une répétition rassurante, la femme ramasse des morceaux de plantes et les fourre dans un sac. Je ne suis plus surprise, seulement émue par les réminiscences qui surgissent de ses mouvements. La femme s'éloigne et je me rapproche de l'endroit où elle était. Je ne trouve rien d'exceptionnel. Il y a simplement une petite plante verte, dépourvue de fleurs. Je me baisse et arrache une feuille. Je la frotte entre mes doigts, elle est légèrement adipeuse. Je la retourne, l'envers est d'un blanc poudreux qui se détache et s'est déjà répandu sur le bout de mes doigts. Je la jette tout de suite et fouille dans mon sac pour trouver un mouchoir. Une sensation de salissure s'accroche un moment à mes mains.

*

En arrivant au jardin, je n'ai pas le temps d'ouvrir la bouche que mon beau-père énumère déjà les nouveautés de la semaine : les myosotis, les clématites, les jacinthes, les iris. Tous ces noms roulent sur sa langue avec une fierté de petit garçon.

— Regarde, regarde là, et là, tu as vu ?

Oui. Oui et oui. Je le suis, comme à chaque fois, dans le tour imposé de son jardin.

— Là, tu vois, je vais semer des cosmos et des… avant, il faut que je me débarrasse de tous ces parasites.

Il arrache rageusement de longues tiges souples constellées de fleurs blanches.

— Pourquoi tu les enlèves, c'est aussi des fleurs, non ?

— Non. C'est du liseron, une vraie saloperie. Si tu le laisses, il envahit tout.

Je ne lui propose pas de l'aider dans le désherbage. Je n'aimerais pas salir mon gant. Je ne suis même pas sûre qu'il apprécierait. C'est son jardin, son espace. Subtilement, il défend son territoire, sans agressivité.

Il travaille dur, je vois la sueur mouiller ses tempes. Je me souviens qu'à l'école on me demandait si c'était mon grand-père. Je repense à la femme de la rue. La voit-il aussi apparaître depuis son décès ? Je n'ose pas le lui demander. Il va penser que je crois aux fantômes.

J'enlève mon pull, il fait bien trop chaud pour la saison. Un temps louche, anormalement doux, mais dont il est impossible de ne pas se réjouir. Je m'assieds dans le fauteuil pliable rayé bleu et blanc, délavé et un peu rouillé. Il doit s'installer là à la fin de la journée, pour admirer en toute quiétude son petit paradis qu'il façonne avec tant de patience. Une quarantaine de mètres carrés s'étendent devant lui. Il n'a pas envie d'un plus grand espace, il dit qu'il y a déjà suffisamment de travail, mais je sais aussi que c'est une façon de garder le contrôle. Cet espace, il peut l'envelopper d'un seul regard. Tout s'étale devant lui, aucun coin invisible ne peut lui jouer des tours ou le surprendre. J'ai toujours pensé que c'était une activité de retraité de s'occuper d'un jardin. Il me raconte qu'il y a de plus en plus de familles et que le terrain adjacent au sien a été investi par un jeune couple. Quelle drôle d'idée. Je n'aurais pas eu l'idée de jardiner avec Mattieu.

J'observe l'eau s'écouler du tuyau en caoutchouc pendant qu'il arrose, elle bulle avant de pénétrer dans la terre. Je me souviens d'une chose de mon boulot que je voulais lui raconter. Une des seules pour lesquelles il pourrait avoir un intérêt.

— La semaine prochaine, je vais aller planter des arbres, lui annoncé-je.

Comme il est de dos, je ne vois pas son expression.

— C'est une journée de team building. Une vingtaine d'employés de l'entreprise vont aller planter des arbres pour souder notre esprit d'équipe.

Je pense que c'est une pure perte de temps et d'argent, mes collègues ne semblent pas être plus férus de jardinage que moi. Mais après tout, puisque je suis payée pour le faire, autant profiter de sortir du bureau. Je m'étire et m'installe confortablement en allongeant les jambes. François coupe l'eau, il me dit qu'il a fini, qu'il va rentrer, qu'il est fatigué.

— Reste là encore un moment, aucun problème, tire seulement la porte en partant.

Sans me laisser le temps de réagir, il m'embrasse sur le front et s'éloigne déjà.

Je suis un peu déroutée par son départ brusque. Je pense me lever aussi mais je suis si bien installée qu'une flemme délicieuse me retient. Je bâille à plusieurs reprises. Ma vision se brouille, mes paupières s'abaissent. Je vais fermer les yeux quelques instants, me dis-je.

Un éclat de rire me réveille. « Papa ? » Ce n'est pas lui qui a ri, cela vient du terrain d'à côté. Les feuilles bien déployées forment déjà une haie de protection. Je me lève et m'approche pour guigner à travers le feuillage. Le rire retentit encore mais je ne distingue pas grand-chose. Puis je vois des morceaux de corps qui s'enlacent et se confondent dans un gémissement étouffé.

Je recule et retourne m'affaisser sur ma chaise. Je n'ai couché avec personne depuis ma rupture avec Matt. Je pourrais toujours le rappeler pour ne pas oublier comment on fait. Je suis sûre qu'il ne serait pas contre, aucun engagement, juste un coup de temps en temps. Je soupire, je n'en ai même pas envie. Il faudrait que je recommence à sortir, voir du monde, aller au resto, voir un spectacle. Il faudrait surtout que je recommence à en avoir envie.

Je regarde autour de moi, me souviens que François était parti prestement. C'est étrange d'être là sans lui, son absence me plonge dans un endroit inconnu.

Je me lève de la chaise et, après une hésitation, je fais le tour du jardin. Je suis déjà venue de nombreuses fois et, à chaque fois, j'ai suivi mon beau-père comme lors d'une visite guidée, en regardant ce qu'il me montrait. Sans sa présence, la vie du jardin me paraît si immobile. Mes yeux cherchent à retrouver ce qu'il avait pointé du doigt. Je m'approche d'un iris, suis avec mes doigts la tige lisse, glisse l'index dans le calice et le ressort plein de pollen. La poudre jaune m'attire, je la rapproche de mon visage. Est-elle toxique ? Si je mange ces pétales satinés, est-ce que je vais m'étaler par terre en bavant ?

Je repense à la femme, me demande ce qu'elle choisirait de mâcher dans ce jardin, s'il y a même quelque chose de comestible dans toutes ces fleurs. Si elle était là, elle saurait peut-être me mettre en garde, désigner ce qui pourrait me rendre malade. Pourquoi il n'y a plus personne pour me guider ? Je me sens comme une petite fille abandonnée.

Avant de partir, je vais ranger le fauteuil pliable dans le petit cabanon en bois où il entrepose son matériel. Tous les outils sont repoussés dans un coin. Le reste de l'espace est occupé par un matelas et un sac de couchage. Je ne m'imagine pas un instant pouvoir dormir dans un endroit aussi spartiate et dépourvu de confort. Je grimace en voyant les nombreux filaments blanchâtres accrochés aux bardeaux du toit. Il n'y a même pas de toilettes. Je ne comprends pas ce qu'il fait là. J'espère qu'il n'est pas en train de devenir un clochard.

*

— Les pivoines sont là ! Cinq fleurs alors que l'année passée il n'y en avait que deux, tu te rends compte ?

Son émerveillement est exponentiel. Il ne tarit pas, il se gonfle d'une excitation qui me paraît soudain louche.

— Pourquoi tu dors dans le cabanon ?

— Cela m'arrive, parfois. Quand je me sens seul.

Il ne me laisse pas le temps de l'interroger davantage.

— Tu viens voir les pivoines ? Dans quelques jours elles seront fanées, dit-il en revenant à l'essentiel.

C'est devenu une routine bien huilée. Mon beau-père m'appelle pour m'annoncer que telle plante est sortie et, avec toujours le même impératif, m'invite à venir au plus vite. C'est comme une scène que nous rejouons et qui nous rassure tous les deux. Je sais qu'il le fait surtout pour moi. Pour tenter de combler le vide laissé par ma mère.

Au début, j'y allais en me disant que je n'avais rien de mieux à faire. Même si je ne partage pas sa fascination en découvrant les fleurs qu'il me montre, ces moments que je passe avec lui dans son jardin me sont devenus indispensables. À présent, presque chaque week-end, je traverse la ville sur mon scooter pour rejoindre les morceaux de campagne accolés à la ville.

Je suis surprise de voir que le jardin change chaque semaine. Il n'est jamais totalement pareil ni totalement différent. Il n'y a aucun mouvement brusque, c'est une continuelle métamorphose. Des fleurs bourgeonnent, s'épanouissent et lorsqu'elles ont perdu leurs pétales, mon beau-père coupe sans attendre les tiges et les débarrasse comme si elles n'avaient jamais existé. D'autres tiges vertes et fraîches prennent le relais, comblent perpétuellement le vide. Au final, c'est difficilement imaginable le nombre d'espèces qui peuvent cohabiter sur une si petite parcelle. Il n'y a aucun espace inutilisé, tout est rempli, tout regorge, tout s'entremêle dans un chaos parfaitement maîtrisé. Je contemple ce que me montre François, je me glisse dans son émerveillement pour m'emplir les yeux de pétales gras, de pistils transpirant de pollen, de feuilles, de tiges, de verts par paquets, mais aussi de rouges, de roses, de bleus, de jaunes. Et puis les odeurs, je ferme les yeux pour uniquement sentir.

Je me réveille sous les secousses de mon beau-père.

— Ma chérie… tu as dormi presque deux heures cette fois-ci.

Je me sens obligée de m'excuser, de lui dire que je suis très fatiguée ces temps.

— Tu dois beaucoup travailler, me dit-il avec une moue désolée. Le travail, c'est très dur.

Je force un sourire en réponse. Ce n'est pas parce que *je ne fous rien*, comme le dit si bien Ada, que je n'aurais pas le droit d'être fatiguée. Chez elle aussi je m'endors constamment.

— C'est ton jardin qui m'endort, lui dis-je en m'étirant la nuque.

— Merci. C'est un compliment pour le jardin, répond-il en souriant.

Maintenant, dans ma vie, j'ai deux fauteuils. Ma vie sociale s'est rétrécie au point de tenir en équilibre dans ces deux espaces minuscules. Lorsque je me laisse choir dans le fauteuil d'Ada, autour de moi ça grogne, ça feule, ça bave, ça lèche, ça renifle, ça pue. Je m'en extrais avec des traces de terre, de mucus et un nombre inimaginable de poils collés à mes habits. Le fauteuil dans le jardin de mon beau-père grince lorsque je bouge. Ce qui m'oblige à rester le plus immobile possible, le grincement étant comme un rappel de mouvements inutiles. François s'affaire autour de moi. Un tourbillon qui coupe, arrache, cisaille, creuse, tasse, enfonce, redresse, attache. Et moi, à part vaguement observer ses gestes, je ne fais rien. Je suis comme une de ses plantes, une vie immobile qui se laisse agiter par les éléments extérieurs.

L'ennui est un état très confortable.

ALOÏSE
Jura, 1924

— Viens voir le spectacle ! l'appela Mademoiselle Suzie.

Le nez collé à la fenêtre, elle était émerveillée devant ce qu'elle appelait *le spectacle*. Le ciel se déformait, se condensait puis se déchirait en d'éblouissants éclairs. La pluie cinglait les vitres et de violentes bourrasques tordaient les arbres dans tous les sens. Les orages de printemps étaient d'une violence brusque et démonstrative. Pour Suzie, ils étaient exaltants, revigorants, essentiels.

« C'est pour chasser l'hiver », déclama-t-elle en frappant dans les mains pour participer au bruit assourdissant du vent et du tonnerre. « Le grand débarras hivernal est à l'œuvre », se réjouissait-elle.

À bonne distance des fenêtres, Aloïse n'osait même pas regarder au-dehors. Rien que les bruits la figeaient de frayeur. Ses os vibraient au rythme du tonnerre, ainsi que ses dents qui claquaient sans même qu'elle s'en rende compte. Elle ne comprenait plus rien. Comment Mademoiselle pouvait-elle admirer la pluie frapper la vitre avec une force telle qu'elle allait bientôt la briser ? Le vent, perçant et hurlant, fouillait sans relâche la moindre fissure par laquelle pénétrer dans la maison, et il finirait par y parvenir, elle en était sûre, entraînant à sa suite toute l'eau glacée qui attendait son tour. Pourquoi s'en réjouissait-elle ? Mais ce n'était rien à côté des ombres gémissantes, qui ne faisaient que s'allonger et croître, prenant possession des arbres et les tourmentant jusqu'à les rompre. Comment Mademoiselle pouvait être heureuse de ça ?

— Mais viens, tu ne risques rien voyons ! appela-t-elle encore.

Les orages étaient dangereux, rien n'était plus immobile, tout était mouvement infernal, agitation destructrice. Cette transformation subite et imprévisible des éléments effrayait Aloïse.

Elle n'avait pas peur de passer une nuit seule dans la forêt, ne craignait pas les animaux, mais elle avait peur des orages. Et la peur diffusait une douleur latente, la submergeant d'images brèves de la ferme et du père. Là-bas, elle pouvait être à l'intérieur de la maison, cela n'empêchait pas le vent de l'atteindre. La bâtisse était perméable au danger tapi devant le poêle ou assis à la table. Des murs, aussi épais soient-ils, ne garantissaient nullement la protection, bien au contraire.

Avec tout le bruit, elle ne l'avait pas entendue arriver. Suzie l'empoigna par les épaules et, en plantant ses yeux dans les siens, elle lui dit très lentement, en articulant avec exagération :

— Tu es à l'abri, tu ne risques rien.

Les yeux de Mademoiselle Suzie étaient énormes, d'un bleu très clair virant au beige. À ce moment-là, dans ses pupilles dilatées, elle vit l'étincelle nouvelle. Jaune, vacillante, incontrôlable. Sans pouvoir la comprendre, l'étincelle de folie qu'elle vit l'effraya autant que l'orage. Elle se dégagea de ses bras et se précipita sous la table. Mademoiselle éclata d'un rire sonore.

— Tu n'es qu'un chaton stupide ! lui lança-t-elle.

L'orage se poursuivit jusqu'au milieu de la nuit, fouettant et malmenant la maison de tous côtés. Recroquevillée sur le plancher, Aloïse finit par s'endormir sous la table.

Au matin, Suzie ouvrit la porte d'entrée en grand, laissant l'air glacé encore chargé d'humidité s'engouffrer dans la maison. Elle inspira profondément la fraîcheur piquante de cette matinée et se précipita au-dehors sans même prendre le temps de jeter un châle sur ses épaules.

La cour était jonchée de branches arrachées, de morceaux d'écorces et d'une multitude de feuilles. Détrempé, le paysage récuré et frotté à grande eau paraissait encore un peu sonné et étourdi par ce traitement. Suzie savait que cet état d'abattement n'allait pas durer bien longtemps, qu'il était d'une fugacité bienfaitrice. En ce moment même, la terre était déjà en train de profondément reprendre son souffle. Bientôt elle serait prête.

Aloïse rampa de sous la table et la rejoignit prudemment, un peu honteuse. C'était fini, l'orage était passé, ils passaient toujours.

Une taupe gisait dans une flaque de la cour. Elle s'accroupit pour l'observer. « Voilà ce qui arrive quand on met le nez dehors au mauvais moment », dit-elle. Elle la retourna, son pelage était trop abîmé pour être utilisé.

— Viens vite ! l'appela Suzie.

Mademoiselle se tenait, mains sur les hanches, face au champ derrière la maison. Elle se retourna vers la fillette avec un sourire qui faisait apparaître ses dents.

— Regarde, dit-elle en montrant le champ malmené qui se trouvait devant elles.

L'orage avait apposé ici aussi son empreinte de dévastation en couchant une grande partie des herbes et en arrachant de nombreuses branches aux arbustes et buissons. Les endroits où la terre nue affleurait, elle était d'une couleur foncée, presque noire.

— Ferme les yeux ! Allez ! s'enthousiasma Mademoiselle. Maintenant imagine : des amas de pivoines, des alliums bleus, des hortensias, des azalées, des camélias d'un rose poudré... et on laissera une place de choix à plusieurs variétés d'iris !

Les mots inconnus que prononçait Mademoiselle faisaient légèrement grelotter sa voix. Aloïse pensa aux différentes fleurs et feuilles tendres qu'elle mangeait, aux tiges qui étanchaient la soif, aux racines qui enlevaient le mal de ventre. Elle les visualisa, se voyait les reconnaître au toucher, à leur odeur spécifique lorsqu'elle froissait une feuille. Mais elle ne connaissait pas leurs noms. En quoi cela était-il utile ? Au milieu des plantes de sa mémoire apparut l'image de sa sœur, nue et frissonnante dans l'eau. Sa bouche qui la grondait et ses mains qui la serraient contre sa poitrine. Des fragments jaillirent, la maison, ses frères et sœurs, le poêle qui réchauffe. Le père. Son dos, énorme, recourbé devant la source de chaleur. Assis à la table, la tête dans ses mains. Sa respiration bruyante, saccadée et obstruée, ses ronflements comme les grognements du cochon. Elle essaya de chasser ces images avant qu'apparaissent les autres, avant que ne surgisse son visage. Mais elle ne put lui échapper et ouvrit brusquement les yeux dans un cri. Suzie la saisit par les épaules.

Elle la maintint fermement jusqu'à ce qu'Aloïse se calme, ne garde qu'un air un peu hagard.

— Tu étais partie loin d'ici. Tu es à nouveau avec moi ?

Les pupilles de Mademoiselle étaient comme des trous de mulot. Mais ses yeux étaient débarrassés de l'étincelle effrayante. Aloïse acquiesça.

— On va pouvoir bientôt se mettre au travail, se réjouit Suzie.

Un large sourire arrondit à nouveau son visage et Aloïse lui répondit en ouvrant la bouche, pour l'imiter. Ses sourires étaient nouveaux, et même si elle avait commencé pour faire plaisir à Mademoiselle, elle ressentit cette fois-ci un pincement de chaleur agréable.

— Ce jardin sera notre nouvelle histoire, déclara Suzie.

CATHERINE

Patagonie, 2008

Toutes les maisons sont installées sur la crête, face à la vallée. La montagne qui se dresse, au loin, est ocre, rouge et grise. Avec la lumière déclinante de fin de journée, les arbres et leurs ombres la bleutent par endroits. C'est magnifique, pense Catherine.

Le cimetière comprend une quarantaine de petites maisons, de différentes couleurs, certaines peintes avec des motifs naïfs de fleurs et d'animaux. Celia lui montre l'emplacement de leur famille. Le paysage s'exhibe devant eux comme s'ils étaient installés sur un balcon.

— C'est important qu'ils aient une belle vue. Maintenant ils ont tout le temps de contempler la terre et le ciel.

Catherine sourit. Les huit maisons de la famille débordent de fleurs en plastique multicolores, de bandelettes de tissu, de moulins à vent de diverses formes, il y a aussi des jouets accrochés à l'une d'elles. C'est un joyeux foutoir. Elle remarque un endroit où la terre a été balayée.

— Ce cimetière regroupe uniquement les habitants du village, explique Julian. Chaque famille possède son emplacement où se côtoient plusieurs générations.

Catherine fronce les sourcils sans comprendre.

— Ma mère a accepté…

— Nous lui avons fait une place parmi nous, le coupe Celia.

Elle fixe Catherine de ses yeux noirs, durs et imperturbables.

— Mais… mais… pourquoi… bafouille Catherine, troublée.

Celia agite sa main dans les airs pour chasser sa question.

— Qu'est-ce qu'elle aimait manger ? demande-t-elle.

— Amalia ?

Celia acquiesce lentement.

— Je…

Elle réfléchit vite, se replonge dans la salle à manger baignée de silence. Elle voit un morceau de viande, saignant, qu'Amalia découpait avec un couteau tranchant.

— Elle aimait la viande. Comme vous l'aimez, ici. Elle aurait adoré manger ici.

Celia esquisse pour la première fois un sourire.

— Allez-y. Installez-la maintenant, lui dit-elle avec empressement.

Catherine prend une profonde inspiration et dépose la maison rouge et bleue dans l'espace prêt à l'accueillir. Elle enfonce dans la terre, collé à la paroi de bois, le moulin à vent que Julian lui avait conseillé d'acheter. Elle ne sait pas bien à quoi cela va servir, mais elle s'exécute. Elle n'a pas de cendres à mettre dedans, aucun objet qui lui appartenait. Elle sort la paire de gants en caoutchouc rose de son sac. Julian lui avait dit de prendre un objet que la défunte appréciait. Elle avait bien entendu pensé aux gants. Elle les palpe, même leur matière plastique, veloutée, lui est désagréable. Une peau fausse à la douceur trompeuse. Elle se ravise et les fourre à nouveau au fond du sac. Quel manque de jugeote, se dit-elle. « Tu n'en as plus besoin maintenant. Je te libère de ces saloperies », murmure-t-elle.

Celia brûle le bout d'un bâtonnet de Palo santo et promène la fumée grise entre les maisons. Elle s'attarde sur la dernière arrivée, puis repasse vers les autres, tisse un fil d'effluves pour les relier les unes aux autres. L'odeur qui se déploie est d'une douceur contemplative. Catherine pense à des aiguilles de Cèdre, de l'écorce d'Eucalyptus, à de la menthe sauvage écrasée entre les doigts. Elle ferme les yeux et des images apparaissent. Elle passe ses bras autour de son cou, ses cheveux lui chatouillent les narines et la joue. Elle enfouit son visage dans les cheveux d'Amalia jusqu'à ne plus pouvoir respirer. Elle aimerait se fondre dans son corps, disparaître à l'intérieur de sa poitrine.

Elle rouvre brusquement les yeux. Celia promène son bâtonnet devant elle.

— Pourquoi faites-vous cela pour moi ?

— Ce n'est pas un poids pour nous. Le poids reste là, dit-elle en pointant la poitrine de Catherine.

Elle le reçoit comme un coup qui lui fait bomber le dos. Elle détourne le visage. La montagne étale sa pierraille déboisée comme une provocation. Elle inspire pour refréner les larmes et la fumée revient la happer. Les effluves s'enroulent autour d'elle, boisées et feuillues, caramélisées. Une odeur de biscuits et de Cèdre, de pâte d'amandes et de chocolat. Depuis quand n'a-t-elle pas mangé de cookies ? Des cookies comme seule sa mère savait les faire. Elle pense à son père qui les adorait aussi, les biscuits d'Amalia. Il était capable d'en manger une quantité impressionnante, les engouffrant entiers dans la bouche. Elle garde le souvenir que sa mère en préparait beaucoup. Énormément, même. Peut-être pour faire plaisir à son père, se dit-elle. Il était mort lorsqu'elle avait dix-neuf ans. Elle était au Canada à ce moment-là et elle était rentrée dès que possible, mais elle avait raté l'enterrement. Elle avait raté tous les enterrements.

Même s'il n'y a pas de corps à enfouir dans la terre, ni de cendres à éparpiller dans le ciel rose, elle va déposer sa mère ici. Dans ce paysage d'une beauté immense, sauvage à perte de vue. Elle s'imagine la bercer un moment, elle tient sans problème dans ses bras, aussi légère et osseuse qu'un minuscule bébé. Elle pleure pendant que l'air se rafraîchit légèrement, le rose devient pourpre, puis violet, de plus en plus sombre. À présent, elle n'est plus l'enfant de personne.

Celia enfonce le bâtonnet en partie consumé dans la terre sèche. Julian allume des bougies.

— Maintenant, nous allons partager un repas ensemble, déclare-t-elle.

— Ici ?

Catherine comprend au visage de Celia que sa question est stupide. Elle n'a même pas réalisé qu'il faisait déjà nuit. Elle se sent à la fois alourdie d'une fatigue qui pèse sur ses membres, prémices de courbatures, et d'une ivresse qui lui donne envie de pouffer de rire.

Julian et sa mère étendent un tissu délavé par terre, au milieu des maisons. Ils sortent des paquets de nourriture et des bouteilles de Fanta. Des assiettes, des verres et des couverts. Julian place aussi, bien en vue, la barquette de framboises. Un parfait pique-nique dans un cimetière.

— Nous mangeons avec eux au moins une fois par mois, lui explique-t-il. Et ma mère vient régulièrement boire le maté avec eux.

Chacun ses lubies, pense Catherine. Lionel et Maya arrivent en courant. Petites silhouettes surgies du néant, recrachées par l'obscurité.

— Ils ont flairé la nourriture ces deux-là, s'exclame Julian.

Celia prépare une première assiette et la tend à Catherine. Il y a une sorte de ragoût avec des pommes de terre.

— Non, merci. Je ne mange pas de viande.

Celia hausse les épaules et, en tendant l'assiette à Julian, lui dit :

— Je crois qu'on va mieux s'entendre avec Amalia qu'avec *Madame* Catherine.

Julian commence à ricaner nerveusement, suivi sans tarder des fous rires des enfants. Celia ouvre une bouche où il manque deux dents et donne l'impression de rire sans produire de son. Catherine les regarde à tour de rôle, incrédule.

— Vous vous moquez de moi ?

Ils lèvent leurs verres remplis de liquide orange pétillant et elle ne peut s'empêcher de les imiter. Elle observe la maison d'Amalia se fondre dans la nuit. Elle ne va pas rester vide bien longtemps. Cette famille au milieu de laquelle elle se trouve va petit à petit la remplir de babioles et de nourriture. D'éclats de joie et de vie. Catherine se sent si reconnaissante qu'elle est à deux doigts de se lever pour embrasser Celia, Julian et même les deux enfants.

QUATRE

LE GOUFFRE

Jura, 1976

— Comment ça, un *oubli* ?

Le préfet était sidéré.

— C'est ce que l'on peut nommer *un trou de mémoire*, monsieur, plaisanta le sous-préfet.

Après lui avoir jeté un regard noir, il ferma les yeux et appuya le bout de ses doigts sur ses paupières. Ce geste avait habituellement le pouvoir de lui remettre les idées en place. Il récita froidement les informations : « Nous avons reçu une dénonciation concernant d'éventuelles bombes chimiques enfouies dans un gouffre depuis cinquante ans. Ce gouffre est relié aux plus importantes sources d'eau de la région. Et, surtout, ce gouffre se situe dans mon département. »

La réponse lumineuse, simplissime, s'imposa alors à lui :

— Il faut réclamer à l'armée la liste des engins déversés dans cet endroit. Nous serons très vite fixés.

— Ils n'ont pas d'archives relatives aux déversements. Je les ai déjà contactés.

Le préfet écarquilla les yeux et comprit que les ennuis étaient d'une ampleur bien supérieure à ce qu'il avait imaginé.

— Est-ce qu'ils rejettent au moins l'information sur la présence des fameux obus...

Il prit une profonde inspiration. Il hésitait à employer ce nom comme si le simple fait de le prononcer suffisait à le rendre tangible.

— Hum, que disent-ils sur la présence de ces... obus au gaz moutarde ?

— Ils ne disent rien. Ils n'en confirment pas la présence, mais ne la réfutent pas non plus.

Pourquoi cela tombait-il sur lui ?

— Ils se sont dit, hop dans le trou, hors de la vue et on oublie ?

Il avait la désagréable impression d'avoir pêché un monstre qui allait s'empresser de le dévorer.

Il ne pouvait se permettre, dans sa situation, de ne pas savoir. Il fallait au plus vite communiquer en donnant des informations. Montrer que cette histoire était prise très au sérieux. Rassurer par un cadre de maîtrise. Proposer des solutions immédiates. Ils allaient dépêcher au plus vite un démineur avec une équipe de spéléologues. Le temps de faire des analyses rapides des obus. Il souffla, se sentit un peu soulagé. Les choses commençaient à être sous son contrôle.

*

— En ont-ils trouvé ?

— Sur les dix-sept obus qu'ils ont remontés, ils ont trouvé de la mélinite...

— Ont-ils trouvé l'ypérite ? le coupa le préfet.

Il n'avait que faire de la mélinite.

— Ils n'en parlent pas. À nouveau, ils n'en confirment pas la présence, mais ne la réfutent pas non plus.

Il se tapota trop fortement les paupières et lorsqu'il rouvrit les yeux il voyait trouble. La crainte principale concernait les obus à ypérite, le gaz moutarde employé durant la Première Guerre mondiale. Ses paumes étaient moites, il revit les photographies des soldats sans visage. Les masques à gaz les faisaient ressembler à des rats fous.

Pourquoi l'armée ne pouvait-elle pas simplement confirmer qu'il n'y en avait pas ? Le reste n'était pas prioritaire. Ou alors reconnaître la présence de ce foutu gaz afin qu'ils puissent prendre les mesures nécessaires ? Ce manque d'archives, de réponses claires, cette histoire ne tenait pas debout. Il blêmit. Si ce gaz était bien présent, que pourraient-ils faire concrètement ?

L'ypérite se présentait sous forme d'un liquide huileux, incolore, qui ne s'évaporait pas. C'était l'action de la charge explosive contenue dans l'obus qui le vaporisait et le transformait en gaz. Si les obus se mettaient à fuir, l'ypérite s'écoulerait directement dans l'eau et serait véhiculée par la rivière. Il ferma les yeux, s'obligea à caresser ses paupières avec la douceur d'une aile de papillon. Il devait prendre les choses froidement, avec distance.

— Bon, s'ils n'en parlent pas, nous pouvons en tirer la conclusion qu'ils n'en ont nullement trouvé.

Le rapport de l'exploration stipulait que les obus s'entassaient au fond du gouffre sur une hauteur de vingt mètres. Un nombre important d'engins présentaient des signes de détériorations dues à leur chute et n'offraient plus aucune étanchéité. La corrosion avait entamé une autre partie du stock. Il était formellement déconseillé de remonter tous les obus à cause du risque d'explosion. Au fond du gouffre, l'humidité et les températures basses maintenaient les composants chimiques stables. Préserver le stock là où il était, demeurait la meilleure des solutions. De plus, au vu de la quantité estimée à plusieurs milliers de tonnes d'obus de différentes tailles, le remontage avec les conditions spécifiques du gouffre nécessiterait au minimum une quinzaine d'années.

Il aura fini son mandat dans trois ans. Au pire, ils pouvaient toujours proposer de construire au fond du gouffre un de ces sarcophages en béton pour isoler les obus, de la même façon qu'ils enterraient les décharges dangereuses. Cela prendrait plusieurs années à réaliser. Il y aurait toujours des solutions si les moyens étaient disponibles. Et il aurait fini son mandat d'ici là.

— Y a-t-il une pollution importante en ce moment ? demanda-t-il au sous-préfet.

— Rien de significatif. Les décharges habituelles. Une porcherie proche de la rivière a été mise en examen pour déversement illégal de lisier dans l'eau.

— Mais rien en lien plus ou moins direct avec le gouffre, n'est-ce pas ?

— Non.

— Alors si rien n'a été trouvé ! s'exclama-t-il visiblement soulagé. Quelles mesures notre chère armée préconise-t-elle de prendre à présent ?

Des grilles neuves, plus hautes et plus solides vinrent clôturer le gouffre. Sans autorisation spéciale, l'accès au gouffre allait être totalement prohibé. Il fallait montrer la volonté ferme de sécuriser l'endroit. La surveillance, à l'avenir, serait accrue. Le stock d'obus allait requérir une attention particulière.

Une fois par décennie, ils veilleraient à envoyer des experts sonder le fond et faire les prélèvements et les analyses nécessaires à maintenir l'ordre. Le plus important était de trouver des paroles rassurantes. Insister sur le fait qu'il n'y avait aucun danger. Sans preuve du contraire, il n'y avait aucun risque. Les armes reposaient tranquillement au fond d'un trou à une profondeur supérieure à cent mètres. Qu'elles y restent, au frais, à l'abri des regards et des questions.

ALOÏSE
Jura, 1924

Mademoiselle Suzie décida de partir du rosier des chiens. Elle chargea Aloïse d'avancer tout droit en comptant soixante grands pas. Elles enfoncèrent un premier bâton dans la terre.

— Bon. Maintenant on avance vers la gauche, compte trente pas.

Un nouveau bâton fut enfoncé. Elles avancèrent encore, plantèrent un autre, puis encore un. Mademoiselle Suzie laissa aussi Aloïse choisir de partir dans d'autres directions pour placer des marques, même s'ils ne délimitaient plus totalement un rectangle.

— Il est fini le temps où tout jardin doit être asservi à la ligne droite et à la froide symétrie ! Ce sont des pratiques du siècle passé ! récitait Mademoiselle Suzie un doigt levé.

Elles mirent un banc dos au rosier sauvage et s'installèrent pour regarder. Le terrain qui commençait à leurs pieds, délimité par une vingtaine de piquets de bois, fut estimé à environ mille mètres carrés par Suzie.

— C'est notre histoire à toutes les deux qui s'étend là, devant nos yeux. Et notre histoire ira de là à là, et puis jusque-là, dit-elle en montrant les piquets.

Aloïse ne comprenait pas encore très bien le but de ce jardin, mais elle faisait comme Mademoiselle. Même si elle se méfiait encore de cette femme qui ne ressemblait en rien à ce qu'elle avait connu, elle l'observait tout le temps, ne pouvait simplement pas s'en empêcher. Mademoiselle criait sans être fâchée, chantait tout à coup, la touchait sans la frapper. Suzie, à chaque fois qu'elle tournait la tête, tombait sur les yeux d'Aloïse. Elle s'en amusa au début, eut une phase d'irritabilité, puis s'habitua très vite à avoir en permanence ce regard scrutateur sur elle. Aloïse ne posait pas de questions, elle observait le moindre de ses gestes et, en réfléchissant, le répétait. Quand se produisait quelque chose qu'elle ne comprenait pas bien, elle observait encore plus attentivement la fois suivante.

— Que vois-tu ? demanda Suzie.

Aloïse voyait deux arbres, plusieurs buissons, deux murets dont un en partie effondré, un puits inutilisé. Les chênes en bordure allaient attirer les sangliers par leurs glands et ils traverseraient sans problème la partie inférieure, proche du bosquet. A cause du muret et de peur d'être coincés, ils n'iraient pas plus haut. Les renards allaient venir fureter à la recherche de mulots, elle pourrait poser un de ses pièges. Il y aurait aussi des taupes, à profusion.

Suzie se leva du banc et recommença à arpenter le terrain, immédiatement suivie par Aloïse.

— Il faut aplatir tout cela, dit Suzie en signifiant avec le pied des trous, des creux, des bosses. Je pense qu'on va garder les deux arbres, le Noyer et le Tilleul.

Elle s'avança vers les buissons qui formaient une petite haie horizontale de quatre mètres de longueur.

— C'est du buis. On l'enlève ou on le garde ?

Aloïse arracha un rameau, les feuilles étaient petites et rondes, particulièrement rigides. Elles ne se déchiraient pas facilement et ne laissaient que peu d'espace entre elles. Comme un mur.

— Il faut des endroits pour se cacher, dit-elle.

Suzie plissa les yeux et acquiesça lentement. Aloïse frotta une feuille entre ses doigts, elle sentait un peu comme l'intérieur de l'armoire vide de sa chambre.

— S'il faut des endroits pour se cacher, il faut des endroits pour se montrer, des endroits pour se reposer et, surtout, des endroits pour se promener !

— Des endroits pour manger, dit Aloïse.

— Et des endroits pour lire, ajouta Suzie.

— Des endroits pour attraper des animaux. Pour les écorcher, aussi. Et pour suspendre les peaux pour qu'elles sèchent, s'emporta Aloïse.

Suzie laissa éclater son rire cristallin. Aloïse comprit qu'il servait à repousser, à chasser tout d'un coup une chose qui ne lui convenait pas.

— Non. Cela, certainement pas, dit Mademoiselle.

Elles continuèrent à arpenter le terrain, leurs pas se collaient à la terre boueuse. Aloïse remarqua qu'il y avait des portions plus humides que d'autres et, à un endroit, le surplus d'eau formait une petite mare qui finirait certainement par s'assécher. Au bout du terrain poussaient quelques roseaux, témoins d'un sol marécageux à cet endroit.

— J'imagine plusieurs chemins qui serpentent, qui relient les arbres au puits, aux différentes plates-bandes de fleurs. Et, pour finir, un chemin qui permet d'aller se cacher derrière les buis.

Aloïse acquiesça vigoureusement.

Elles commencèrent à bêcher dès le lendemain. Suzie, prise d'une hâte fébrile, fut debout à cinq heures et alla sans tarder réveiller Aloïse.

L'aube du début du mois de mars était glaciale et elles formaient de la buée en soufflant. La terre imprégnée d'eau laissait se détacher facilement une grande partie des racines. Mais elle était aussi alourdie et plus dure à retourner. Il fut décidé de faire un tas avec les plantes déterrées pour les brûler ensuite, et un tas avec les cailloux qui pourraient servir pour les chemins et les bordures.

Aloïse allait arracher une grande plante mais l'odeur la stoppa net. Elle reconnut la menthe sauvage et ses feuilles duveteuses qu'Évi avait utilisées pour masquer le militaire. Elle s'accroupit à côté de la touffe qui formait une boule. « Éveline », dit-elle à voix haute, en écrasant des feuilles dans sa paume, s'imprégnant de cette odeur qu'elle allait dorénavant toujours associer à Évi. Suzie s'essuya le front et s'approcha. Elle se pencha vers la plante.

— C'est quoi ?

— C'est... c'est ma sœur, ne put que répondre Aloïse d'une voix tremblante.

Mademoiselle soupira.

— Écarte-toi, lui dit-elle.

Dès qu'Aloïse fut debout, Suzie donna un grand coup de bêche dans la menthe, suivis d'autant qu'il en fallut pour l'arracher de la terre.

— Je ne pense pas que nous ayons besoin d'endroits pour nous souvenir, dit Suzie sèchement.

Aloïse la vit vaciller légèrement, elle croisa son regard, liquide et un peu effrayé. Elle crut qu'elle allait encore dire quelque chose, mais les commissures de ses lèvres tracèrent un sourire tombant, proche de la grimace. Aloïse pensa brièvement à la martre, même au seuil de la mort, elle avait montré les dents. Mademoiselle palpa son col, tripota un moment le bouton du haut comme si elle voulait le défaire pour laisser entrer plus d'air dans sa gorge. Mais sa main s'abaissa et elle tourna lentement le dos à Aloïse.

Elles travaillèrent sans s'arrêter jusqu'à midi, et, affamées et les bras tremblants, elles attendirent que Berthe prépare le repas.

Le travail était immense et allait leur prendre des journées entières, si ce n'était des semaines. Lorsque Berthe fut conviée à donner un coup de main, elle s'empressa de proposer de faire venir deux de ses frères. Mademoiselle Suzie les engagea sans hésitation. Elle leur commanda aussi un chariot plein de crottin de cheval.

Les deux garçons arrivèrent dès le matin suivant et se mirent à la tâche sans tarder. Parfois les racines étaient si profondes qu'ils devaient creuser à plus d'un mètre pour, au final, n'en enlever qu'une partie. Suzie travaillait surtout tôt le matin, puis allait se reposer dans l'après-midi. Au fur et à mesure que la couche verte disparaissait pour laisser apparaître diverses nuances de brun, Aloïse ajoutait le crottin, mélangeant la terre nue avec l'engrais. Elle évitait de parler aux deux frères, ne répondant pas à leurs questions ni bien sûr à leurs moqueries. Elle entendit *la crotteuse* maintes fois en passant à côté d'eux. Elle se dit qu'ils étaient comme des mouches qui mordent à l'approche d'un orage. Même si ce fut difficile de ne pas se défendre en les insultant aussi, elle le fit pour faire plaisir à Mademoiselle. Plus d'une fois elle garda un caillou dans la main, prêt à être lancé sur une tête. Comme elle ne répondait pas à leurs provocations, ils finirent par se lasser et l'ignorer eux aussi.

Ils réparèrent les murets et décidèrent de laisser le lierre qui en recouvrait une partie et que Mademoiselle trouva particulièrement seyant. La manivelle du puits fut facilement remise en état. Un premier seau fut remonté. L'eau était fraîche et claire et un des frères la but sans hésitation. Suzie les chargea aussi d'empiler des gros cailloux dans la partie basse de la parcelle où allait se trouver un petit jardin de rocaille.

Elles s'installèrent à nouveau sur le banc, dos au rosier sauvage. Elles avaient pris l'habitude de s'y asseoir un moment à la fin de chaque journée pour prendre acte de l'avancée. En regardant le champ en partie nu, Aloïse se dit que c'était comme si un coup de balai avait été passé.

— On va créer un jardin de beauté.

— C'est quoi la beauté ?

Suzie l'observa longuement. Elle sembla sur le point de parler, mais se retint. C'était une des rares fois où Aloïse posait une question.

— Si on regarde une chose et qu'elle nous rappelle des sensations agréables, on va dire qu'elle est belle. Si les souvenirs sont désagréables, c'est laid.

Aloïse baissa les yeux sur ses chaussures qu'elle nettoyait chaque soir, même si elles étaient propres, seulement pour le plaisir de passer ses doigts dessus. Comme le terrain était boueux, elle préférait travailler pieds nus pour ne pas les abîmer. Elle les remettait ensuite dans la maison et n'avait plus envie de les enlever, même pour dormir. La beauté, c'était ses chaussures.

— La beauté se contemple et se ressent. Elle possède un rayonnement qui t'atteint et te lie à elle, ajouta Mademoiselle.

Aloïse releva les yeux vers Suzie. La beauté c'était aussi Mademoiselle. Malgré ses grands yeux étranges.

VIVIAN
Genève, 2008

Coly est bleu avec une touffe fuchsia sur la tête. Je me demande s'il a une quelconque conscience de son aspect. Certainement pas, c'est ce que l'on dit pour les animaux. Nous serions les seuls à accorder de l'importance à notre aspect extérieur. À l'agrémenter avec des vêtements et des bijoux. À ne pas nous satisfaire de notre peau, de nos poils, de notre corps seul.

Je porte la robe bleue qui plaisait tant à ma mère. Elle disait qu'elle s'accordait si bien à mes yeux. Aujourd'hui, elle s'accorde très bien avec Coly. Les nuances de bleu sont si proches qu'Ada veut réaliser une série de photos. Elle me propose d'aller dans le parc et de faire la promenade des chiens par la même occasion. Elle m'explique qu'en plus des teintures et des coupes, elle aimerait développer un service de photos d'humains avec leurs animaux. Mettre en lumière les mimétismes qui s'opèrent immanquablement.

— T'es en train de me dire que je ressemble à ça ?! m'exclamé-je en montrant le chien bleu.

— Mmmh, un peu.

Ada évite de justesse ma tape. Je baisse les yeux sur Coly qui saute sur ma jambe pour que je lui gratouille sa tête fuchsia, il irait bien aussi dans le jardin de mon beau-père, au milieu des iris.

— Bien sûr que c'est toi le plus beau… lui dis-je. Le plus beau de tous.

Il me regarde avec tant de crédulité, ses yeux humides perpétuellement implorants.

À peine entrée dans le parc, je vois la femme, de dos, en train de scruter le sol. Son manteau marron a par endroits des taches plus claires, délavées. Je donne un coup de coude à Ada pour la lui montrer. Je lui chuchote à l'oreille : « Regarde… elle ramasse des feuilles… et les mange ensuite. » Je ne lui dis pas le plus important, le fait qu'elle me fait terriblement penser à ma mère.

En passant à côté, Ada lui lance un bonjour auquel la femme répond.

— La cueillette est bonne ? lui demande-t-elle nullement impressionnée.

— C'est plus la profusion comme au printemps.

— Vous ramassez quoi ?

— De l'amarante, du pourpier, il reste encore un peu de chénopodes. Je ne trouve plus grand-chose d'autre ici. Et avec tous ces excréments de chiens, il faut faire attention.

Elle se tourne vers nous. Lourdement fardées, ses lèvres sont d'un rouge flamboyant. Elle fait alors une chose étrange. Elle tend sa main en avant, comme si elle voulait nous donner les plantes cueillies. J'ai un brusque mouvement de recul, je chancelle et m'accroche à Ada. Je tire sur son bras pour avancer. Je croise le regard de la femme, ses yeux sont clairs, rehaussés d'une soudaine inquiétude.

Non, ce n'est pas ma mère. Ce regard n'est pas le sien, ni sa posture, ni son manteau qui ne serait jamais taché. Et certainement pas ces gestes incongrus.

Ma gorge se serre, j'ai une sensation pâteuse sur la langue. Une telle amertume que j'ai envie de cracher.

— Ça va ? me demande Ada.

— Je crois que je deviens folle.

Je crache plusieurs fois dans un mouchoir pour me débarrasser du mauvais goût et, un peu honteuse, je m'essuie les abords de la bouche.

Je pose avec Coly dans les bras, sur mes genoux, à mes pieds. Je m'assieds dans l'herbe, m'appuie contre l'écorce d'un arbre. Ada me dirige et nous nous soumettons docilement aux images qu'elle compose.

— Cache pas ta main, me dit-elle.

Je ne m'étais même pas rendu compte que j'essayais de la dissimuler.

— Ça aurait été mieux avec un gant accordé, mais bon.

Ada voit le gant comme un simple accessoire. Une chose qui peut s'harmoniser avec l'ensemble.

Ma mère me disait souvent que j'étais belle. Je me collais contre sa poitrine qui se soulevait et s'abaissait. Son souffle tiède titillait mes cheveux. Elle plaçait ses mains sur moi, me caressait doucement, un peu maladroite. « Es-tu vraiment réelle darling ? » murmurait-elle parfois. Ses mains très blanches laissaient apparaître de grosses veines, bleutées et gonflées. Je me souviens que j'avais une fois appuyé dessus en lui demandant si ça lui faisait mal.

Je pense à toutes les questions que je ne lui ai pas posées. Celles que j'ai posées et qu'elle a éludées. Mais surtout, toutes les questions que j'aurais dû lui poser. Par exemple ce qui était arrivé à ma main, pourquoi je devais la cacher en permanence, pourquoi j'ai toujours vu le clignement de cils, son brusque changement d'expression lorsque ses yeux glissaient dessus. Cette crispation, fugace, qui ombrait son visage. Elle se reprenait vite, trop vite. Et je ne ratais jamais ce moment de basculement, ce mouvement de sa bouche qui s'affaissait, ses yeux empreints d'une gêne collante, adipeuse. Pourquoi, au lieu de les ignorer, je les épiais et m'y accrochais comme à un poison dont je serais dépendante. Guettant avidement le moment où tout cela volerait en éclats.

J'ai fini par réprimer toutes les questions, de peur de la fâcher ou de la blesser, comme si j'avais pu faire éclater ses veines en appuyant simplement dessus. Je me suis contentée de la regarder avec crédulité, implorante à me satisfaire de morceaux incomplets.

AMALIA

Seine-et-Marne, 1967

« Hi, I'm Amy ! Hi there ! I'm Amy. » Elle sourit à son reflet, lissa sa robe. « It's soooo fantastic to live here ! Don't you agree ? What a wonderful place, isn't it ? »

Cette vie lui plaisait tant. Et qu'il y ait de véritables Américains dans le lotissement ne pouvait que relever le niveau. Catherine allait apprendre l'anglais en moins de deux. Elle l'avait déjà inscrite pour la rentrée prochaine aux cours proposés aux enfants du lotissement. Cela lui servirait tant dans la vie. Amalia ressentit de la fierté pour la vie qu'elle et Charles offraient à leur fille. Un débordement d'amour et de gratitude la saisit. Elle décida de faire les meilleurs cookies qu'elle ait jamais mangés. Ils seront prêts pour son goûter lorsqu'elle rentrera de l'école. Oui, elle était en train d'offrir une vie parfaite à Catherine, une vie dont elle-même avait tant rêvé. L'émotion la submergea.

Elle se dit qu'ils devraient inviter Aloïse pour un repas dominical, afin de lui montrer leur nouvelle maison et ce merveilleux lieu de vie. Lui montrer ce que *la petite nature* avait réussi à devenir. *Peureuse, délicate, maladive*, avait-elle entendu durant son enfance. Une petite nature qui recherchait constamment l'attention. Amalia releva le menton et engloba sa cuisine du regard pour rendre palpable le chemin parcouru. Elle ne se lassait pas de prendre acte de sa possession. La netteté qui scintillait là, devant ses yeux, était son œuvre à elle.

Elle pourrait faire plus de biscuits et en apporter une assiette à sa voisine Bertie. Un doute la titilla. Si elle en donnait à Bertie, ne devait-elle pas en amener aussi à Sandy et Yvana ? et peut-être aussi à Denise ? Cette idée l'enchanta.

Elle vérifia rapidement les quantités de sucre et de farine qu'elle possédait. Ils venaient d'en acheter pour les deux semaines à venir. Elle utiliserait le stock en entier pour être certaine d'en fabriquer en suffisance.

Elle travailla tout l'après-midi, inonda la maison d'odeurs de chocolat fondu et de pâte caramélisée. Les plaques de four s'enchaînaient, elle transpirait mais était heureuse, sa cuisine toute équipée l'enchantait à chaque instant. Pendant que des cookies refroidissaient, elle enfournait sans tarder une nouvelle série.

Combien de cookies était-elle censée mettre par assiette ? Un pour chaque membre de la famille et un ou deux de plus pour les gourmands ? Toutes ses voisines avaient deux enfants. Ils étaient les seuls à n'en avoir qu'un. Elle ressentit un pincement d'angoisse qu'elle chassa aussitôt. Cela allait venir pour eux aussi, ce deuxième enfant. Elle décida d'en mettre six par assiette afin de la remplir généreusement. De l'aisance sans excès, de l'altruisme sans débordement. Son désir était de faire plaisir amplement, avec une bonté désintéressée.

Elle compta les cookies qui étaient au nombre de cent vingt-trois et enfourna la dernière série. Elle avait trop chaud, la cuisine était devenue une fournaise. Elle ouvrit la fenêtre en grand et inspira une bouffée d'air frais. Une odeur épicée lui parvint, résineuse, elle devait venir du Cèdre. Elle observa quelques instants le grand arbre. Il était plus haut que leur toit. Plus haut que les plus grands pavillons. Les ombres de ses branches dessinaient des arabesques sur leur gazon. Ils seront heureux de cette ombre légère, tamisant le soleil ardent de l'été, se dit-elle.

La sonnerie de la porte retentit. Amalia était un peu étourdie et, sans même penser à enlever son tablier plein de farine et de chocolat, elle se dirigea vers le couloir de l'entrée.

Yvana, sourire rose brillant, lui tendit une assiette fleurie avec trois biscuits.

— Hi dear, c'est une recette spéciale, tu me diras ce que tu en penses, roucoula-t-elle modestement.

Les yeux d'Yvana glissèrent ensuite sur le tablier souillé et, dans un geste inconscient, elle lissa sa robe vert d'eau. Amalia, incapable de dire quoi que ce soit, se força de tout son être à sourire.

— Je viens d'en déposer aussi aux autres voisines. Tu sais, une fois que je commence, je n'arrive plus à m'arrêter, dit encore Yvana en lui faisant un clin d'œil et en descendant déjà le perron.

Amalia retourna lentement à la cuisine. Sa main tremblante tenait comme elle le pouvait l'assiette et ses trois biscuits. La fenêtre, toujours ouverte en grand, laissait entrer une brise qui soulevait les rideaux et les bords de la nappe. Elle sentit encore cette odeur résineuse, écœurante dans son mélange avec les plats de cookies qui avaient colonisé toute la cuisine. Et c'est là qu'elle la vit. Voletant sans effort, se laissant porter par les ondoiements de l'air extérieur. Hésitante au vu de l'assortiment invraisemblable qui s'offrait à elle, la mouche finit par arrêter son choix sur l'un des innombrables biscuits dorés.

*

Il avait mangé trop de cookies. Mais ils étaient si délicieux, comment résister ? Lentement, il pencha le verre. Du vin rouge, du bordeaux supérieur, une bouteille du samedi soir normalement. Le liquide était épais, il collait aux parois, il pencha encore le verre, très lentement. Perdu dans ses pensées, il jouait avec son vin. Le repas fut délicieux, le rôti tendre, les pommes de terre succulentes. Amalia était belle, Catherine était sage et lui était bien, satisfait. Il regarda autour de lui, le salon, le sien. Il devait se le dire encore, n'arrivait pas totalement à l'assimiler, n'arrivait pas encore à se sentir chez lui.

Ce soir les odeurs de biscuits étaient étourdissantes. C'était la première fois qu'il y avait une odeur normale, des effluves qu'il identifiait, même si elles étaient tellement prégnantes qu'elles lui donnaient légèrement la nausée. Mais il préférait encore cela au vide olfactif qu'il y avait eu jusqu'à présent. Cette abolition devait provenir des différents produits qu'employait Amalia à longueur de journée. Il avait bien entendu adhéré au fait qu'elle arrête son travail en emménageant ici. Même si cela n'était pas stipulé dans le règlement, il était vivement recommandé pour l'épouse de s'occuper de la maison. Toujours dans l'objectif d'harmoniser la communauté, aucune femme ne travaillait à l'extérieur. Une promotion était arrivée au bon moment pour lui, tout pouvait dès lors s'harmoniser. Cela l'avait un peu étonné au début qu'elle abandonne si facilement son travail d'assistante médicale. Il croyait qu'elle y tenait, elle n'avait pas voulu s'arrêter lorsqu'elle avait eu Catherine. Il but une gorgée, quel bon vin. C'est lui qui avait proposé d'ouvrir une bonne bouteille, Amalia ne semblait pas dans son assiette. Il pencha encore le verre.

— Chérie, je crois que j'ai fait une bêtise.

Elle sortait de la salle de bains et trouva Charles, à genoux, un chiffon pour la poussière dans la main. Devant lui, une petite étendue rougeâtre mangeait les fibres de la moquette. Elle lui arracha immédiatement le torchon des mains.

— Laisse-moi faire, lui dit-elle sèchement. Tu vas aggraver le problème.

Elle le voyait déjà étaler la tache au lieu de la résorber.

— Tu me crois trop stupide pour nettoyer ? lui demanda-t-il d'un air moqueur en se relevant.

Elle ne répondit pas. Bien sûr qu'il ne savait pas y faire. Chacun son territoire. Sans tarder, elle se saisit de l'éponge dédiée à cet effet. Elle la mouilla et la passa sur le savon. Elle attaqua la tache par l'extérieur, se rapprochant du centre dans un mouvement circulaire. Elle se releva et rinça l'éponge, constellant l'évier de gouttes rosâtres. Elle recommença l'opération de frottage en spirale et rinçage. Lorsqu'elle rinçait pour la troisième fois elle se dit, fugacement, que le choix d'une moquette avec une teinte aussi claire pour la salle de séjour n'était pas le plus opportun. Elle chassa immédiatement cette pensée en même temps qu'elle essora l'éponge avec force.

— Tu me rejoins au lit ? lui dit Charles alors qu'elle était à nouveau à quatre pattes en train de frotter.

Elle leva la tête vers lui, il quitta des yeux ses fesses et lui fit un clin d'œil. Sans attendre sa réponse, il se dirigea vers leur chambre, sortant déjà la chemise de son pantalon.

Elle avait mal au poignet tant elle avait frotté, ses aisselles étaient humides de transpiration et elle sentit une goutte de sueur glisser entre ses seins. La tache n'était pourtant pas encore totalement partie. Elle pulvérisa dessus une grande quantité d'un produit blanchâtre qui émit un sifflement en moussant. L'intérieur de ses narines la picota ainsi que ses yeux.

— Amy ? l'entendit-elle appeler depuis la chambre.

— Une minute, répondit-elle.

Elle s'essuya les yeux avec le creux du coude et attendit quelques secondes que le désagrément s'estompe. Elle relut les indications du spray : *laisser agir entre vingt et quarante minutes en fonction de la gravité de la salissure.* Parfait, se dit-elle en se relevant. Sa vue se brouilla tout à coup et elle dut s'agripper au rebord de la table. Elle s'était relevée trop vite. Sa tête tournait un peu et une douleur au bas du dos la fit grimacer pendant qu'elle se dirigeait vers l'évier. Elle ôta ses gants et se lava soigneusement les mains, les renifla, ces nouveaux gants déposaient une odeur désagréable qu'elle avait de la peine à faire partir. Elle se lava encore une fois les mains en les frottant bien avec la petite brosse et en rajoutant du savon liquide parfumé à la violette.

— Chérie ?

— J'arrive !

Elle se dirigea vers la chambre en se recoiffant rapidement avec les doigts. Juste avant de passer le pas de la porte et de voir son mari couché dans le lit, elle se retourna sur le petit monticule blanchâtre qu'elle allait laisser agir pendant trente minutes. La mousse s'était déjà diluée et affaissée, laissant la place à une matière visqueuse qui ressemblait à s'y méprendre à du sperme.

CATHERINE
Patagonie, 2008

Assise sur la chaise à dossier droit devant sa table en bois qui lui sert principalement à entreposer des godets avec des pousses, des sachets de graines qu'elle doit encore trier et annoter, qui lui sert aussi accessoirement à prendre des repas mais qui n'a encore jamais servi à écrire une lettre, elle cogite et soupire. Elle s'étire, tripote un sachet de semences qu'elle repose aussitôt pour ne pas céder à la tentation de la diversion. Elle a furieusement envie de se lever, de fuir cette table et ce qu'elle doit y faire.

Elle n'a pas encore écrit une seule ligne alors qu'elle a l'impression d'être assise là depuis des heures. Le plus difficile et de savoir par où commencer. Trouver le début, c'est le plus important. Elle regarde par la fenêtre sans y trouver l'inspiration. Sans s'autoriser à quitter sa chaise, elle étire son cou pour réussir à voir l'horloge au-dessus de l'étagère. Il n'est que neuf heures trente du matin. Ce n'est pas possible, le temps passe au ralenti. Le dehors la happe, elle observe le tremblement des feuilles du Maiten, elles frémissent, puis un vent plus fort les replie sur elles-mêmes. Elle s'oblige à ramener ses yeux sur la feuille de papier, déploie toute la concentration possible. Elle a subitement envie d'un café fort, amer. Non. Pas de pause.

Voilà ma vie, se dit-elle. Je vis seule dans une maison spartiate où l'odeur de moisi et de souris ne disparaît jamais totalement, je passe mes journées à planter ou à m'occuper des semis, récolter des graines, arroser, rempoter, surveiller et arroser encore. Les journées s'enchaînent et j'effectue inlassablement les mêmes tâches solitaires. C'est si facile ainsi de se convaincre de n'avoir besoin de personne d'autre.

En plus de vingt ans, elle a vu des arbres qu'elle a plantés faire vingt mètres de haut. Elle a vu des parcelles, qui avaient été ravagées par le feu, entièrement reboisées. Elle a vu la vie reprendre ses droits, elle a vu de frêles tiges se solidifier, s'élargir, et grimper vers le ciel. Elle a vu la mousse recouvrir des souches, les verdir en seulement une semaine. Elle a vu de plus en plus de personnes mettre les mains dans la terre et planter avec un besoin impérieux. Et elle n'a pas vu le temps passer. Vingt-cinq ans.

Elle doit écrire à sa fille, elle sait qu'elle doit le faire. Bien sûr qu'elle a droit au bout manquant de son histoire. Elle doit lui raconter, dérouler le passé dans une longue lettre. Bon. Même avant d'avoir écrit la première ligne, elle rejette cette idée. Elle en serait incapable, autant être honnête. Il y a une forme de lâcheté à procéder de la sorte, à vider sa conscience en couchant les mots sur un papier pour s'en débarrasser. Elle mérite mieux que cela. Je lui raconterai lorsque je la verrai, si elle accepte de me rencontrer, se dit-elle avec un soulagement coupable.

En tentant encore de fuir en regardant par la fenêtre, elle se dit qu'elle est trop âgée à présent pour redevenir mère.

Au début, elle pensait que ce ne serait qu'une question de temps, qu'au retour d'Andras, ils se précipiteraient pour récupérer leur enfant. Mais Andras n'est jamais revenu. Et elle n'avait pas ouvert une seule des lettres de sa mère. Elle n'avait pas une seule fois demandé comment elle grandissait.

« Je ne pouvais pas élever un enfant dans la douleur », dit-elle à voix haute. Elle aurait immanquablement fait entrer la vie. Elle aurait perdu Andras, se serait détachée de lui pour vivre avec la lumière braquée sur l'avenir. Le fil, d'une fragilité inouïe, se serait coupé. « Tu cultives tes souvenirs et entretiens tes morts comme ton bien le plus précieux. Tellement précieux qu'il te fait négliger les vivants », lui avait asséné un jour Anita. Bien sûr qu'Anita avait vu juste, elle avait fait ce choix terrible. Elle avait abandonné sa fille pour rester dans le souvenir.

Elle écrit les quelques mots essentiels, sans rien ajouter de superflu. En fermant l'enveloppe, elle murmure comme elle le fait avec ses jeunes plants : « Accroche-toi, tu vas y arriver, tu es en mesure de l'endurer. »

Elle quitte alors sa chaise et bondit dehors pour se débarrasser au plus vite de son sentiment de libération fautif. Ce qu'elle aimerait faire maintenant, c'est se précipiter vers une parcelle dépouillée et y réintroduire l'espoir. Se pencher, ménager un petit creux dans le sol, y fourrer un semis, refermer le trou et tasser la terre avec ses deux mains. C'est ce que savent faire ses muscles, ses nerfs, c'est ce qu'elle sait faire de mieux. Et recommencer ces gestes, encore et encore, des dizaines de fois par heure, des centaines de fois par jour. Oublier sa terreur et se convaincre, ainsi, de planter l'avenir.

ALOÏSE
Jura, 1924

Elles furent debout bien avant l'aube. Aloïse enfila sa robe et entendit un craquement aux aisselles. Les manches et le bas remontaient, il faudrait défaire l'ourlet mais même cela ne suffirait déjà plus. Mademoiselle lui avait acheté cette robe pour aller en ville et pour les occasions spéciales, comme aujourd'hui. Elle pouvait toujours remettre la robe qu'elle portait la journée, très ample et surtout pleine de terre. Mais elle se dit qu'elle ne le permettrait pas.

Elle utilisa la brosse, sachant que si elle ne le faisait pas, Mademoiselle la renverrait immédiatement dans sa chambre. Ses cheveux formaient à présent un carré ondulé. Elle plaça la raie sur le côté gauche et ramena les mèches sur le haut du front jusque derrière l'oreille droite où elle les attacha avec une longue barrette. Après une hésitation, elle lécha sa paume et plaqua quelques cheveux rebelles. Elle se mira dans le petit miroir. Elle était encore étonnée de se voir de façon aussi précise. Qu'était-il arrivé au reflet ondoyant, si facilement mouvant de la rivière ? Elle tira sur ses joues et ses lèvres pour les déformer, puis les laissa reprendre leur place, stable et définitive. Engoncée, elle sortit de sa chambre.

Mademoiselle, agitée par une de ses hâtes matinales, cria de surprise en la voyant.

— Comme tu as poussé ! C'est impressionnant.

Les robes de Suzie étaient bien trop grandes encore et la possibilité de mettre la robe de tous les jours ne fut même pas envisagée. Dans l'immédiat, il n'était plus temps de trouver une autre solution que celle de ne pas lever les bras trop hauts. Elles devaient surtout se dépêcher si elles voulaient arriver à l'ouverture et profiter des plus beaux spécimens.

— Le plus grand marché horticole de la région n'attend plus que nous, dit Suzie en démarrant.

Il y avait un monde inimaginable. Des stands si nombreux qu'elles ne savaient pas par où commencer. Même si elle n'aurait pas osé, ni vraiment voulu prendre sa main, elle se tenait au plus près de Mademoiselle. Elle était impressionnée, il y avait tant de choses qui se produisaient en même temps, tant de choses à regarder qu'elle en avait le tournis.

Mademoiselle Suzie semblait dans son élément. Elle avançait, droite et assurée, comme si elle marchait dans son salon. Sa grande taille ne passait pas inaperçue, ni son chapeau orné de trois plumes de faisan. Aloïse voyait les regards rouler sur Mademoiselle qui ne semblait pas s'en rendre compte. Il y avait beaucoup de regards étonnés, quelques sourires, puis des regards mauvais, voilés de colère. Elle se pressa encore plus contre Mademoiselle Suzie, fronçant les sourcils en réponse aux visages qui ne descendaient que rarement vers elle.

Elles passèrent la journée à palper, sentir, annoter des couleurs et des propositions de combinaisons. Elles listèrent les plantes en fonction de leur taille et de leurs caractéristiques. Aloïse n'en revenait pas de l'argent que dépensa Mademoiselle Suzie en cette seule journée.

Elles rentrèrent avec trois caisses de bulbes qu'elles ne pourraient planter qu'en automne, et un arbuste de Magnolia qu'Aloïse réussit à caler entre ses jambes sur le siège avant. Le reste, plus de deux cents plantes, allait leur être livré au fur et à mesure par les producteurs. C'était elle qui avait choisi le Magnolia qui n'avait pour l'instant que deux bourgeons poilus. Même si Aloïse voyait à quel point Mademoiselle était épuisée, celle-ci insista pour planter l'arbuste le soir même. Mais le terrain, plongé dans la nuit, ne leur permit pas, à la lueur d'une lampe, de trouver l'endroit où elles avaient décidé de le placer. Exaspérée, Suzie finit par rentrer dans la maison et s'enferma dans sa chambre sans même dire bonne nuit à Aloïse.

Elles plantèrent le Magnolia tôt le matin. Assises sur le banc, elles admirèrent l'unique arbuste au milieu d'une terre désespérément nue. Les bourgeons avaient déjà grandi remarqua Aloïse. Les fleurs allaient percer d'un jour à l'autre.

— C'est pathétique, maugréa Suzie.

L'impatience de Mademoiselle la rendait irritable, nerveuse, agitée. Elle refit plusieurs fois les plans. Essaya de mesurer avec le plus de précision possible chaque partie du terrain. Aloïse l'entendit râler que cela aurait été bien plus simple avec une parcelle rectangulaire. Elle redessina les différentes plates-bandes, chemins, aires d'ombre, de repos. Même si elles avaient déjà marqué les chemins à l'aide de cailloux, elle décida d'en déplacer certains. Elle ne cessait d'arpenter le terrain en marmonnant qu'il n'y aurait jamais assez de plantes. Assaillie de doutes et de regrets de ne pas avoir choisi telle plante plutôt que telle autre, elle s'enfermait de plus en plus longtemps dans sa chambre.

Il arrivait, certains matins, qu'Aloïse se retrouve seule dans la cuisine. Elle allumait le feu, préparait le café et le lait, grillait des tranches de pain. Après avoir déjeuné, elle sortait les poules, ramassait les œufs, nourrissait les lapins. Puis, elle partait dans les bois, ce qu'elle n'avait plus fait depuis le début des travaux du jardin.

Se retrouvant à nouveau seule, elle se remit à courir, à fureter dans la forêt à la recherche de déjections et de terriers. Elle recommença à poser ses pièges. Elle mâchouillait avec avidité de jeunes feuilles de violette et de trèfle, cueillit autant de bourgeons de ronces et de sapin qu'il y avait de place dans ses poches pour les contenir. En marchant dans les bois, ses épaules se courbaient vers l'avant en meilleure position d'affût. La sensation qui l'emplissait était légère, silencieuse, redoutable. Cette sensation, ce n'était pas de la beauté. C'était une chose qui se trouvait à l'intérieur de son corps et de sa tête, et qui lui appartenait. Et même si elle n'avait pas encore de mot à mettre dessus, Aloïse comprit que cette chose était très importante.

En rentrant, elle guetta les bruits de la chambre de Mademoiselle. La maison lui paraissait moins immense qu'à son arrivée, elle s'y était habituée. Mais sans Mademoiselle Suzie, elle se sentait perdue. Elle se redressa, droite comme elle lui dirait de se tenir si elle était là. Elle devait faire ses exercices, pour lui faire plaisir.

Elle recopia des passages de *L'Art des jardins*, puis les lut à haute voix. Aucun bruit ne provenait de la chambre. Elle plaça le livre en équilibre sur sa tête et arpenta le salon.

« Quand est-ce que les fleurs se recourbent sur elles-mêmes ? Au moment où elles se fanent ! Relève le menton, redresse le dos. Tiens-toi droite. Droite, j'ai dit ! » elle répétait les mots maintes fois prononcés par Mademoiselle. Le livre tomba sur le tapis dans un bruit sourd qui la fit sursauter. Elle tendit l'oreille, mais toujours rien. Elle remit le livre et fit encore quelques allers et retours. N'y tenant plus, elle colla son oreille contre la porte. Rien. Elle gratouilla le bois du bout des ongles. Elle abaissa la poignée, la porte était fermée à clé.

— Fichez-moi la paix ! cria une voix méconnaissable, rauque et coupante.

Aloïse s'éloigna à reculons.

— Qu'est-ce que t'as à fureter devant la porte de la patronne ? t'espionnes ? l'interpella Berthe depuis l'entrée.

Aloïse lui lança un regard inquiet.

— Tu crois... qu'elle est malade ?

Berthe haussa les épaules.

— Il faut faire venir le médecin, dit Aloïse.

Mademoiselle finit par ouvrir sa porte au médecin qui, une fois entré, la referma droit derrière. Aloïse regarda Berthe qui fit une grimace. Elle aurait aimé écouter à la porte mais avec la Berthe dans les parages elle n'osait pas.

Le médecin ressortit de la chambre après ce qui lui sembla être une éternité. Il paraissait fatigué.

— Laissez-la se reposer aujourd'hui. Je reviendrai d'ici à quelques jours si nécessaire.

Juste avant de partir, il se tourna vers Aloïse et non vers Berthe. Il attendit que la bonne aille dans la cuisine en maugréant pour ouvrir sa sacoche. Il sortit un flacon bleuté qu'il lui tendit en expliquant que c'était du laudanum, un médicament pour Suzie. Mais elle ne devait pas en prendre trop, ni trop souvent. Le verre teint ne laissait pas entrevoir l'intérieur. Il lui mit la main sur l'épaule et elle sursauta.

— Je compte sur toi.

Aloïse, impressionnée, acquiesça lentement. C'était la première fois qu'on lui confiait une telle responsabilité.

Le lendemain, Suzie fut debout à l'aube, s'agitant dans la cuisine en appelant à l'attention d'Aloïse : « Debout la petite fainéante ! » Sa voix, chantante, ne contenait plus aucune irritation. « Les plantes vont arriver ! Je suis sûre qu'elles vont arriver aujourd'hui ! »

VIVIAN

Genève, 2008

L'enveloppe est constellée d'une dizaine de timbres argentins. Je la fourre pourtant dans mon sac sans l'ouvrir tout de suite, l'emportant avec moi au travail. La procrastination et le manque de curiosité sont devenus les normes de ma vie.

En ce début du mois de septembre, marcher dans la rue est à nouveau agréable après une canicule estivale épuisante. Mes vacances approchent et je compte les jours. Je vais expérimenter un truc nouveau, dix jours dans un club *all inclusive* pour célibataires. Au programme : yoga, méditation consciente et *speedating* amoureux. J'y vais avec une collègue qui cherchait quelqu'un pour l'accompagner. J'ai vraiment besoin de me changer les idées et j'essaie de me convaincre que ces vacances vont marquer les prémices d'un renouveau.

Cette année avait atteint le summum de l'insupportable. D'abord la mort de maman, puis ma rupture avec Matt et enfin mon job qui se délie dans un néant insaisissable. Je me sens au bord de l'implosion. Sous tension permanente. Une tension générée par le vide, comment est-ce possible ? Au moins, j'ai identifié mon besoin : disparaître. Rien qu'un moment, disparaître de mon existence, ne plus répondre de moi-même.

J'ai la mauvaise idée d'ouvrir l'enveloppe au bureau. Toute chose à faire est bonne à prendre. D'abord, je me dis que c'est un canular. Dark Vador me fait une blague idiote. Cette histoire ne tient absolument pas debout. Je relis les mots qui s'agitent comme des fourmis et une sueur glacée raidit ma nuque. Mes mains tremblent et je les regarde, stupéfaite, comme si elles ne m'appartenaient pas.

J'appelle immédiatement mon beau-père. Il ne répond pas, bien sûr, il doit être dans son foutu jardin. Je surprends des regards de ma collègue à côté de moi, j'essaie de me calmer. Je me lève pour aller chercher un thé. C'est sûrement une blague, une erreur, ce n'est pas possible.

Je tire frénétiquement sur la languette de carton du sachet dans un mouvement de va-et-vient. Tête dans l'eau, tête hors de l'eau, tête dans l'eau. Même si j'essaie de ne pas sucrer mon thé, je mets deux pastilles d'aspartam dans mon gobelet et retourne à ma place.

Ma voisine a les yeux braqués sur moi. Dès que je tourne la tête vers elle, elle me fait un sourire mielleux auquel je réponds. Elle me surveille alors qu'elle en fout encore moins que moi !

J'ai un pressentiment. Inavouable, insupportable, infect. Suis-je vraiment à ce point surprise ? Je me lève brusquement pour aller aux toilettes et me raccroche à mon bureau. Ma tête tourne, elle est si lourde qu'elle me tire vers le bas, essaie de me faire chuter. Je ferme les yeux un instant, tente de reprendre mon souffle.

« Tout va bien ? » me demande ma collègue qui s'approche. Son parfum doucereux, adipeux, est une agression. Il me retourne le bide. Je vais vomir sur son chemisier rose pâle constellé de minuscules ciseaux.

J'appelle François dès que je sors du travail. Il n'est pas chez lui. Je rappelle. Je l'imagine couché dans sa chaise au jardin, détendu, profitant du rafraîchissement du début de soirée. J'appelle encore. Comment peut-il rester tranquillement au milieu de son putain de jardin alors que mon monde est en train de s'écrouler ? Je sais très bien où il se trouve mais j'essaie encore d'appeler. Décrochant, raccrochant, décrochant, raccrochant.

Alors que je me sentais déjà à bout, je ne pouvais pas imaginer qu'une chose monstrueuse puisse encore me tomber dessus. Lorsque j'ai reçu la lettre de cette personne que je ne veux même pas nommer, pas même une année avait passé depuis la mort de maman. Cette lettre est venue me cueillir alors que j'employais toutes mes forces pour simplement relever la tête. Comment dès lors pouvoir bien m'en défendre ? Comment me protéger de ce simple message formel, ces lignes sèches et décisives, brutes ?

Vivian,

Je suis ta mère. Je t'attends. J'ai énormément de choses à te montrer.

Catherine

J'agite le bout de papier devant son visage comme si je voulais le gifler avec.

C'est bien lui qui a contacté cette personne. Il m'explique avec une voix trop douce pour ne pas paraître suspecte que c'est Amalia qui lui avait demandé de le faire. Ces informations tintent dans mon cerveau comme du verre qui s'y entrechoque.

— Je ne veux pas la rencontrer, affirmé-je avec toute l'intransigeance dont je suis capable.

— C'est ton droit ma chérie.

— Tu me parles de droit ? Mais toi tu n'avais pas le droit de la contacter sans me prévenir !

— Amalia était sa mère, elle devait être prévenue.

Pendant qu'il me parle, il continue de jardiner. Mon monde s'écroule et lui, il prend soin de ses plantes. Je comprends qu'il fuit mon regard autant qu'il peut.

— Tu n'avais pas le droit de le faire sans me demander mon avis. Et regarde-moi, François, merde !

Il se tourne enfin vers moi, ses yeux sont humides. Je suis à deux doigts de me mettre à pleurer mais je me retiens de toutes mes forces.

— Tu n'avais pas le droit, je répète, pour entretenir la colère.

— Écoute Vivian, je suis désolé.

Ses bras ballants semblent exagérément longs. Il me fait pitié tout à coup.

— Tu peux toujours choisir d'ignorer son message, reprend-il. Je n'aurais peut-être pas dû ouvrir cette porte, c'était à toi de le faire, ou alors j'aurais dû le faire beaucoup plus tôt. Je suis désolé. Tiens, passe-moi s'il te plaît l'outil, là-bas.

Va te faire foutre. Comment a-t-il pu me faire ça ? Je m'empare du racloir avec brutalité. Je le lui tends en me retenant de le balancer.

François désherbe autour de chétifs plants. Fragiles serpents verts qu'il faut aider à pousser pour ne pas qu'ils se fassent bouffer par les autres. J'ai envie de les piétiner. Après un long silence où je me retiens de crier, de l'engueuler, de le traiter de salaud et de traître, je me sens un peu plus calme. Ma colère se dégonfle. Je ne vais pas pouvoir lui en vouloir longtemps.

— Pourquoi maman ne m'a rien dit durant toutes ces années ? Pourquoi elle ne m'en a pas parlé ?

— Peut-être qu'elle n'a pas su comment s'y prendre. Peut-être qu'elle attendait que la question vienne de toi. Peut-être qu'elle avait peur de te perdre.

Il y a trop de peut-être, c'est quoi *peut-être* ? Ce n'est rien de concret, rien qui colmate.

— Je ne peux rien faire avec des peut-être.

— Je n'ai pas de certitudes à t'offrir ma chérie.

Je veux surtout qu'il arrête de m'appeler *ma chérie*. Cela sonne si faux à présent. Faux et mensonger. Et là, subitement, me vient à l'esprit l'autre chose. *L'autre* part manquante.

— Et… mon père…

— Je crois qu'il est décédé.

— Comment ? Je m'étonne de ma voix qui est montée dans les aigus.

Je refrène une envie de vomir, il y a d'un coup trop de morts autour de moi. Il paraît brièvement surpris puis hoche la tête.

— Je ne sais pas.

Et avant que je ne formule la prochaine question, il y répond.

— Il s'appelait Andras. Il était Argentin.

Andras. Les battements de mon cœur s'accélèrent. Ce nom retentit en moi de façon si familière.

— Et elle. Comment est-elle ? finis-je par demander.

— Je ne sais pas vraiment. Je l'ai très peu connue. Je crois que c'est une personne plutôt spéciale.

Et après une courte hésitation, il ajoute :
— Tu prendras des roses avant de partir.

AMALIA

Seine-et-Marne, 1967

— Tiens, celui-ci est pour toi. Spécialement.

Catherine ouvrit le paquet de papier journal. Elle sortit le rhizome et ses trois feuilles vertes dressées comme des lames de sabre. Un fil de fer enroulé autour de la racine accrochait une petite étiquette de bois avec un seul mot : *Catherine.*

— Ma dernière création d'iris, je viens de l'enregistrer. J'ai essayé des combinaisons depuis ta naissance et j'ai enfin réussi à obtenir une variété que je crois vraiment exceptionnelle. Elle fleurira pour tes onze ans.

— La fleur est comment ? s'exclama Catherine.

— Patience, c'est une surprise. Tu verras. Ce que je peux te dire c'est qu'elle est très lumineuse, comme toi. Et elle a trois couleurs.

Catherine sauta au cou d'Aloïse. Celle-ci lui tapota le dos.

— Attention, tu m'étouffes, lui dit-elle en la repoussant gentiment.

Elle tendit un paquet à Amalia.

— Je t'ai amené un *Suzie*, les *Amalia* sont tous partis, et je t'ai mis aussi un *Éveline.*

— C'est qui Éveline ? demanda Catherine.

— Éveline est d'une beauté exubérante. D'un pourpre sombre, elle est veinée de bleu clair et rehaussée de pistils orange. C'est une fleur avec beaucoup de contraste. Elle est aussi très grande avec des sépales ondulés et veloutés.

— Je croyais que tu parlais d'une vraie personne, fit Catherine déçue.

— Mais c'est le cas.

Aloïse élargit son sourire, la satisfaction courbait son visage, gonflait et rosissait ses joues. Sa sœur avait réapparu, comme elle l'avait tant espéré. Catherine vit que les yeux de sa grand-mère brillaient comme des billes.

— La menthe sauvage repousse toujours, murmura Aloïse pour elle-même.

Amalia prit le paquet de rhizomes qu'elle avait posé sur la table.

— Merci, dit-elle. J'espère que je vais avoir de la place pour les mettre.

— Tes plates-bandes sont presque totalement vides, ma fille.

— Maman, ici, on ne peut pas faire n'importe quoi. Le nombre de fleurs est réglementé.

— C'est quoi cette stupidité ? s'exclama Aloïse.

Amalia se tendit et se leva pour aller remplir la carafe d'eau encore passablement pleine.

— Pour ma part, je trouve cela parfaitement judicieux et hautement louable.

Aloïse n'insista pas. Elle se tourna vers sa petite-fille.

— Si tu as un jour une fille, et que je suis toujours en vie, je lui créerais son hybride spécifique.

— Beurk, je vais jamais avoir d'enfant ! s'écria Catherine en croisant ses bras sur sa poitrine.

— On verra, on verra, lui répondit Aloïse, tu n'as que dix ans.

— Pourquoi tu aimes tellement ces fleurs ? lui demanda sa petite-fille.

— J'ai créé trois jardins dans ma vie jusqu'à maintenant. Du premier, lorsqu'il fut détruit, je n'ai pu sauver que six rhizomes d'iris.

— Pourquoi il a été détruit ?

Aloïse s'assombrit.

— La guerre, ma petite. Entre autres, dit-elle d'un souffle.

Elle agita sa jambe, rongée de fourmillements.

— Mais j'ai toujours reconstruit un jardin, j'ai toujours planté pour faire repousser la beauté. Parce que tu comprends, Catherine, un jardin est la mémoire de la beauté.

Amalia vit l'admiration abêtir le visage de sa fille. Elle lui fit penser à un petit chien qui attend un biscuit. Catherine allait poser encore une question mais Amalia la stoppa en levant une main.

— Et si tu te donnais la peine de visiter notre maison, maman ? dit-elle sèchement.

Malgré ses « Oh, très bien ! » qu'Aloïse prononça pour toutes les choses qui lui furent montrées à l'intérieur de la maison, de la chambre de Catherine, au salon, mais aussi pour la télévision, la machine à laver et les tapisseries, Amalia vit le manque d'intérêt criant de sa mère. Elle se dit que son boitement s'était accentué avec l'âge, malgré sa chaussure à semelle compensée.

— Heureusement que tu aimes nettoyer ma fille, fit Aloïse comme unique remarque en observant la moquette beige.

Amalia crut déceler de légers éclaircissements de nuances là où elle avait répandu du produit détachant. Était-ce possible ?

— Montrez-moi votre jardin, demanda Aloïse une fois qu'elle avait fait le tour de la maison.

Dans les plates-bandes, les fleurs poussaient seules et rachitiques, entourées de terre nue. Cette terre n'allait pas tarder à se compacter, craquelant comme une peau maltraitée, mal nourrie. Aloïse trouva laide cette terre grisâtre, cette bouche asséchée, mais elle sentit, aussi, qu'elle ne pouvait pas le dire sans froisser sa fille.

— Cela va pousser, je viens de les mettre. Et j'ai d'autres choses à faire que de désherber à longueur de journée, dit Amalia.

La justification qu'elle ne put s'empêcher de fournir à sa mère l'agaça. Elle n'avait pas à se justifier de ne pas consacrer son temps à des choses aussi inutiles.

— Il doit avoir au moins deux cents ans ce Cèdre, dit Aloïse en levant les yeux pour surtout les dégager des pauvres plates-bandes.

— Aussi vieux que ça ?! s'exclama Catherine qui collait sa grand-mère.

Dès qu'Aloïse tournait la tête, elle tombait sur le visage de Catherine qui la dévisageait.

Amalia agitait sa main devant elle.

— On est infestés de moucherons.

Elle n'a pas changé, se dit Aloïse. Pourvu que la petite n'ait pas hérité de cette tare.

— Il faudra planter les iris en octobre, pas avant. Et il faudra nourrir la terre d'ici là. Tu devrais mettre un peu de purin de mouton, c'est le meilleur engrais pour les iris, dit-elle.

— Tu plaisantes j'espère. Il est absolument hors de question de mettre ce genre de choses ici. C'est hautement prohibé par le règlement.

Et même si ce n'était pas stipulé, cela lui semblait totalement impensable d'épandre de la merde dans son jardin. Sa mère lui lança un regard qu'elle connaissait trop bien. Pourquoi le fait de ne pas vouloir mettre de la merde devant chez elle lui paraissait-il si affligeant, si absurde, si honteux ? Elle se sentit lasse tout à coup. Elle aimerait que sa mère parte, rentre chez elle. Elles appartenaient plus que jamais à deux mondes distincts. Une vieille rancœur lui mordit la nuque, elle n'avait jamais pu se défaire de cette sensation que ce qui comptait le plus pour Aloïse était son foutu jardin.

— Et si on passait à table ? entonna-t-elle pour accélérer le mouvement.

Durant le repas, Charles interrogea sa belle-mère sur la ferme et ses cultures. Il l'écoutait avec une telle attention. Lui aussi était subjugué, se dit Amalia.

Aloïse était préoccupée, elle raconta qu'ils avaient eu des difficultés d'approvisionnement d'eau. La source était contaminée, des déversements de lisier en étaient la cause. Ils ne pouvaient plus consommer l'eau pour l'instant, ni pour eux ni pour les animaux.

— Ici, il n'y a aucun problème d'eau, s'empressa de dire Amalia. L'eau coule, pure et désinfectée !

Elle se leva prestement et se dirigea vers le robinet de l'évier qu'elle fit immédiatement couler.

— Et si tu approches ton nez, tu sens l'eau de Javel, cria-t-elle depuis la cuisine.

Elle referma le robinet, son cœur palpitait d'une excitation malsaine. Elle ressentit le ridicule de sa réaction. C'était risible de se mettre ainsi en compétition avec sa mère. Pourquoi recherchait-elle tant son attention, sa validation ? Elle attendait une chose qu'elle n'obtiendrait jamais, elle en prenait parfaitement conscience à l'instant. Aloïse n'aimait pas cette maison comme elle-même n'aimait pas la ferme. Elle s'appuya sur le rebord de l'évier, les veines de ses mains frétillaient sous la peau. En tournant la tête, elle vit sur la table de la cuisine le paquet d'iris que sa mère avait cru important de lui amener. Et même si cela lui coûtait de l'admettre, ils n'auraient certainement pas obtenu cette maison sans les contacts de sa mère. Sans ses fameuses fleurs.

Le jardin d'Aloïse possédait une importante collection d'iris. Ses clientes passionnées et insatiables étaient pour beaucoup des femmes des communautés américaines aisées qui raffolaient de ces fleurs. Intervenant dans de nombreux jardins particuliers pour les agrémenter, elle avait acquis une belle réputation auprès de cette clientèle. Cette petite femme, sèche et musclée, légèrement boiteuse si l'on y prêtait attention, ne ressemblait en rien aux dames à qui elle expliquait comment agencer les formes et les couleurs pour développer harmonieusement leur jardin. Elles l'écoutaient pourtant avec une attention religieuse. Aloïse avait une autorité naturelle, sans être joli, son visage avait conservé quelque chose d'enfantin, de curieux et d'un peu sauvage. Elle n'essayait nullement de leur ressembler, s'habillait de pantalons amples et ternes, ne se maquillait jamais. Elle ne cherchait pas à leur plaire et y parvenait malgré tout. Amalia ne pouvait s'empêcher d'en ressentir une fascination envieuse.

Elle n'avait pas eu d'autre choix que d'aller lui demander de les aider à obtenir cette maison. Elle pinça les lèvres. Elle lui avait amené les brochures publicitaires, moins pour la convaincre que pour obtenir son approbation. Les photographies sur papier glacé étaient de belle facture, les descriptifs des fournitures précis et détaillés. Sa mère les avait regardés avec la même attention qu'elle avait fournie pour visiter aujourd'hui la maison.

« L'important est de trouver un lieu de vie qui nous corresponde, n'est-ce pas ma fille ? » lui avait-elle dit en feuilletant du bout des doigts les pages au papier épais, haut de gamme.

CATHERINE
Patagonie, 2008

Ce soir-là, le vent se soulève, imprévisible et brusque. Il gifle la maison de tous les côtés, le toit en tôle vibre, la gouttière mal fixée grince et menace de se déboîter, les poutres se tordent en craquant. Et même si elle a déjà vécu tant de tempêtes ici, à chaque fois une pensée fugace lui rappelle que ce sera peut-être le choc de trop et l'habitation s'écroulera, avec elle dedans. Les branches des grands arbres ploient de manière impensable. Pourtant ils ne se brisent pas, témoignent ainsi de leur élasticité. La souplesse n'est pas un de ses traits de caractère, réfléchit-elle, pas plus que la volubilité ou l'entregent.

Que va-t-elle lui dire lorsqu'elle sera là ? Son cœur se serre et, durant un instant, elle espère qu'elle refuse de venir. Son pouls s'accélère. Une puissante rafale de vent fait trembler une des vitres qu'elle doit mieux calfeutrer. Que valent les liens de sang sans les fils tissés patiemment chaque jour, les gestes d'un parent à son enfant, les peaux qui se touchent, les mots apposés qui érigent une vie ? Que reste-t-il de la mère en moi, se demande-t-elle encore.

Les premières gouttes sur la tôle sèche sont comme de petits cailloux qui tombent, quelques notes tapées sur un xylophone. Puis, dès que toute la surface est mouillée, il n'y a plus de musique, seulement la pluie qui glisse avec le même bruit que sur tous les toits du monde. Elle s'intensifie en seulement quelques instants, les éléments ici ne connaissent pas la demi-mesure.

Elle se lève et sort sur la galerie. L'eau recouvre le paysage, l'alourdit et y appose son pouvoir d'effacement. Le brouillard a déjà avalé les collines et une partie de la forêt. Il ne reste que le premier plan, comme une photo dont on aurait découpé le fond, annulant la perspective. La nappe d'eau qui coule de l'avant-toit tel un rideau de douche aplatit encore son champ de vision. Bientôt je ne verrais plus que mes pieds, se dit-elle.

Au moins la pluie ce soir réduit au silence le couple de téros. Avec la tempête, ils se planquent, comme tout le monde. Même si elle peste contre ces oiseaux bruyants, elle s'est habituée à leur présence. Leur agressivité est féroce avec les autres volatiles et les animaux en général. Leur façon décomplexée de s'attaquer même aux humains est à la fois admirable et totalement inconsciente. Pour les chasser de leur territoire, ils se lancent sur les intrus en piqué, en poussant des cris effroyables. Leur technique dissuasive a démontré plus d'une fois son efficacité. Ils sont dépourvus de peur ces oiseaux pourtant guère plus grands que des pigeons. Ils sont de parfaits gardiens pour la solitaire qu'elle est. C'est bien plus pratique que d'avoir un chien, elle n'a pas besoin de les nourrir ni de leur gratouiller le ventre. Et ils se tolèrent mutuellement. Ils auraient pu l'attaquer et elle aurait pu les empoisonner, mais chaque partie a opté pour la cohabitation.

Dans le lotissement de son enfance, ces oiseaux auraient été contraints à la fuite ou à la mort, il n'y aurait pas eu d'autre voie. Les seuls animaux admis étaient tenus en laisse, perchés dans des cages, ou macéraient dans des bocaux ronds. Alors, lorsque la pie était apparue un été, elle ne pouvait que mettre la résidence la tête à l'envers. Elle aussi jasait, comme les téros. Et son cri rauque brisait sans pitié la fine couche de glace qui se déposait, patiemment, sur le quotidien. Car le lotissement n'était pas un lieu pour la nature qui crie, il ne supportait d'ailleurs aucun cri, quel qu'il soit. Même les enfants étaient incroyablement silencieux. C'était peut-être ce qui exacerbait leur cruauté, se dit-elle soudain.

Très vite l'oiseau commença à rentrer dans les maisons, chapardant de la nourriture et même de petits objets, mais Catherine eut toujours un doute sur cette dernière affirmation faute de preuves.

Un jour, le cri strident de l'oiseau fut suivi d'un puissant hurlement humain. Bernie était sortie en courant de sa maison. La pie, après s'être introduite dans sa cuisine, lui avait piqué les mains et la tête pour lui dérober son repas. Des nouilles en train de cuire, avait-elle précisé en hoquetant. Sa voisine, une phobique nommée Lucy, initia le mouvement en fermant portes, fenêtres, volets et en vivant cloîtrée. Tout le monde ne put que constater les dégâts sur ses jardinières desséchées, la pauvre n'osant plus sortir pour les arroser. Dans la rue principale, Catherine vit plusieurs habitantes munies de tapettes à mouches, de raquettes de badminton ou encore de sprays répulsifs.

Insaisissable, la pie continuait de jacasser. Perchée sur une branche ou sur un toit, elle exhibait fièrement son opportunisme strident. Catherine, elle, marchait dans la rue tête haute, un petit sourire en coin. Elle était l'amie sécrète de l'agitatrice. Bientôt, elle serait sa complice, son aide, son double. Elle l'aiderait à accomplir ses méfaits. En se promenant dans le lotissement, elle espérait si fort qu'elle se pose sur son épaule ou sur sa tête. S'imaginant avoir la pie dissimulée sous son pull, crochée à sa poitrine, respirant contre ses poumons. Tant de fois elle avait rêvé pareille scène. Toutes deux ne formant qu'une seule et même âme. Visage d'ange et cœur bleuté d'oiseau.

Ce qui déclencha les mesures répressives contre la pie furent les problèmes d'hygiène. Le nombre de parasites transportés et déposés dans les maisons par le volatile finirent par enflammer la rue. Sans parler des chiures, intolérables. Certaines allées furent généreusement aspergées de désinfectant.

Toutes les discussions tournaient autour des derniers agissements de la pie. Bientôt plus personne ne disait simplement *la pie* ou, plus trivialement, *l'oiseau*. Devant les enfants, les parents parlaient *du monstre* et *du danger*. Lorsqu'ils pensaient avoir mis à l'abri les oreilles innocentes ils laissaient libre cours à leur haine en crachant : *la garce*, *la salope*, *la pute*.

Une parfaite haine collective s'entretint et s'attisa au quotidien pour croître et enfler de jour en jour. Jamais les habitants de la rue des Cèdres n'avaient discuté avec autant de passion. Les joues rosissaient d'un regain de sang, les yeux rayonnaient. Chacun rivalisait d'anecdotes où il l'avait aperçue, faisant ceci ou cela. Ses déjections étaient largement recensées. Ceux qui ne la voyaient jamais devinrent louches.

La plus active dans les revendications et les propositions pour exterminer la pie était Betty, de son vrai nom Bénédicte. La jeune mère, avant le péril évident du volatile carnassier, promenait sa progéniture à peine née avec une fierté tapageuse et une poussette dernier cri. Il n'était plus possible pour elle de s'exhiber ainsi et de prendre le risque de voir ses bras lacérés ou, comble de l'horreur, de voir son fils perdre un œil ou un doigt. Elle hurlait à qui voulait bien l'écouter ses menaces de la clouer, ailes écartées, sur un des Cèdres de la rue. Pour servir d'exemple. Et même si, à ce moment-là, certains comme ses parents baissèrent les yeux au sol en se disant qu'elle allait trop loin, personne ne mit fermement fin au délire.

La pie avait réveillé les bruits, attisé les cris. Les habitantes criaient parce qu'elles la voyaient, criaient pour la chasser, criaient pour l'insulter, ne pouvaient plus s'empêcher de crier pour raconter ce qui s'était passé. Le bruit ne devait pas rester la propriété exclusive de la pie.

Parfois les cris résonnaient en même temps dans des endroits éloignés les uns des autres. Il fut facile d'en tirer la conclusion que la pie s'était dédoublée, qu'elle avait attiré ses congénères et que bientôt elles seraient en nombre tel qu'elles chasseraient tous les habitants de leurs maisons. L'hystérie collective avait atteint son paroxysme.

Des trappes à rat furent installées sur les balcons, rebords de fenêtre, dans les jardinières et même sur les perrons ce qui provoqua quelques incidents gênants avec des enfants imprudents.

Les ateliers hebdomadaires de fabrication de cookies expérimentaux furent provisoirement remplacés par la fabrication de croquettes de viande fourrées à la mort-aux-rats. Deux chats furent empoisonnés ainsi qu'un cocker qui agonisa pendant une semaine mais réussit, miraculeusement, à se rétablir. Une dizaine d'oiseaux trépassèrent, des merles, une mésange et surtout des moineaux.

Mais pas la pie. Certaines rumeurs commencèrent à lui attribuer des dons surnaturels et le parallèle avec le malin venu les tourmenter en saisit plus d'un. Il fut étourdissant de constater à quel point l'ennui pouvait pousser au crime et faire éclater la folie ordinaire, décomplexée et parfaitement légitime.

La pie, après avoir été cet inattendu révélateur, partit à la fin de l'été comme elle était venue. Abandonnant le lotissement en proie à une frustration pantelante. Le malaise s'épingla quelques temps dans la rue. Car comment retourner tranquillement dans les cuisines astiquées, les aires de jeux colorées et les bureaux feutrés après avoir eu si ardemment des envies de meurtre ? Comment débarrasser les langues et les gorges de la soif de sang ?

Catherine se souvient d'avoir pleuré longuement le départ de la pie, à la fois de soulagement qu'elle fut épargnée, et de désespoir mordant. Son arrivée tonitruante lui avait démontré à quel point elle se sentait seule et inappropriée. Elle s'était sentie plus proche de cet oiseau qu'elle ne l'avait été d'aucun enfant du lotissement.

Elle avait tant attendu son retour. Chaque début de printemps, chaque début d'été, elle l'espérait. Épiant les toits à la recherche de son ventre blanc, de son dos velouté de reflets bleus, de son port de tête altier malgré sa démarche de canard. Elle comprit dès lors qu'il y aurait une échappatoire, qu'il suffisait d'attendre. Attendre. Comme elle avait attendu Andras, orchestrant sa vie sur son hypothétique retour.

Elle inspire profondément l'air densifié par l'humidité. Il n'est pas certain que Vivian comprenne ses choix et sa vie. Mais elle l'attend. Sa fille va-t-elle se comporter comme la pie et perturber tout l'ordre qu'elle a créé ici ? Certainement, se dit-elle. Elle va causer un bazar inimaginable. Subitement elle se dit qu'elle pourrait rentrer en France. Elle revoit la ferme d'Aloïse où elle a passé des étés et quelques crises d'adolescente. Son oncle, s'il est toujours en vie, habite-t-il encore là-bas ? Ou ses cousins ? Elle ressent une soudaine nostalgie pour cette partie de la famille qu'elle ne connaît pas. C'est la première fois que la possibilité d'un retour lui traverse ainsi l'esprit et la moiteur envahit ses paumes.

La pluie cesse aussi brusquement qu'elle est apparue. Les différents morceaux du paysage réapparaissent, l'un après l'autre, à mesure que s'éloignent les dernières traînées contrariées de l'orage. Le découpage abrupt des cimes, les nuances inassouvies de vert, les troncs innombrables. Voici ce qui constitue les piliers encore détrempés de sa vie. La solitude, ici, n'a jamais été un problème. Il y a toujours eu les absents à attendre.

Elle guette alors les cris, sait que les téros ne vont pas tarder à revendiquer eux aussi leur droit à ce territoire.

VIVIAN

Genève, 2008

Le déménagement fut annoncé un mois plus tôt. Chaque employé reçut un carton pour ranger ses affaires personnelles. Pour des raisons d'optimisation de l'espace, un seul carton par employé fut prévu. Sur l'étiquette collée dessus, en plus du nom, il était stipulé de détailler le contenu.

La première réunion dans le nouveau bâtiment fut, pour une fois, hautement instructive. On nous présenta le nouveau concept à l'aide de graphiques et d'animations complexes.

Il n'y avait plus de bureaux attribués. Dans le grand espace ouvert, l'employé s'installait à une place libre chaque matin et la débarrassait le soir. La notion de mobilité était ainsi hautement encouragée, une mobilité qui permettait à l'esprit d'être dans un état de création optimal. Je me suis demandé de quelle créativité ils voulaient parler lorsque l'on ne faisait rien. Mais, après tout, la dissimulation nécessite beaucoup d'inventivité.

Le clou de la présentation arriva juste avant la fin. Les managers nous expliquèrent que dans ces *openspaces* il manquait cinq places de travail pour le nombre d'employés. Entre les temps partiels et le *homeworking*, il n'était pas nécessaire de prévoir le nombre exact d'employés. Il y aurait toujours des absents.

Un collègue me glissa en blaguant : « Tu verras qu'il y aura des employés qui vont dormir au bureau pour s'assurer les meilleures places. »

Il ne fallut pas plus d'une semaine pour que des personnes arrivent à six heures du matin pour avoir les places de travail à côté des baies vitrées, ou celles proches de la machine à café. En arrivant à huit heures, je me suis retrouvée sur les bureaux à côté des toilettes, ou sur un passage permanent. J'ai commencé moi aussi à arriver plus tôt.

Au bout de deux semaines, des tasses, des fournitures personnelles et même un porte photo furent laissés sur des bureaux pour s'attribuer des places. La majorité de ces affaires se sont retrouvées poussées à terre par de nouveaux arrivants. Des collègues essayaient d'avoir toujours le même bureau et arrivaient de plus en plus tôt. J'ai vu une collègue devenir toute rouge car sa place habituelle était déjà prise. Elle a essayé de convaincre la personne de se mettre ailleurs, je l'ai même entendue supplier. Elle a fini par s'installer sur un bureau disponible, juste à côté. Le lendemain, elle était malade. Je me suis dit que c'était vraiment une petite nature. Elle ne devait pas avoir beaucoup de problèmes dans la vie pour se laisser envahir pareillement par un détail.

Même si je me disais que cela m'était totalement égal de savoir sur quel bureau j'allais être, ils étaient tous pareils finalement, chaque matin je ressentais une piqûre d'angoisse lorsque je pénétrais dans l'immense salle. Ce grand espace où des gens tentaient autant que possible de se coller à leurs chaises si mobiles, foutait un peu la trouille malgré tout.

Au bout d'un mois, des désodorisants furent installés afin de pallier les désagréments causés par les fortes odeurs de transpiration. Le stress put ainsi être masqué par de subtils effluves de jasmin impérial.

J'ai très vite décidé de mettre de la distance, je n'allais pas bosser là toute ma vie, me préparant même à envisager de chercher un nouveau job. Avec tout ce qui m'était arrivé, je me sentais au-dessus de tout. Ce n'étaient que des broutilles qui atteignaient des personnes épargnées par le drame véritable. J'essayais de prendre cela froidement, mon année passée m'avait renforcée, je le sentais dans la grande lassitude qui m'enveloppait et qui allait parvenir à anesthésier aussi les désagréments du travail.

Cela s'est produit en fin de matinée, après presque une demi-journée de travail effectué. Je suis allée aux toilettes et, de retour à mon bureau, un type y pianotait sur son ordinateur portable. J'ai brièvement cru que ce n'était pas la place que j'avais occupée juste avant. Puis j'ai vu mon bloc-notes, mes stylos de couleur et mon sac étalés sur la moquette grise.

— Eh oh ! Tu fais quoi ? J'étais assise là.

— Les bureaux ne sont attribués à personne. Premier arrivé, premier servi, répond-il sans me regarder.

— J'ai juste été aux toilettes.

J'ai regardé autour de moi pour prendre à témoin mes voisins mais tous forçaient leurs yeux à s'occuper ailleurs.

— Allez, arrête. C'est pas drôle.

Il ne répond pas, essaie de m'ignorer. Autour de moi, la dizaine de collègues qui ne perdent pas une miette de notre altercation, ne montrent aucune velléité d'intervenir. Je les sens pourtant aux aguets de la suite des événements. Un frisson d'excitation et de peur les traverse, exactement comme moi en ce moment. Je reconnais alors le type qui m'a volé ma place. Il faisait partie de la journée *team building* de plantage d'arbres. Il avait l'air plutôt gentil ce jour-là, il m'avait même aidée à faire un des trous. Il faisait partie du groupe des discrets, comme moi. Il cachait bien son jeu. Je suis tentée de lui rappeler qu'on a planté des arbres ensemble. Ils ont dû déjà pousser depuis trois mois, ils n'ont pas encore de profondes racines, mais ils y travaillent, à chaque instant. Cette expérience commune était censée nous souder. Alors, dégage de ma place.

— J'ai juste été aux toilettes, bordel, dis-je en haussant le ton.

— À chacun ses petits problèmes, dit-il toujours sans lever les yeux de son écran.

Soudain, le bureau a changé de couleur.

*

— T'as étranglé un mec ?! s'exclame Ada.

Je suis sidérée, la mousse du fauteuil m'avale lentement. J'ai mal au ventre.

— Et moi qui pensais que t'étais super-normale comme personne.

Ada me tend une serviette remplie de cubes de glace pour que je la presse sur ma joue violacée. J'écarquille les yeux. Je ne veux pas revoir les images de ce que j'ai fait. Comment j'ai pu perdre si facilement tout sang-froid. Toute contention. J'ai bondi sur lui, mes mains ont enserré son cou, il m'a donné un coup de coude dans le ventre pour se dégager. J'ai reçu un coup à la bouche et je me suis écroulée. Je revois le déroulement, le bureau des RH où l'on m'a dit : « Nous ne pouvons tolérer pareils agissements. Nous avons réussi à le convaincre de ne pas porter plainte. » Leur visage plein de pitié. Puis j'ai marché directement jusque chez Ada où j'ai attendu, assise sur son paillasson, qu'elle rentre.

— Bois ta bière, m'ordonne-t-elle.

Je m'exécute mais c'est douloureux. Je me force néanmoins, la douleur me ramène à la réalité.

— J'espère qu'ils vont te licencier au moins ? Et qu'ils gardent l'autre con, comme punition.

— Je ne suis pas encore en mesure de voir les choses comme ça, je dis, crispée.

— Prends-le pour ce que c'est. Une libération. C'était quoi ce job débile ?

Non. non. non. Je ne peux pas tout perdre. J'ai envie de pleurer, de geindre.

— Si je n'ai pas de travail, qu'est-ce que je vais devenir ?

Ada lève les yeux au plafond. Je regarde mes mains. Jusqu'où j'aurais été s'il ne s'était pas dégagé ? Je lui ai sauté à la gorge, j'aurais aussi été capable de le mordre, j'en avais eu vraiment envie.

— Je peux rester dormir ici ?

L'idée de me retrouver toute seule chez moi me terrifie.

Ada dégage le foutoir de son lit avec un agacement qu'elle ne prend pas la peine de dissimuler. Je ne suis pas sûre qu'elle apprécie de partager son lit. C'est son territoire exclusif, le seul endroit où même les chiens et le chat n'ont pas le droit de monter.

Je me rapproche d'elle, appuie ma tête contre son épaule. Elle fixe le plafond sans bouger. Une douleur me lance à la mâchoire.

— J'ai mal, je dis.

Ada pousse un lourd soupir.

— Maintenant, tu n'as plus beaucoup d'excuses pour ne pas aller en Argentine, dit-elle.

Je déglutis lentement. Je n'avais pas encore envisagé le voyage. J'avais repoussé une décision qui me semblait impossible à prendre. Même si je ne suis pas certaine de vouloir entendre sa réponse, je demande :

— Tu penses toi que je devrais y aller ?

— Tu n'as pas vraiment le choix.

Je me redresse brusquement sur les coudes.

— Bien sûr que si ! J'ai le choix de ne pas y aller. Je ne suis pas au service de cette personne ! Je fais ce que je veux, m'emporté-je.

Ada marque une pause avant de parler à nouveau. Sa voix, après le long silence, entaille la nuit.

— Tu sais très bien que tu vas rester incomplète si tu n'y vas pas.

Je retombe sur le matelas.

— J'ai besoin de dormir, je maugrée en me tournant sur le côté, lui montrant mon dos.

Mon corps bouillonne d'une impatience confuse, moite, fébrile. Je glisse mes mains entre mes cuisses, mon pouls s'emballe à m'en faire éclater les veines.

J'entends la respiration d'Ada, ponctuée d'un léger sifflement. Elle s'est déjà endormie. Je me lève, les chiens dressent la tête et me suivent des yeux jusqu'à la porte d'entrée. Même Coly ne se donne pas la peine de se lever de son coussin lorsque j'ouvre doucement la porte.

J'avance dans la nuit, il fait doux. Je marche d'un pas soutenu, me concentre sur mes muscles, mon bassin, mes pieds, mes mains qui se serrent. La rage monte en moi et je frémis d'excitation. J'ai envie de m'inscrire à des cours de boxe.

AMALIA
Seine-et-Marne, 1967

Elle crut que c'était du sable. Le perron et le capot de la voiture étaient recouverts d'une poussière jaunâtre, un bout de désert emporté dans les airs et lâché ici, devant chez elle. Elle ne pensa pas à du pollen, pas en début d'automne. Comment aurait-elle pu, de plus, imaginer qu'un arbre puisse produire autant de pollen ?

À la réunion du lotissement, elle apprit que c'était une spécificité des Cèdres de s'épandre ainsi, dès le mois de septembre. Un des voisins, qui s'était même documenté sur le sujet, leur expliqua la structure du grain de pollen. Muni de deux ballonnets latéraux remplis d'air, il possédait la capacité de voyager sur un large périmètre, c'était sa mission, son moyen de dissémination.

Avec les trois grands arbres qui donnaient leur nom à la rue, les allées se teintèrent d'ocre sans attendre. D'un jour à l'autre, le lotissement avait changé non seulement de couleur, mais aussi de texture. Les trottoirs, voitures, terrasses et jardins étaient devenus poudreux. Ils donnaient l'impression d'être friables, perméables. Comme s'ils étaient en train de se dissoudre, pensa-t-elle. Postée devant la fenêtre de sa cuisine, Amalia ne pouvait que prendre acte de ce changement dramatique. Cette vue avait normalement le don de la rasséréner. Elle voyait les maisons de Bettina et d'Yvana, leurs luxueux volets blancs, les façades de briques rouges, les pelouses habituellement vertes. Elle aimait tant cette vue. Elle se sentait méritante lorsqu'elle la contemplait. Elle aussi faisait partie de cet environnement, paisible et soigné, prestigieux.

Elle observa le Cèdre à côté de sa maison d'une façon nouvelle. Lui aussi appartenait au tableau qui se déployait devant sa fenêtre. Jusqu'à maintenant, vu de loin, elle l'avait trouvé élégant, un bel arbre, elle ne pouvait le nier. Immobile et muet, il possédait indéniablement des qualités esthétiques haut de gamme. Il lui parut plus imposant qu'auparavant. Ses branches, qui s'étendaient non seulement en hauteur mais aussi en largeur, prenaient pleinement possession du terrain commun comme les multiples bras d'une pieuvre géante. Elle comprit que son déploiement tentaculaire n'allait pas tarder à grignoter leur jardin.

Elle sortit de la maison, piétina la poudre qu'elle imaginait crisser sous chacun de ses pas. Elle était déroutée, pourquoi cet arbre ne restait-il pas à sa place ?

Elle s'approcha suffisamment pour être en mesure de toucher les premières branches, ce qu'elle s'abstint bien entendu de faire. Elle identifia clairement le problème. Chaque branche, chaque petit rameau ployait sous le poids de milliers de cônes mâles qui, arrivés à point, s'écaillaient progressivement en libérant du pollen. Le vent en agita quelques-uns et une nuée jaune échoua sur ses chaussures. De la boue jaune, se dit-elle. Mais ce pollen était pire que la boue, il était poussière, minuscules grains volatils. Une fine couche qui s'étalait partout, se glissait, insidieuse, dans toute fissure, emportée toujours plus loin grâce au vent.

Elle commença sans tarder à nettoyer. Et nettoya ainsi sans relâche durant la quinzaine de jours de l'épandage jaunâtre, sans qu'elle ait un seul jour de répit. Il fallait balayer l'allée et les marches au minimum deux fois par jour. Elle dédia un torchon exclusivement à cet usage et guettait la moindre souillure comme un affront personnel. Le pollen salissait les dalles de la terrasse, prenait possession de la table et des chaises de jardin. Il se déposait sur le rebord des fenêtres et s'incrustait dans les persiennes. Mais, plus que tout, il pénétrait la maison. Elle comprit que les fenêtres, durant cette période, devaient rester résolument closes. Mais comment empêcher l'air de pénétrer dans une maison ?

Elle avait beau balayer et essuyer, partout où elle regardait, elle voyait encore la poussière jaune. Lorsque Charles rentrait du travail, transportant immanquablement sous ses semelles les résidus volatils, elle se précipitait avec un paillasson pour qu'il s'essuie les pieds. Elle époussetait aussi avec le torchon le bas de ses pantalons. Légèrement adipeux, le pollen s'agrippait aux vêtements et à la peau. Elle prenait un air à la fois navré et désespéré, comme si le fait que l'arbre déverse son pollen était de son ressort et mettait en doute la qualité de son travail. Charles se laissait nettoyer, sans broncher, sans sourire, approuvant dans un silence entendu la tâche essentielle de sa femme.

Catherine avait plus d'une fois arraché sur l'arbre les cônes pour les écraser entre les doigts et dégager la poudre jaune. Chaque cône possédait huit compartiments qui s'écaillaient au fur et à mesure pour délivrer le pollen. Amalia lui avait dit de ne pas toucher, lui avait dit que c'était sale et dégradant. Mais une fois qu'elle avait commencé à jouer avec, elle oublia totalement ce que lui avait dit sa mère. Le pollen et sa couleur de cœur de fleur, si vive qu'elle en paraissait étincelante, ne pouvaient que l'attirer, immanquablement.

Elle en récolta patiemment une bonne quantité et s'en remplit les mains. Elle compta jusqu'à treize et jeta la poudre en l'air. Elle écarquilla brièvement les yeux devant ce nuage étrange puis tout retomba sur sa tête. Elle éternuait et riait en même temps, ce qui lui donna rapidement des crampes au ventre. Elle prit encore de la poussière et l'étala sur ses joues, le menton et le front, comme une Indienne. Elle souffla dessus, la vit recouvrir ses chaussures, ses collants, le haut de sa jupe. Son chemisier blanc aussi était constellé de ces éclats de soleil. Elle ne pensa pas à sa mère, ni à ses habits, elle ne pensa qu'à cette poudre qu'elle ne pouvait s'empêcher de malaxer et d'étaler. Elle l'approcha de sa bouche, eut envie de la goûter. Elle s'en étala sur les lèvres, du jaune à lèvres. Elle humecta de salive le bout de ses doigts et s'en colla aussi sur les ongles, sur les pommettes, dans les cheveux. N'était-elle pas belle ?

Lorsque Amalia la vit ainsi barbouillée, elle ne réussit même pas à crier. Elle laissa sa fille sur le perron, referma la porte de la maison et la verrouilla. Catherine dut attendre sur le seuil que son père rentre. Il ne faisait pas vraiment froid, mais elle grelottait. En la voyant ainsi, toute jaune, il se mit à rire. Puis, apercevant sa femme à la fenêtre, il plissa le nez comme devant une chose hautement dégoûtante. Amalia ouvrit la porte.

— Charles, tu peux entrer, elle, non, dit-elle en pointant un doigt tremblant sur Catherine.

— Chérie, tu ne peux pas laisser notre fille dehors, essaya-t-il de tempérer.

— C'est hors de question qu'elle entre dans ma maison ainsi.

Elle avait raison, se dit Charles, c'était bien *sa* maison. Même lui se sentait parfois comme un simple invité. Mais là, la colère lui brouillait l'esprit. Il devait la ramener à la réalité.

— Chérie, que vont penser les voisins ?

Amalia la déshabilla avec brutalité dans l'entrée.

— Tes habits sont fichus ! Qui va frotter et frotter encore pour enlever les taches ?

Catherine baissait la tête et se retenait comme elle pouvait pour ne pas pleurer.

— Pourquoi tu fais exprès de me mettre en colère ?

Amalia ne comprenait simplement pas ce comportement. Avec tout ce qu'elle faisait pour elle, comment pouvait-elle lui faire une telle chose ? Elle se démenait pour cette maison et comment la remerciait-on ? Cette enfant n'avait aucun respect pour son travail.

Ce soir-là, dans le lit, Charles prit une profonde inspiration avant de dire :

— Chérie, je pense que tu prends les choses trop à cœur.

Elle ne le regardait pas. Sa poitrine se soulevait tellement qu'elle avait l'impression que ses os allaient se briser. Il lui mit la main sur l'épaule comme s'il voulait la maintenir en place et elle se dégagea furieusement.

— Tu ne comprends rien.

C'était vrai, il ne comprenait pas. Il prit une voix rassurante.

— Chérie, écoute-moi.

Délicatement, il lui remit la main sur l'épaule et elle le laissa faire. Elle triturait ses mains, essayant de se calmer.

— Tu es en sécurité, ma chérie.

Elle leva les yeux vers lui. Il la regardait avec douceur. Elle le laissa l'entourer de ses bras et il la serra contre lui. Elle enfouit son visage dans son épaule et commença à pleurer, en hoquetant.

— Chuuuuut, tu es en sécurité, je te le promets, ce n'est que du pollen... murmura Charles dans ses cheveux.

Elle ressentit une vive douleur. Il pensait qu'elle n'avait aucune raison de se plaindre. Elle aurait tant voulu lui dire la terreur tenace qui l'habitait et lui agrippait la poitrine. Et si tout ce qu'elle avait obtenu lui était brutalement retiré ? Si tout pouvait se détériorer si vite, tout pouvait disparaître aussi vite.

Elle sentit que Charles retirait quelque chose de ses cheveux. Elle se redressa et se trouva nez à nez avec une petite aiguille de Cèdre qu'il tenait du bout des doigts. Il essaya de lui sourire et elle se décomposa.

VIVIAN
Genève, 2008

Je m'attends à ce qu'il me parle de fleurs aux noms que je ne retiendrai jamais, qu'il s'émerveille pour des faits aussi minuscules que dérisoires en me sommant de venir en prendre acte. J'attends qu'il ne me parle de rien, seulement de son jardin. Mais il demande s'il peut passer chez moi.

Lorsqu'il arrive dans mon appartement, je ne sais plus s'il est déjà venu auparavant. Il me met dans les mains un bouquet de marguerites mauves. Je hume longuement cet échantillon d'effluves de son jardin.

En entrant dans le salon, je lui présente la pièce.

— Voici le canapé beige qui est arrivé ici il y a un an et demi. Voici le tapis poilu qui l'a suivi d'à peine quelques semaines. La télévision s'épanouit bien, même après huit mois d'utilisation intensive.

Il sourit, s'assied dans le canapé. Je lui propose un café et il me demande si j'ai du thé ou, mieux encore, une tisane. Il me dit que la prochaine fois, il m'amènera de la menthe, il ne sait pas quoi en faire tellement elle pousse.

En voyant mon beau-père souffler tranquillement sur sa tasse, sans se presser, je réalise à quel point notre relation s'est resserrée durant cette année. Je me sens proche de lui comme jamais auparavant. C'est si cruel après ce que je viens d'apprendre. Comme s'il avait perçu les pensées qui me traversent, il dit :

— Pour moi, Vivian, cela ne change rien. Absolument rien.

Il prend une profonde inspiration. Nullement pour se donner du courage mais pour dégager de l'espace pour ce qu'il va dire.

— Tu es ma fille, c'est tout.

Je me pelotonne contre lui sur le canapé et il passe son bras autour de mes épaules. Il se balance très légèrement, comme pour me bercer. Je sens son odeur, des relents de moisi, de terre humide percent un parfum d'after-shave. Sa main est devant mon visage, sèche et rigide. Il n'est même pas mon véritable grand-père, il est le deuxième ou troisième homme de la vie de ma grand-mère. Et il est le seul père que j'aie jamais connu, comme ma grand-mère avait été la seule mère.

— Cette famille, quelle merde, je lâche entre mes dents.

Il soupire, je sens son corps s'affaisser un peu, son bras repose plus lourdement sur mon épaule.

— Pourquoi on ne peut pas s'aimer simplement ? Sans faire exploser des bombes de merde enfouie ?

Je glousse pour ne pas pleurer.

— Si tu décides d'y aller, je peux t'accompagner, me dit-il.

— Qu'est-ce qu'elle attend de moi ?

— Je ne sais pas. Je pense qu'elle veut simplement te rencontrer.

— Elle me fait peur.

Il resserre son étreinte.

— Si tu savais comme elle me fait peur.

Où est la rage que j'avais ressentie il y a quelques jours à peine ? Où sont ma détermination et mon courage ?

— Amalia m'a très peu parlé de Catherine. Je ne sais pas si elles communiquaient encore. C'était… très douloureux pour Amalia de parler d'elle. Elle avait l'impression d'avoir perdu sa fille. J'ai toujours perçu le vide qu'elle avait laissé. Elle n'a jamais voulu me raconter ce qui s'était véritablement passé.

— C'est à cause de tous ces secrets que tu l'as quittée ? je lui demande soudain.

— Aussi, je pense.

— J'ai l'impression que… je me sens empoisonnée, salie.

— Le poison, c'est ce qui n'a pas été dit, ce qui a été volontairement tu.

Il me raconte que j'avais dix mois lorsque Catherine m'a amenée chez eux. Elle était dans un état proche de la folie. Elle ne pouvait visiblement plus s'occuper de son bébé. Ses propos étaient incohérents, elle disait que c'était trop dangereux, que j'avais failli mourir.

Elle n'arrêtait pas de répéter qu'elle n'était pas en mesure de me protéger. Elle voulait me mettre à l'abri. Elle ne tenait pas en place, parlait de personnes qui avaient essayé de les assassiner. Elle délirait, Amalia essayait de la calmer mais c'était pire, elle éclatait, hurlait. Une fois, elle était sortie de la maison et n'était rentrée qu'après plusieurs heures. Elle s'était alors figée dans un état de sidération. Elle parlait d'un homme, Andras. Elle devait le retrouver, il allait revenir et elle devait être là. Ils ne comprenaient pas grand-chose à ce qu'elle racontait, me dit encore François.

Catherine partit après trois jours. Elle devait revenir, mais elle n'avait pas été en mesure de leur dire quand. Ces jours qu'elle avait passés chez eux avaient été comme une tornade de cauchemar. Malgré toute l'agitation, j'étais restée étrangement calme. Il ne garde que peu de souvenirs de mes pleurs, même lorsque ma mère fut partie. Il ne pourra jamais oublier la façon dont j'accrochai mes yeux aux siens. Avec, déjà, une forme de résignation patiente.

« Lorsque la vie t'offre une nouvelle chance, il faut la saisir », lui avait déclaré Amalia. Elle l'avait toisé intensément, jaugeant sa capacité à porter aussi les conséquences de ce choix. Elle me tenait dans ses bras, il comprit qu'elle était prête à me garder à tout prix, même s'il s'y était opposé. Mais il ne fut pas bien difficile à convaincre.

Amalia le vécut comme une renaissance. Lorsque j'ai prononcé mes premiers mots, lorsque j'ai dit *maman*, elle n'a pas démenti, et lui non plus.

— Pourquoi tu n'as pas voulu que je t'appelle *papa* ?

— Je n'ai pas osé. Beau-père était déjà une telle chance.

Il triture ses mains. Il fait une pause, je le sens hésiter. Il me dit alors qu'à un moment, ils finirent par espérer que Catherine ne revienne plus. Il aurait été insupportable pour Amalia qu'elle vienne me reprendre. À ce moment-là, il avait obtenu un poste en Suisse. Cette opportunité de changer de pays leur permit de commencer une nouvelle vie.

— J'ai voulu, moi aussi, croire que nous étions une famille. Malgré le mensonge.

Les doigts un peu tremblants, il coiffe derrière mon oreille une mèche échouée sur mon œil. Les différents morceaux se connectent lentement dans ma tête et je me glace.

— Mais… puisque vous êtes partis, si elle avait voulu revenir, comment elle m'aurait retrouvée ?

J'entends la respiration de François aussi fort que s'il soufflait directement dans mon oreille.

— Amalia lui a écrit. Mais à aucun moment, elle n'a repris le contact avec nous. Je suis désolé. Plusieurs fois, j'ai pensé qu'elle était décédée. Je l'ai même espéré, parfois.

Je me raidis. Sa respiration semble de plus en plus lourde et obstruée.

— Moi non plus, je n'aurais pas supporté qu'elle te reprenne.

Son bras pèse si lourdement sur mon épaule qu'il en devient douloureux. Comme s'il l'avait senti, il l'enlève et j'ai subitement froid.

— Peut-être qu'elle pourra te raconter ce qui s'est passé, dit-il en posant sa main sur la mienne.

Je sursaute et dégage ma main. Mon expression horrifiée le désempare. Puis je vois ses traits s'affaisser d'une tristesse trop proche de la déception.

— C'est aussi à cause de cette blessure qu'elle t'a amenée ici. Une brûlure importante, les premiers soins avaient été faits correctement. Elle n'a pas donné de détails sur la cause, et nous n'avons pas posé de questions non plus.

Incrédule, je regarde ma main, tremblante.

— Je pense… commence-t-il, je pense que la blessure est guérie maintenant. Tu ne crois pas ?

— Qu'est-ce que tu dis ?

— Tu peux peut-être enlever le gant.

Je secoue plusieurs fois la tête pour dire non, comme une enfant.

— Allez, ma fille.

À mon propre étonnement, je n'oppose pas de résistance pendant qu'il prend ma main. Je ferme instantanément les yeux.

AMALIA

Seine-et-Marne, 1967

— Bonne chasse, chère madame, lui dit le droguiste avec un sourire carnassier.

C'était sa ritournelle, un encouragement complice. Elle se força à lui sourire.

Les insectes avaient pratiquement disparu en ce début de mois de novembre. La majorité était entrée en phase d'hibernation sous diverses formes. Œufs et larves avaient plongé en diapause pour mieux renaître au printemps. C'était le moment opportun pour asperger d'insecticide le gazon, ainsi que toutes les plates-bandes et les abords de la maison. Il est aisé de les éradiquer en état de dormance.

L'insecticide en spray à large spectre qu'elle avait acheté pouvait être utilisé à la maison comme au jardin. En prévention des mites, le droguiste lui avait vivement conseillé d'en sprayer sur tous les manteaux et les pulls d'hiver ainsi qu'à l'intérieur des armoires.

— Il n'y a bien entendu aucune précaution d'emploi, si ce n'est de profiter sans modération de ses bienfaits, avait-il ajouté.

C'était indéniablement un bon vendeur, pensa Amalia.

Elle toucha machinalement son ventre bombé et tendu. Une anxiété diffuse la rendait nerveuse.

Elle désirait tant que ce soit parfait. Cette nouvelle maison, ces nouvelles relations sociales, sa famille qui allait, elle aussi, s'agrandir.

Ce matin, avant de fermer la porte pour venir au magasin, elle s'était retournée pour regarder son intérieur. Dans le salon, la lumière rosée, tamisée par les rideaux, marquait avec douceur les contours d'une accalmie durement gagnée. Elle avait retenu sa respiration, un instant, pour tenter de suspendre aussi son corps dans ce moment clos. Dans cette immobilité des choses qui avaient enfin trouvé leur place, s'était installée, figée, la beauté parfaite.

En tant que maîtresse de maison, son rôle était de prendre soin de sa famille en lui offrant un environnement harmonieux et propre. C'était son travail de maintenir cette esthétique irréprochable. Au quotidien, elle créait le bonheur de sa famille. Ses mains se promenèrent à nouveau sur son ventre. Malgré les apparences, elle n'était pas enceinte, pensa-t-elle, amère. Son ventre était uniquement gonflé d'air contrarié. Elle sentait de multiples bulles de gaz se former dans ses intestins et, inlassablement, exploser en provoquant de gênants borborygmes. Toutes les familles du lotissement avaient au minimum deux enfants. Deux enfants, c'était ce qu'il fallait, un garçon et une fille.

— Vous faut-il autre chose ? demanda le droguiste.

Elle pensa immédiatement au Cèdre. Des remontées acides la firent déglutir en grimaçant.

Elle avait cru que lorsque tout le pollen se serait disséminé, ce serait terminé. Mais, une fois leur travail accompli, les cônes désormais inutiles se laissèrent tomber à terre. Ressemblant à des chenilles dodues, ils tapissèrent le sol de leur inquiétante quantité. Elle en avait ramassé des seaux entiers dans les plates-bandes et le gazon qui poussait mollement, certainement étouffé par toutes ces déjections. Puis, comme si cela n'était pas suffisant, des aiguilles se dispersèrent un peu partout, s'accrochant, comme le pollen, aux semelles. Après la première aiguille dans ses cheveux, elle en avait trouvé bien d'autres piquées à ses vêtements, dans la moquette et même dans son lit.

Elle prit une profonde inspiration. Il était impensable qu'elle subisse ceci chaque année. *Ce n'est qu'un arbre*, disait Charles. Bien sûr qu'elle lui attribuait trop d'importance. Et c'était précisément à cela qu'elle devait mettre fin.

L'arbre était comme tous ces insectes nuisibles dont il fallait venir à bout. C'était une lutte constante, quotidienne. Lorsqu'elle rangeait et nettoyait la maison, elle agençait les éléments de sa vie dans leur bon ordre. Le Cèdre était largement sorti de son cadre, de son périmètre toléré. Son intrusion mettait à mal ses efforts et ses mérites.

Elle revit ses plates-bandes abîmées, l'herbe envahie, les boiseries agressées, sa fille salie. Elle ressentit une haine puissante contre le Cèdre, elle lui en voulait de pénétrer ainsi sa propriété, de souiller durant de longues semaines son territoire. Elle pensa à sa moquette, vit les traînées jaunâtres pareilles à de la pisse et serra le poing. Comme si cela n'était pas assez, il se permettait aussi d'éructer des pives et des aiguilles comme si tout le terrain lui appartenait. Depuis quand un simple arbre faisait-il ainsi la loi ?

La guerre était inégale. Elle ne pouvait lutter contre le Cèdre avec un torchon, même aidée de détachants et autres désinfectants. De cette façon-là, elle ne faisait pas le poids.

Le droguiste lui souriait toujours, en attente. Elle hésita, et comme il n'y avait pas d'autres clients, elle se tourna à nouveau vers lui. Elle avait remarqué qu'elle était en mesure de le troubler lorsqu'elle se penchait vers lui comme pour lui dévoiler une confidence intime.

— Et pour un arbre ? demanda-t-elle tout bas, ce qui obligea le vendeur à se rapprocher d'elle encore.

Elle le vit rougir.

— Pardon ?

Elle était très près de lui, elle pouvait voir ses tempes humides, ses taches de rousseur sur les ailes du nez.

— Comment peut-on éradiquer un arbre ? demanda-t-elle.

— Un arbre comment ?

— Un grand, un très grand arbre.

ALOÏSE
Jura, 1924

Les premiers plants arrivèrent, puis très vite les suivants. Des cageots en bois s'entassèrent dans la cour. Mademoiselle Suzie nageait dans la bonne humeur. Elle inspectait chaque livraison, caressait du bout des doigts les feuilles et les tiges. La quantité de jeunes pousses l'émerveillait.

— Est-il possible que nous en ayons acheté autant ? s'enthousiasmait-elle.

Elle recommença à chanter dès le réveil. Son énergie et sa façon vaporeuse de se déployer dans la maison emplirent à nouveau le vide. Elle fit des remarques à Aloïse sur sa posture, lui demanda si elle avait fait ses exercices de lecture et d'écriture.

Les talons de ses chaussures claquaient sur le plancher et dans la cour dans de nombreux va-et-vient enthousiastes. Elle arpentait aussi inlassablement les chemins du jardin pour tasser la terre. Elles avaient paillé les chemins en attendant de créer de véritables allées de gravier blanc. Aloïse la suivait, marchant dans ses pas, sautillant sur les bosses, aplatissant aussi fièrement le sol sous ses semelles.

— *Herbe aux éclairs*, lut Aloïse sur une étiquette.

— Avec un nom pareil, je n'ai pas pu résister, dit Suzie en lui faisant un clin d'œil.

— *Sabots du diable*, lut encore Aloïse en écarquillant les yeux.

— Mon Dieu protégez-nous ! s'écria Berthe depuis la porte.

Elle se signa et Mademoiselle lui lança un regard plein de mépris.

— Les sabots du diable font de magnifiques fleurs orangées et rouges, siffla Suzie.

Berthe s'empressa de se signer encore une fois. Décidément, cette pauvre Mademoiselle perdait complètement la tête. Ses phases *d'indisponibilité* allaient s'aggraver, elle en était sûre. Comment pouvait-elle dépenser autant d'argent et de temps pour des plantes qui ne remplissaient même pas l'estomac ?

Aloïse comprit rapidement que Mademoiselle ne connaissait rien à une bonne partie des plantes qu'elles avaient achetées. La liste qu'elle avait élaborée lors des commandes, comportant le nom, la taille, la couleur et les spécificités d'exposition, était largement incomplète. Suzie avait parfois choisi des spécimens uniquement à cause de leur nom ou de leur provenance exotique.

Elles recensèrent les plantes qui étaient arrivées. Elles étaient au nombre de deux cent trente-cinq. Avec plusieurs lots de la même espèce. Celles dont elles ne savaient rien, elles décidèrent de les planter à la fin, dans les endroits qui restaient disponibles.

Une pluie diluvienne retarda les plantations pendant deux jours. Elles s'installèrent sur le banc à l'abri de l'auvent et Suzie en profita pour relire à Aloïse des passages de son livre.

— *L'imitation joue un grand rôle dans les jardins. Mais il ne faut imiter que la nature, ne pas chercher à copier le jardin de son voisin et ne prendre que ce qui va au caractère particulier du lieu.* Tu te souviens ? Quel est à ton avis le caractère particulier de notre lieu ?

— L'eau, répondit Aloïse sans hésitation.

— Pourquoi ?

— Il y a de l'eau juste en dessous, une source pas très loin de la surface. Il y a des roseaux là-bas, et des endroits qui ne sèchent pas. C'est pour ça qu'il y a le puits.

Mademoiselle regarda Aloïse d'une façon qui lui fit détourner les yeux. Elle sentit ses joues chauffer.

— Alors on bâtira des îles, murmura Suzie.

*

Aloïse sortit la première, des filaments de pluie s'accrochaient à l'air glacial. La lumière rosée et orangée semblait fragile, prête à s'éteindre. Elle inspira profondément, l'intérieur de ses narines s'irrita du froid tranchant.

— Un jour neuf et propre. C'est parfait pour commencer nos plantations, dit Suzie dans son dos.

Aloïse ne l'avait pas entendue arriver. Elle ne pouvait s'empêcher de se demander chaque matin si elle n'allait pas encore rester enfermée dans sa chambre.

— Les mauvaises herbes ne nous ont pas attendues pour pointer leur nez, commenta Suzie.

Le terrain était constellé de brins d'un vert vivace. Aloïse se demanda quand ressortirait la menthe d'Éveline. Elle réapparaîtrait, elle le savait.

Suzie somma Berthe de faire venir ses frères au plus vite pour les aider à creuser les nombreux trous. Elles allaient commencer par planter les arbres. Elles avaient acheté un Cornouiller de Chine et un Érable du Japon. En plus du magnolia, il y avait deux arbustes de lilas, un mauve et un blanc. Aloïse sentit une excitation remonter le long de sa colonne vertébrale. Elle croisa le regard de Suzie, ses yeux brillaient aussi.

Mademoiselle tenait la liste et lisait à voix haute :

— Plate-bande numéro trois, teintes bleues et roses. Iris, alliums et hortensias.

Aloïse était chargée de retrouver les plantes en déchiffrant les noms marqués sur les bâtonnets.

— Pivoines, plate-bande cinq. Anémones, échinacées, lys, digitales, par ici. Numéro douze, tous les plants de lavande et les campanules sur les bordures, sommait Mademoiselle d'un ton autoritaire.

À nouveau, les journées furent longues et éreintantes mais Aloïse préférait voir Mademoiselle ainsi plutôt qu'enfermée dans sa chambre, couchée dans son lit. Elle ne pensa rapidement plus à la mauvaise phase qui l'avait obscurcie.

Arrivèrent aussi enfin les structures en fer forgé. Trois pergolas furent installées pour guider la promenade. Des rosiers grimpants et du jasmin étoilé trouvèrent leur place contre les pieds métalliques. À l'abri derrière les buis, un petit banc ouvragé permettrait, au besoin, de se reposer. Au centre, bénéficiant d'une vue circulaire sur les plates-bandes, elles installèrent la table ronde ajourée assortie de ses quatre chaises.

— Pour boire le thé, se réjouit Suzie. Comme deux dames dans leur jardin.

Elle s'assit sur une des nouvelles chaises. La sueur recouvrait son visage. Elle l'essuya avec un mouchoir. Elle semblait fatiguée et Aloïse l'observa plus attentivement. Quel âge pouvait-elle avoir ? Elle n'en savait rien. Était-elle vieille ? Suzie regarda aussi la gamine qui était arrivée chez elle il y a une année comme une plante coriace au milieu d'un champ. Son corps avait changé, ses cheveux, sa posture, elle l'avait même vue sourire. Elle gardait toujours ce quelque chose, cette capacité d'adaptation vitale, cette beauté fugace. Comme le rosier des chiens qui, lui aussi, se portait à merveille. Suzie éprouva à nouveau ce qu'elle avait ressenti la première fois qu'elle avait enlevé la crasse de la peau de cette enfant. Une chaleur dans la poitrine, la conviction de faire quelque chose d'important.

Elle agita sa main en l'air pour lui signifier de continuer à travailler.

— Tu ne plantes pas seulement pour toi ou pour moi. Tu plantes pour les suivants et ceux d'après encore. Alors vas-y, il y a bien du travail.

CINQ

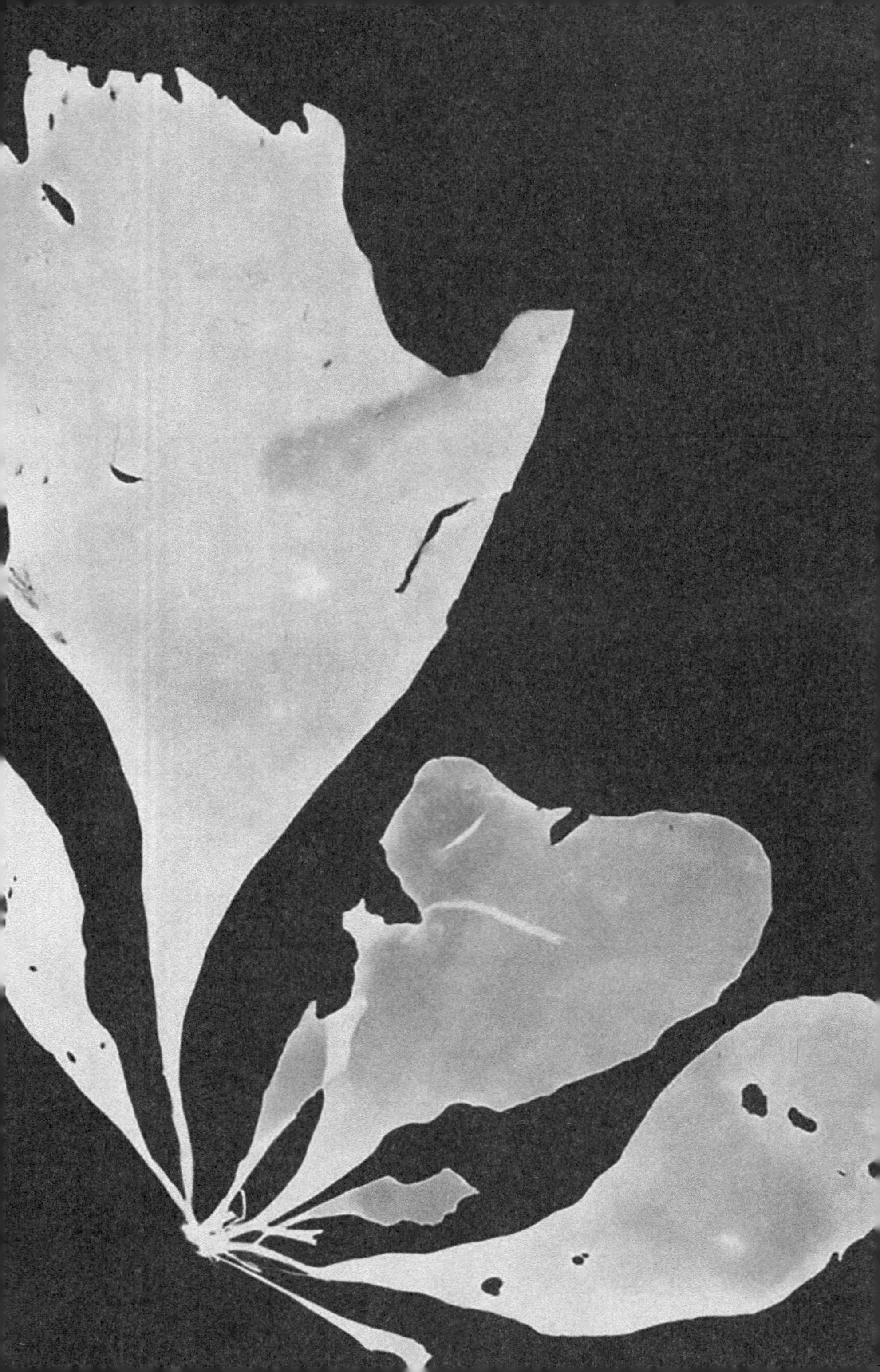

LE GOUFFRE

Jura, 2009

L'eau est limpide, fraîche. Il plonge ses mains, remonte ses paumes pleines vers ses lèvres. Elle sent la vase, les algues. Il écarte ses doigts et l'eau s'échappe.

Il se baigne tous les matins, par n'importe quel temps. Il ne l'avouerait à personne mais il s'inspecte régulièrement. Guette les mêmes traces sur sa peau que sur la chair des poissons. Cherche la desquamation, les rougeurs, les marques visibles de la maladie. Ce n'est pas qu'il se compare à un poisson mais, depuis le temps, lui aussi devrait être contaminé. Pourtant il ne peut s'empêcher de se baigner. Lorsqu'il plonge dans l'eau, il oublie son corps, il oublie la terreur.

L'épidémie a débuté il y a un peu plus d'une année. Un matin, les poissons étaient remontés sur la berge. Des dizaines de truites agonisantes. Puis des centaines. La rivière recrachait d'un coup tous ses poissons.

À présent, il donne presque l'impression de s'y être habitué, il feint l'indifférence, apprivoise cette nouvelle normalité quotidienne. Il ne compte plus les poissons crevés, il les ramasse et les fait disparaître dans un sac. C'est son boulot.

Il a choisi le métier de garde-pêche pour rester proche de la rivière. La quasi-totalité de ses amis d'enfance ont fui la campagne et rejoint la ville. Une ville plus ou moins lointaine qui offre du travail aux salaires bien supérieurs au sien, incomparables même, pense-t-il. Pourtant, il n'a pas envie de se plaindre, chasse ses velléités de partir aussi, de prendre ses jambes à son cou. Il se convainc que ce ne serait pas pour lui et, surtout, qu'il est trop tard. Lui, au moins, il n'a pas peur de perdre son boulot. Même avec une rivière morte, la région veut rester dynamique, continuer à développer les activités liées à la pêche. Il jette rapidement le poisson totalement défiguré dans le sac, sa tête à moitié rongée, à vif. C'est un champignon qui s'accroche aux écailles et les ronge jusqu'à les faire crever.

La cause directe de la pollution est inconnue. Son patron pointe du doigt les sylvicultures intensives sur les abords des berges qui déversent des pesticides et des fongicides dans l'eau. D'autres dénoncent les lâchers d'eau des barrages, l'ouverture hors crues des vannes de fond qui stressent et fatiguent les poissons, les exposant plus facilement aux maladies. Il y a aussi le manque de stations d'épuration, certaines méthodes de pisciculture. Au final, il y a une liste longue comme le bras de causes potentielles à cette pollution.

Il regarde la rivière s'écouler tranquillement, rien ne trahit le drame. Bien sûr que c'est beau, paisible. Difficile d'imaginer qu'elle est à ce point-là polluée. Même lui peine parfois à y croire. Comment accepter que tout ce qui se trouve dans l'eau meurt irrémédiablement ? Le seul élément visible c'est les poissons moribonds. Une partie de son travail consiste à les faire disparaître, à nettoyer les berges pour ne pas faire fuir les touristes qui viennent admirer le paysage.

Cette rivière est très prisée, c'est le paradis de la pêche à la mouche et de la pêche à la nymphe que beaucoup tiennent pour le summum. Des pêcheurs de tous horizons se pressent sur ses rives facilement accessibles, ils arrivent en nombre pour assouvir leur passion. Il connaît ce sentiment, il pêche depuis qu'il marche. Mais il n'a plus pêché depuis des mois. Après avoir ramassé tant de poissons abîmés, il est dégoûté.

Son travail est diversifié, heureusement il ne passe pas ses journées à ramasser des cadavres, même si cette activité prend plus de temps aujourd'hui qu'il y a encore une année. Il donne aussi des cours pour la pratique du *No-Kill.* Il enseigne comment tenir la prise sans lui éclater l'estomac, comment manipuler le poisson le temps d'une photo-trophée, puis le relâcher sans le mutiler. Il n'y a plus que cette technique de pêche qui est autorisée. Le poisson doit être rejeté vivant à l'eau, les hameçons sont obligatoirement écrasés pour ne pas le blesser profondément.

La consommation est interdite depuis cinq ans. Le service sanitaire a décrété la chair des poissons impropre. Les seules prises mangeables sont celles provenant d'un des deux bassins de pisciculture. Des étangs artificiels où des truites sont élevées pour être pêchées. Les normes sanitaires y sont strictes, les poissons garantis de bonne qualité. Une pisciculture raisonnée. Il n'aime pas pêcher dans ces bassins, les poissons se laissent trop facilement attraper, ils sont abrutis. Gras mais insipides.

La pêche était pour lui une façon de serrer la rivière, d'y plonger la bouche, de l'absorber. Il en était reconnaissant. Il aimait offrir à sa grand-mère une truite aux écailles coruscantes comme d'autres offrent une fleur. Attendre qu'elle l'embrasse sur le front et lui raconte encore la légende de la famille. L'histoire d'une paysanne et d'un militaire qui ont vu leur amour éclore au bord d'un gouffre nauséabond. Ils ne sentaient rien, ne voyaient rien d'autre que l'un et l'autre. Leurs regards bien loin des obus qui tombaient, se brisaient et atterrissaient directement dans la rivière. Sa grand-mère aimait raconter le courage d'Éveline qui avait fui sa famille pour s'installer avec Émile. En lui ébouriffant les cheveux, elle lui parlait inlassablement de la nombreuse descendance qu'ils avaient eue.

Son grand-père, lorsqu'il était encore en vie, écoutait patiemment sa femme narrer son histoire éclatante de beauté et d'amour puis, il ajoutait toujours : « Il ne faut surtout pas oublier que si un jour les poissons se mettent tous à crever, c'est à cause de toutes les merdes qui ont été jetées dans le trou ce jour-là ! » Sa grand-mère balayait alors de la main l'air autour d'elle comme pour diluer ses propos qu'elle n'avait pourtant jamais démentis.

Tout le monde connaît le gouffre dans la région. Comme tous les jeunes du coin, il avait escaladé les grilles pour passer des soirées à fumer et à boire au bord du précipice. Il s'était même pissé dessus de trouille lorsque, totalement pété, il y était descendu de quelques mètres, attaché à une corde. Il y avait aussi jeté des pièces en faisant des vœux, l'avait maudit aussi tant de fois.

Il porte avec une certaine fierté son deuxième prénom, celui de l'arrière-grand-père militaire, Émile. Il aime cette idée qu'il fait partie d'une lignée, un fil tissé d'amour malgré le gouffre. C'est peut-être pour cela, aussi, qu'il n'a pas quitté la région. Pour cette histoire familiale qui le rattache à ce lieu. Pour ce drame gardé sous scellés et qui les empoisonne.

Ils ne boivent plus l'eau du robinet depuis de nombreuses années, les centrales d'épuration sont régulièrement défaillantes. Il y a eu plusieurs contaminations, des gastro-entérites jusque-là minimes, et les habitants ont pris l'habitude d'acheter des packs d'eau en bouteille. « Mieux vaut prévenir que guérir, dit sa grand-mère, et on peut boire de l'eau gazeuse en étant sûrs que ce n'est pas du gaz moutarde ! »

Malgré les obus remplis de composants toxiques qui s'érodent et se déversent directement dans la rivière, le gouffre bascule dans l'oubli. Malgré le savoir, ce qui macère là-bas tout en bas, à une profondeur vertigineuse, demeure invisible. Depuis quatre-vingts ans, le gouffre est scellé de grilles qui condamnent officiellement son accès. Ces barrières, qui empêchent et protègent à la fois, ne font que renforcer l'idée d'une chose dangereuse certes, mais inatteignable, inapprochable. Si l'on guigne à travers le grillage rouillé, des buissons épineux et des arbustes poussent sur tout le pourtour du précipice, dissimulant en grande partie l'ouverture. Comme si le gouffre, enfin, se repliait sur lui-même, emportant encore plus profondément dans sa panse malsaine les erreurs du passé. Alors les yeux se détournent, soulagés, débarrassés d'une honte si ancienne qu'elle ne les concerne plus. Attribuant volontiers à cette gorge aux nombreuses légendes et fantasmes, la capacité magique, voire satanique, de faire disparaître au centre de la terre toutes les monstruosités.

La rivière souffre et se meurt et le mal a besoin d'un visage. Dès lors, quand dans son ventre ont été découverts des poissons gros comme des requins, il fut enfin possible de désigner un coupable véritable. Un mal sombre, vorace, aussi effrayant que laid. Les silures sont apparus peu de temps avant le début de l'épidémie. Le premier fut pêché deux ans auparavant. C'était la première fois qu'un tel poisson était attrapé dans une rivière de la région.

Le silure suscite une haine qui le dépasse. Une haine qui lui fait endosser tous les maux de la rivière. Pour le moment, ils sont épargnés par la maladie qui ronge les autres espèces, ce qui n'arrange pas leur cas. Certains disent que c'est parce qu'ils sont hideux, qu'ils dégoûtent, qu'ils font peur, aussi. Des prédateurs qui mangent sans distinction les autres poissons, les gobant comme des œufs, ne peuvent qu'être abominables.

« Ils détruisent la rivière ! il faut leur faire payer. On va défoncer du silure ! » avait-il entendu maintes fois. Les actes de barbarie s'étaient répandus, une traînée de rancune et de sang. Il avait trouvé un nombre impressionnant de silures éventrés, relâchés à l'eau les entrailles à l'air ou laissés agonisants sur la berge. Il y avait aussi ceux qui les pendaient vivants à des branches, les laissant sécher au soleil. Le département était intervenu pour faire une campagne de sensibilisation et condamner officiellement ces agissements.

Au bistrot où il va boire des bières, un mur entier est tapissé de photos-trophées de pêcheurs posant avec des silures gigantesques dans leurs bras. Les têtes aux yeux aveugles deux fois plus grandes que les têtes humaines.

« Les gens ont besoin de distraction, lui avait dit l'aubergiste, ils ont besoin d'avoir un pouvoir sur ce qui ne va pas. Tuer un silure, c'est débarrasser la rivière d'un nuisible. Ils participent à l'amélioration de la faune, la régénérescence de la rivière. Il y a déjà tellement moins de poissons, ce n'est pas pour que ces espèces venues d'ailleurs bouffent les derniers, non ? Lorsque cela va mal, il est nécessaire d'avoir un ennemi à abattre. Un ennemi visible, tangible, avec une gueule, un corps, des yeux vils. Une laideur intolérable. Qu'ils se défoulent sur quelques silures, qui ne sont que des parasites après tout, ce n'est pas bien grave. Cela les occupe et continue à les faire venir dans la région. »

Il y a aussi sa photo sur le mur. Une photo découpée dans le journal, une des premières, datant d'il y a un peu moins de deux ans. Et il détient toujours le record. Un silure de 2m15 pesant pas loin de cent kilos. Il se souvient de ce moment où la bête ne bougeait presque plus dans ses bras, comme si elle s'abandonnait à son sort. Pourtant elle était plus grande, bien plus costaude que lui. Il l'avait sortie de l'eau pour faire la photo. Avait posé, jubilant de fierté, à côté d'une gueule tout droit sortie des enfers.

Bien sûr qu'il a pensé au gouffre. Depuis qu'ils étaient apparus, il s'est laissé aller à imaginer que ces poissons-monstres venaient du gouffre. Des mutants résistant aux pollutions qui les ont vus croître.

Il y a des jours où il arrive lui aussi à oublier tout cet enchevêtrement de pollutions, de bombes qui explosent en silence. Il regarde sa rivière, leurre magnifique. Même mensongère, sa beauté l'apaise, endigue la tristesse. Il s'accroche alors de toutes ses forces à ce qu'il doit faire. Son boulot est de faire disparaître les poissons morts et d'enseigner aux pêcheurs à ne pas massacrer inutilement les survivants. Son boulot, à lui, est de préserver ce qui reste.

VIVIAN
Genève, 2009

L'aéroport est tour à tour grouillant et déserté, un flux qui gonfle et se dégonfle sans jamais s'essouffler. François et Ada sont là, il y a aussi Coly. Il renifle à gauche à droite, excité. Happé par tant d'agitation et d'odeurs inhabituelles, il se désintéresse totalement de moi et de mon départ imminent. Ada me prend la main, je me force pour ne pas la retirer. J'ai encore de la réticence à la toucher et à la regarder.

— Allez, avoue qu'elle possède au moins des pouvoirs, un truc dingue.

Elle palpe le bout de mes doigts, semble ne pas vouloir les lâcher. Des cicatrices blanches strient ma main comme un réseau de racines. Par endroits, des boursouflures de peau paraissent encore à vif. J'espère que la carnation rose pâle va petit à petit bronzer. Bien sûr qu'elle n'est pas belle, ni lisse, ni comme mon autre main. Il me faudra du temps pour m'habituer à elle, pour l'accepter, peut-être.

— Grâce à elle t'as prouvé que tu pouvais étrangler quelqu'un pour te défendre, me dit encore Ada qui n'en démord pas.

J'ai eu l'impression qu'elle avait été un peu frustrée la première fois que je la lui avais montrée. Elle s'attendait certainement à quelque chose de plus singulier, de plus monstrueux. Elle m'avait même demandé si je n'étais pas moi aussi déçue qu'elle ne soit pas si exceptionnelle, finalement.

— Arrête avec ça… je ne l'ai pas étranglé… pas jusqu'au bout en tout cas.

— De quoi tu parles ? me demande François à qui je n'ai pas raconté tous les détails de ma suspension.

— Bon, couver le désir d'étrangler sa mère biologique, est-ce que cela entre dans le complexe œdipien ? enchaîne-t-elle.

J'entends dans son insistance, son excitation presque fébrile à me chercher, sa façon à elle d'exprimer sa tristesse de me voir partir.

Mon beau-père décroche, il ne cherche plus à comprendre. Je le vois s'impatienter un peu, on ne sait plus quoi faire, plus quoi se dire. On occupe aussi longtemps qu'on peut un temps qui bientôt ne sera plus.

Il me serre dans ses bras, me murmure « Je t'aime ma fille. Je suis si fier de toi. » J'ai envie de lui demander de quoi il peut bien être si fier. J'ai perdu ma mère, j'ai perdu mon emploi, j'ai perdu mon appartement. J'ai même perdu mon gant. Qu'y a-t-il d'admirable dans tout ça ?

Ada m'étreint longuement et m'embrasse dans le cou. J'inspire avidement son odeur, elle va terriblement me manquer.

— Allez, bouge tes fesses si tu ne veux pas rater l'avion, dit-elle en me repoussant.

François fouille prestement dans ses poches, il a failli oublier. Il sort une fine tige constellée de petites fleurs bleues un peu froissées.

— Tu prendras bien un myosotis avant de partir, me dit-il, ému.

Je glisse rapidement le fragment de son jardin dans la poche intérieure de mon sac. Mes mains tremblent, si je ne pars pas tout de suite, je vais renoncer. « Merci », je souffle en me détournant d'eux.

Je vais acheter un magazine pour occuper le temps d'attente en salle d'embarquement. Je choisis un magazine mode et beauté, un truc léger, culpabilisant. Je veux me remplir la tête de régimes d'automne, d'astuces pour jouir plus longtemps et pourquoi pas de produits miracles pour effacer les cicatrices.

Même si ce voyage s'impose à moi, je compte bien garder le contrôle. Je porte une jupe courte, des talons hauts, une veste cintrée. Je suis habillée de manière inappropriée et inconfortable. Une tenue officielle, étriquée, une apparence d'enterrement. Cette tenue est une protection contre une éventuelle contamination. Contamination de quoi ? Je n'en sais rien, mais mieux vaut être prudente et prendre les devants. Je n'ai aucune idée de ce que me veut cette personne. Comment ose-t-elle prétendre être ma mère ? Je l'imagine si vieille, fripée, un reptile immonde. Une bouffée de colère me fait soupirer avec bruit.

J'observe la femme assise en face de moi. Pendant qu'elle lit, elle se ronge les ongles. Ses doigts remuent sans arrêt, s'ils ne sont pas dans sa bouche ou tournent les pages, ils se promènent frénétiquement au bord de ses lèvres et sur son menton. Ses gestes ont quelque chose de névrotique, de désespéré. À l'inverse, je suis d'une immobilité figée, attente forcée. Je respire au ralenti, comme si je tentais de me mettre en veille. Mais, j'existe toujours. Et je suis toujours dans un aéroport en train d'entreprendre un voyage insensé. Ce moment est décisif. Une fois dans l'avion, il sera trop tard. Mais je n'y suis pas encore et je peux encore changer d'avis. Je peux me lever, serrer mon sac contre moi et redescendre les escaliers, passer le contrôle des passeports en sens inverse. Rebrousser chemin, faire marche arrière est possible. Pourquoi, après tout, faut-il toujours avancer ? Je triture ma poche, y glisse mes doigts à la recherche du tissu fin, doux de mon gant. J'ai envie de le remettre et je ressors ma main avant de céder à la tentation. Tu as fait ton choix, me dirait Ada, assume maintenant.

Je feuillette mollement mon magazine, laisse passer les articles sans rien accrocher. Je m'arrête brièvement sur une page, en tourne encore quelques-unes et le voilà. Valentino Rossi. Grandes lunettes d'aviateur, blouson de cuir ajusté, jean noir taillé sur mesure. Et ses boucles folles, électriques, son sourire toutes dents dehors, son anneau démesuré. Une beauté iconique. « Lorsque je le regarde gagner, c'est un peu moi qui gagne. Il se relève et je me relève avec lui », disait Amalia.

Je déchire la page du magazine, plie la photo autant de fois que possible jusqu'à ce qu'elle devienne un petit paquet. Je la serre dans le creux de ma main, tel un grigri, un porte-bonheur, une amulette. Un truc du genre, passablement ridicule et dont je ressens la nécessité. Je sens ma mère dans ces gestes qui lui auraient fait tellement plaisir. Un instant j'ai l'impression que je lui prends la main. Je revois son visage pâle, ses yeux lorsqu'ils se tournaient vers moi. Surpris, écarquillés soudain d'amour et d'effroi. C'est ce visage-là que je vais garder, cette mère qui va m'accompagner partout. Amalia t'aimait tant, m'avait dit François et je le sais, je le sens si fort que cet amour a encore le pouvoir de me faire grandir.

Je mets la pliure de papier moite dans mon sac et ouvre la fermeture Éclair de la poche intérieure. Le myosotis est déjà en partie fané. J'agite un peu la tige poilue et des fleurs se répandent sur ma jupe, éclats bleus d'une fugacité désespérante. J'humidifie mon index de salive et les colle au bout de mon doigt. Tels des débris précieux, je les fais tomber au fond de mon sac.

Remerciements

Tout au long de sa réalisation, ce livre a bénéficié d'un grand nombre de soutiens.

Je tiens à remercier mon éditrice, Laurence, pour sa confiance indéfectible et son enthousiasme depuis le tout début de ce projet.

Je remercie la Fondation Leenaards qui m'a attribué une bourse me permettant de travailler et de voyager pour les besoins de ce livre.

La Fondation Michalski m'a accueillie en résidence, m'a choyée et offert un incroyable lieu d'isolement, Merci. Guillaume, Merci.

Des jardins fabuleux et des jardiniers m'ont accueillie et inspirée. Merci à Christiane, Pierre, Claudiane, Elsa, Oscar et Nicolas.

Merci aux refuges que j'ai trouvé en Argentine, aux personnes qui m'ont guidée et montré bien plus que ce que j'espérais. Précieux et précieuse Julio et Elena. Le Hielo Azul m'a ouvert le cœur aux Lengas et à bien d'autres choses, merci à Lucia et Lucas.

Merci au service forestier de Montricher pour le temps et la promenade au fond des bois.

Ce texte ne serait simplement pas ce qu'il est sans les relectures, nombreuses et patientes, d'Alexandre, Claire, Rodica, Madeleine, Stéphanie et Aurélie. Merci infiniment. Merci Isabelle pour la relecture finale.

Pour finir, Merci aux Lengas, Cèdres, Maitens, Arrajanes, cyttarias, chauras, aux églantiers, à la menthe sauvage, aux pissenlits, aux iris, aux téros, aux pies, aux cloportes, aux pets-de-loup, aux blaireaux, aux mouches, aux silures. A la belladone qui a poussé exprès sur mon chemin.

Enfin, toute ma gratitude au Gouffre qui n'en a pas fini avec moi.

Sources et bibliographie

Les chapitres relatant l'histoire du gouffre sont une libre interprétation de nombreuses sources authentiques du Gouffre de Jardel dont voici une sélection :

Le gouffre de Jardel, dépotoir à munitions, Est Républicain, 1979.

Trente-neuf ans plus tard un spéléo se souvient, Est Républicain, 1982.

Un gouffre explosif, Le pays, 1995.

Le mystère du puits de Jardel, Pêche et Rivières no 3, 1995.

Jardelle, question explosive ?, Est Républicain, 2009.

Rebuts d'obus sous roche, L'impartial, 2012.

Les Gouffres, Eugène Fournier, 1923.

Le site *spéléo-doubs.com*

Bibliographie sélective d'ouvrages autour de la botanique dont je me suis servie :

L'Art des Jardins, traité général de la composition des parcs et jardins, Edouard André, G. Masson éditeur, 1879. Nouvelle édition Maxtor, 2014.

Le printemps silencieux, Rachel L. Carson, Plon, traduction française 1968.

Celle qui plantait des arbres, Wangari Maathai, éditions Héloïse d'Ormesson, 2007.

Les filles de la terre, Histoire des paysannes d'autrefois, Anne-Marie Prodon, éditions de la Catherinette, 2001.

Le jardin en mouvement, Gilles Clément, Sens & Tonka, 2001.

Éloge des vagabondes, Gilles Clément, Nil éditions, 2002.
Ainsi que ses conférences au Collège de France.

Mother trees, Suzanne Simard, conférence TED Talk, 2016.

Les racines de l'intelligence végétale, Stefano Mancuso, conférence TED Talk, 2010.

Achevé d'imprimer en septembre 2020 par Corlet Imprimeur — 14110 Condé-en-Normandie
Dépôt légal : septembre 2020 — N° d'imprimeur : 20090116 — *Imprimé en France*